Andreas Hillger

Ortolan

Das Blendwerk des Chevalier John Taylor

Andreas Hillger

ORTOLAN

Das Blendwerk des Chevalier John Taylor

Roman

Osburg Verlag

Erste Auflage 2020

www.osburgverlag.de

Lektorat: Ulrich Steinmetzger, Halle
Korrektorat: Mandy Kirchner, Weida
Umschlaggestaltung: Judith Hilgenstöhler, Hamburg
Satz: Hans-Jürgen Paasch, Oeste
Druck und Bindung: CPI books GmbH, Leck
Printed in Germany
ISBN 978-3-95510-228-9

Präambel

Der folgende Text wurde auf einer Auktion zusammen mit einer dreibändigen Ausgabe der *Geschichte der Reisen und Abenteuer des Chevalier John Taylor, Ophthalmiater; Geschrieben von ihm selbst. Gewidmet seinem einzigen Sohn* aus dem Jahr 1762 angeboten und im Katalog als Supplement – also als eine fortschreibende Ergänzung – bezeichnet. Bei genauerer Betrachtung erwies sich das Buch, das den anderen durch gleichen Einband verschwistert scheint, jedoch als eigenständiges Werk. Während einzelne Aspekte der ruhmredigen und in ihrer Anordnung leicht verwirrenden Autobiografie erneuert und variiert werden, kommen zugleich neue Ereignisse zur Sprache, die immerhin dem Vergleich mit Taylors eigenem Kalendarium seiner Reisen standhalten. Da man aber bereits an seinen eigenen Erinnerungen zweifeln darf, in denen beispielsweise Johann Sebastian Bach und Georg Friedrich Händel eine gemeinsame Kindheit zugeschrieben wurde, ist auch diese neue Quelle mit Vorsicht zu genießen. Zumindest steht außer Frage, dass Taylor am Ende seines Lebens blind war. Sein sinistrer Sekretär aber hat in der Musikgeschichte – anders als viele seiner Leidensgenossen – keine bleibenden Spuren hinterlassen. Dass die Datierung den Streit um den Todeszeitpunkt des Scharlatans entscheiden könnte, der gelegentlich auch auf das Jahr 1772 datiert worden ist, dürfte für die künftige Forschung freilich ebenso hilfreich sein wie der Verweis auf den Sterbeort. Hier schwanken die Angaben noch immer zwischen Rom und Prag, die vorliegende Variante

London scheint aber nicht minder plausibel. Das angehängte Panoptikum ist offenbar nachträglich von gleicher Hand geschrieben wie der Titel. Die eher anekdotische als lexikalische Vermengung von historischen und sagenhaften Gestalten in diesem Register war wohl vom Verfasser beabsichtigt.

{1770}

Evviva il coltellino – es lebe das Messerchen! Zug um Zug, Linie für Linie lösche ich das Offensichtliche, kratze und schiebe das Schwarze und Graue in die reine Leere. Am hohen Himmel habe ich begonnen, die Wolken sind schon gewichen, nun nähert sich meine Hand den fernen Hügeln. Ihre verschwimmenden Höhen werden von steil aufragenden, schärfer gezeichneten Türmen der Kirchen und der Kathedrale durchkreuzt. Bald will ich den Fluss aufwühlen, der sich durch die Stadt windet, von Schiffen besegelt und von Brücken überspannt. Dann schließlich wird die Klinge Türen und Fenster der Häuser am Ufer aufreißen, die Straßen und Gassen von den wimmelnden Menschen und ihrem Unrat säubern, bis wieder unschuldiges Weiß vor mir liegt. Äußerst behutsam muss ich bei meiner Arbeit vorgehen, die Schneide darf sich nicht zu fest in das Blatt graben, sondern nur die Oberfläche mit sanfter Bewegung streicheln. Es ist ein seltsamer Gedanke, die Stadt auszuradieren, in der man selber lebt – als könnte mein Messerchen, ins Monströse vergrößert, plötzlich an unseren Scheiben schaben und die Wände wegschneiden, bis das ganze Gebäude samt Inventar und Insassen für immer im Nichts verschwindet. Doch zugleich birgt diese furchtbare Vorstellung auch eine Verheißung, die ich beinahe biblisch nennen möchte. Denn erst durch die Überwindung, durch die vollständige Zerstörung alles Irdischen können wir ja wieder zur göttlichen Schöpfung vordringen – zu allem Anfang im Wort, dem ich entschiedenen Vorrang vor solchen überflüssigen Bildchen einräume. Indem ich also das Alte vernichte, schaffe ich Raum für Neues: für meine und seine Geschichte, die ich als Palimpsest über die schwindende Ansicht der großen Stadt London schreiben werde.

Der Alte sitzt in seinem Winkel, in tiefe Schatten eingehüllt wie in einen schützenden Vorhang. Selbst wenn ich ihn nicht sehe, kann ich ihn hören und riechen. Sein Atem pfeift leise durch verkrustete Nasenlöcher wie ein an- und abschwellender Wind durch ein zerborstenes Gemäuer. Und der strenge Geruch, den diese menschlichen Trümmer verströmen, ließe sich selbst durch Weihrauch nicht übertünchen – ein aus Talg und Schweiß gemischtes Odeur, in das sich Spuren von Portwein und Urin gemengt haben. Der alte Morgenmantel, der seine einstige Eleganz längst an die allmähliche Verwahrlosung verloren hat, ist durchtränkt von dieser Melange – und da der Alte das Öffnen der verdunkelten Fenster streng untersagt, hole ich mir meine Luft meist durch den Mund.

Fast könnte man meinen, er habe sein Dasein auf die elementaren Verrichtungen des Verzehrens und des Ausscheidens beschränkt. Doch urplötzlich kann er aus leichtem Schlummer aufschrecken und hellwach von seiner großen Vergangenheit fabulieren. Dann muss ich meine allmähliche Auslöschung der sichtbaren Welt unterbrechen und lauschen, selbst wenn ich die immer gleichen Geschichten in wechselnder Ausschmückung schon allzu oft gehört habe. Aber dies ist nun einmal die Aufgabe eines Sekretärs, wie er sich angewöhnt hat, mich zu nennen, obwohl ich ihm zugleich Pfleger, Koch und Lakai bin. Meine eigentliche Profession freilich kennt er nicht – und ich werde sie ihm noch nicht verraten. Einstweilen sortiere ich seine sprunghaften Erinnerungen und schreibe eifrig mit, um meine eigene Rolle in diesem Spiel zu finden. Denn der lange Weg, den er gegangen ist, hat auch mich zu einem Ende geführt. Wir sind auf seltsame Art verbunden, obwohl uns Herkunft und Schicksal nicht füreinander vorgesehen hatten.

Im Anfang war der Ort: Das dreistöckige Haus hatte gewiss bessere Zeiten gesehen, nun stand es grau und schmucklos zwischen eleganteren Nachbarn, als wolle es sich beschämt aus der besseren Gesellschaft wegducken. Schwarze Balken und lehmige Backsteine hatten sich längst in schmutziges Rotbraun gemischt, die einladende Fassade war zur abweisenden Front verschwommen. Die Straße war nicht breit genug, um mir einen ungehinderten Überblick bis unter den Giebel zu gestatten, doch hinter allen Fenstern schienen die Vorhänge verschlossen. Im Rinnstein floss eine träge, zähe Brühe, die von der Hitze des vergangenen Sommers auf ihre Essenz eingekocht worden war und deren bloßer Anblick Ekel erregte: alte Kohlstrünke und Kotbrocken, abgenagte Fischgräten und der aufgeschwemmte Balg einer Krähe schwammen als Einlage im stinkenden Bächlein, das den Abfall und Auswurf gemächlich zu seiner Mündung in das weit verzweigte Adernetz der Stadt trieb.

Ich raffte die Schöße meines Mantels und überquerte das Hindernis mit einem beherzten Schritt. Als ich mit meiner Linken an die Pforte klopfte, hielt die Rechte das

Messer fest am Schaft umklammert, die Klinge blieb in den Kleidern verborgen und war nach hinten gerichtet. Die Waffe lag gut in der Hand, ich würde den Arm nur zur Schulter anwinkeln und dann schnell nach vorn stoßen müssen, um den Damaszener-Stahl in der Brust zu versenken und mein tödlich getroffenes Opfer mit einem Griff in die Achseln aufzufangen. Den Sterbenden würde ich schnell in das Haus schieben und die Tür mit dem Fuß hinter mir zustoßen. Dann müsste ich den erschlaffenden Körper nur noch auf den Boden sinken lassen und das Messer behutsam aus dem Leib ziehen, um unnötiges Blutvergießen zu vermeiden. Ich bin ein Virtuose der Überraschung, ein Meister des Prestissimo.

Doch als sich nach langem Warten eine heisere Stimme hinter dem schrundigen Holz vernehmen ließ, kam ich aus dem Konzept. Konnte dieses Krächzen und Krähen, dieses hinfällige Organ zum Ziel meines Auftrags passen? Nach allem, was ich zu wissen glaubte, hätte ich einen kräftigen, volltönenden Bass erwartet, vielleicht auch einen charmanten, leuchtenden Tenor – aber nichts derart Ungebändigtes, das hemmungslos durch alle Register sprang und vergeblich nach festem Halt in den Höhen oder Tiefen suchte.

Wer ich denn sei, schnarrte es aus heiserer Kehle. Ich hatte mir vorsorglich eine Legende zurechtgelegt, die von langer Fahrt und gemeinsamen Bekannten handeln sollte. Doch die Stimme gab sich die Antwort selbst. »Der neue Sekretär, nicht wahr? Ich habe Sie schon erwartet. Nur herein, herein!« Und damit wurde die Tür einen Spaltbreit geöffnet, durch den ich mich unter Aufbietung meiner ganzen Kraft zwängen musste. Offenbar war der Herr des Hauses nicht so schwach, wie sein Sprechen hatte vermuten lassen – und ich musste meinen ursprünglichen Plan ganz ins Innere des Gemäuers verlegen. Andererseits verschaffte mir seine Vorsicht den Vorteil, nun gänzlich ungesehen zu Werk gehen zu können. Doch auf diese totale Finsternis war ich nicht vorbereitet.

Während hinter mir das Schloss eilig verriegelt wurde, versuchte ich meine Augen an das tiefe Schwarz zu gewöhnen, das mich umfing. Es war nicht die übliche Abwesenheit von Licht in nächtlichen Zimmern, wo die Dunkelheit noch immer einen letzten Schimmer, eine Ahnung der Konturen in sich trägt. Dieses Dunkel war absolut und barg unvorhergesehene Risiken. Zwar konnte ich mich von meinem Gehör leiten lassen und die Klinge in jene Richtung stoßen, in der ich mein Opfer vermutete. Aber so würde ich ihm vermutlich nur eine Wunde schlagen, die nicht auf Anhieb tötete, sondern vielleicht sogar Gegenwehr auslöste. Ich zögerte eine Sekunde zu lange.

»Oh, verzeihen Sie!« Ein Schwefelholz flammte unvermittelt an einer Stelle auf, wo ich den Sprechenden nie vermutet hätte. »Wie unhöflich von mir. Ich vergesse immer, dass meine Gäste an Licht gewöhnt sind.« Als er die Flamme an den Docht der Kerze hielt, konnte ich dem Alten zum ersten Mal ins Gesicht schauen. Die Jahre hatten seine Haut gegerbt und tiefe Falten eingegraben, doch ein Abglanz einstiger Schönheit war noch zu erahnen. Sein schmales Antlitz endete im spitzen, aber wohlproportionierten Kinn, die hohe Stirn wurde von einer altmodischen, schlecht gepuderten Allongeperücke gekrönt.

Die Lippen waren bleich und ein wenig rissig, die Nase marmorierten rote Äderchen.

Aber seine Augen unter den wuchernden Brauen – ach, seine Augen! Milchig und blicklos starrten sie ins Ungefähre, die Pupillen schwammen trübe wie die Spiegelbilder eines Vollmonds im Wimpernried. Nun begriff ich die Finsternis: Der Blinde brauchte kein Licht, er hatte sich in Einsamkeit und Schweigen eingerichtet, weshalb ihm wohl auch seine Stimme entglitten war. »Aber so sagen Sie doch etwas! Erschreckt Sie, was Sie da sehen?«

Ich hätte das einseitige Gespräch an dieser Stelle im Handumdrehen beenden können, doch meine Neugier war geweckt. War der berühmte Mann mit dieser Hilflosigkeit nicht gestraft genug? Hatte nicht Gott an ihm bereits gerächt, was er selbst zuvor so vielen Menschen angetan hatte? Sollte ich den Angeklagten nicht zunächst anhören, ehe ich sein endgültiges Urteil fällte? Ich schob das Messer leise in das lederne Futteral, das ich am Gürtel trug. Nun war es an mir, mich zu offenbaren: »Nein! Ich bin nicht erschrocken … Aber ich verstehe, warum Sie so dringend nach einem Sekretär suchen.«

Sein Gesicht schien aufzuleuchten, soweit sich dies im matten Kerzenschein erkennen ließ. »Welch wunderbarer, knabenhafter Sopran! Und italienischer Zungenschlag! Sie scheinen, nein, Sie sind … un Virtuoso, nicht wahr? Ein Kastrierter! Sie müssen mir alles über sich erzählen – und Sie sollen mein Leben für die Nachwelt festhalten. Meine Beichte, meine entsetzliche Beichte.«

Dass nie ein anderer Bewerber für das Amt des Sekretärs erscheinen würde, begriff ich schon bald. Kein Kandidat klopfte je an die Pforte, obwohl Taylor sein Gesuch direkt an das Foundling Hospital gerichtet hatte, dessen Zöglingen man eine gute Ausbildung im Schreiben und Lesen nachsagte. Doch selbst die bedürftigsten Absolventen mieden dieses Haus offenbar wie die Pest. Zwar räumte der Chevalier ein, zwei meiner Vorgänger eigenhändig hinausgeworfen zu haben, weil sie ihm moralisch nicht gefestigt schienen – »ein Makel, der Ihnen gewiss nicht anhaftet, mein Lieber. Das spüre ich sofort. Folgen Sie mir.« Und damit begann der Arglose seine Führung durch die Wohnung, die in ihrer Verdunkelung eher einer Höhle als einem Haus glich.

Die Küche im Souterrain war angefüllt mit Tiegeln und Töpfen, Tellern und Tassen, die sich am Herd und auf dem Tisch in bedenkliche Höhen türmten und vor Schmutz starrten. Die klebrigen, eingetrockneten Speisereste schienen der Mörtel zu sein, der diese groteske Konstruktion zusammenhielt. Das Wandregal hingegen war ebenso leer wie die Fächer hinter den geöffneten Türen eines Schranks … Diesen Augiasstall musste man gründlich ausmisten und bei gleicher Gelegenheit auch die Tranchier- und Kredenzmesser polieren, deren erbarmungswürdiger Zustand mich schaudern ließ.

»Hier unten bin ich nur selten«, sagte Taylor entschuldigend. »Das sollte eigentlich auch das Reich der Diener sein, nicht wahr?« Er kehrte der Unordnung den Rücken und stieg die schmale Treppe wieder hinauf. Mit sicherem Schritt nahm er die Stufen, kein Tasten oder Zögern war erkennbar. Ich weiß Eleganz zu schätzen, wann immer sie mir begegnet – und dieses hellwache

Schlafwandeln ließ mir mein Opfer endgültig als würdigen Gegner erscheinen.

Auch der Salon im Erdgeschoss bestärkte mich in meiner Annahme, dass die guten Tage in diesen Räumen unwiederbringlich vergangen waren. Die Wände waren mit großen und kleinen Bildern behängt, die ich mir bei Licht gerne näher besehen hätte. Zwei große Gobelins immerhin konnte ich schwach erkennen: Einerseits ein riesiger Zyklop, aus dessen Stirn ein mächtiger Pfahl ragte und der mit einer Keule ausholte, während eine Herde von Schafen in panischer Angst vor ihm davonlief. Unter einem dieser Tiere musste sich Odysseus versteckt halten, den ich nicht entdecken konnte. Aber dass es sich um die Flucht des Listenreichen vor dem geblendeten Polyphem handelte, war offenkundig. Der zweite Bildteppich war weniger eindeutig zu lesen: Ein Mann schritt inmitten von flammenden Rossen und Streitwagen einen Berg hinab, an dessen Fuß der Künstler eine strahlend weiße Stadt mit Tempel und Palästen eingewebt hatte.

Wieder erriet Taylor meine Gedanken. »Sie fragen sich, was das Gewirke zeigt? Zweites Buch der Könige, der Prophet Elia vor Samaria, die Blindheit der Israeliten, der von Raben genährte Prophet Gottes – ein eher abseitiger Stoff. Den Homer haben Sie ja gewiss schon erkannt. Ansonsten … Ich würde Ihnen gern Platz anbieten, aber ich fürchte, das ist hier unten unmöglich.« Tatsächlich wurden die altmodisch verzierten schweren Stühle und Sessel, der Tisch und das Sofa durch Bücherstapel blockiert, deren Ordnung sich bestenfalls aus der Balance von Größe und Gewicht ergeben konnte. »Sie können das alles später noch in Ruhe betrachten. Jetzt folgen Sie mir erst einmal.«

Der Eingang zum Obergeschoss war verschlossen, Taylor murmelte etwas von »leer und uninteressant«, während ich hinter ihm weiter hinaufstieg. Der große Raum unter dem Dach vermittelte mir ein getreues Abbild seines Bewohners: Eine Ecke am anderen Ende wurde von einem wuchtigen Lehnstuhl beherrscht, dessen abgewetzter Samtbezug fast vollständig unter zerwühlten Kissen und Decken verschwand. Auf einem Tischchen zu seiner Rechten standen eine halb gefüllte Karaffe und ein Glas, auf dessen Grund ein fester Rotweinsatz eingetrocknet war. Daneben hockten in einem Käfig ein paar unscheinbare Vögel. Ich konnte jetzt besser sehen, weil Taylor immerhin einen dreiarmigen Leuchter entzündet hatte, der auf einem Pult in gehörigem Abstand zu seinem schäbigen Thron stand. Dahinter verbarg sich in einer Nische eine einfache Schlafstatt mit Waschschüssel und Nachtgeschirr, auf dem Boden dicke Teppiche mit Wachs- und Brandflecken sowie allerlei Mappen und Papiere – das Gehäuse eines Einsiedlers, den Unordnung und Schmutz in seiner Klause nicht anfochten.

»Dort hinten«, sagte Taylor und wies auf das spartanische Bett, »können Sie schlafen. Und hier werden Sie arbeiten. Ich will Sie immer in meiner Nähe wissen.« Der Gedanke an dauernden Aufenthalt in diesem stickigen, übelriechenden Zimmer war mir einerseits zuwider, andererseits aber ging von dieser Gelegenheit auch eine seltsame Faszination aus. Mein Auftraggeber würde sich noch gedulden müssen, bis ich das Für und Wider abgewogen hätte. Für einen Aufschub trug ich genügend eigenes Geld in meinem Gürtel.

»Aber nun lassen Sie sich doch erstmal anschauen!« Er streckte beide Hände aus und suchte nach meinem Gesicht, bis er es mit den Fingerkuppen fand. Sorgfältig betastete er die glatte Stirn und umrundete die teigig weichen Wangen hinab zum feisten Kinn und wieder aufwärts, ehe er sich über die Nasenflügel zu den Augen vorarbeitete. Obwohl mir die Berührung unangenehm war, spürte ich doch die lange Übung und Erfahrung in jeder Bewegung. Sanft drückte er die Lider zu und strich über Wimpern und Brauen, dann beendete er die Untersuchung abrupt und nickte knapp. »Schön, schön! Ich sehe, dass Sie gut genährt und gewachsen sind. Aber das ist bei Euch Virtuosi ja selbstverständlich.« Er griff nach meinem Mantel und suchte darunter das Hemd mit dem Spitzenkragen und den gestärkten Manschetten. Als er sich meinen Beinkleidern zuwenden wollte, trat ich einen Schritt zurück. Ein verlegenes Lächeln kam als Entschuldigung. »Nein, das ist … ein Missverständnis! Ich weiß nur gern, mit wem ich es zu tun habe. Und dies ist nun mal meine einzige Möglichkeit, Sie zu mustern. Aber lassen wir solche Förmlichkeiten beiseite. Wenn Sie für mich arbeiten wollen, muss ich mehr über Sie wissen. Haben Sie bereits Erfahrungen gesammelt? Irgendwelche Referenzen, Empfehlungen?«

{1735–1748}

Über Tag und Stunde meiner Geburt weiß ich nichts zu sagen, auch der Name meiner Mutter und der Ort ihrer Niederkunft sind mir unbekannt. Gefunden wurde ich im Februar des Jahres 1735 auf der Schwelle des Klosters der Coelestinerinnen in Genua – eine glückliche Bergung im letzten Moment, die sich der kräftigen Stimme verdankte, mit der das Kind gegen den Hunger anschrie. In der Regel hielten die Schwestern ihre Pforte fest verschlossen, damit niemand ihr beständiges Gebet zur Mutter Gottes und ihre Fürbitte für Maria Vittoria De Fornari Strata stören konnte.

Seltsamerweise sollte ausgerechnet die Erinnerung an diese fromme Frau über mein Schicksal entscheiden. Die kleine, stämmige Clarissa, die als Novizin wohl nicht ganz freiwillig ins Kloster gegangen war und der die auferlegte Abtötung der Sinne in ihrer Jugend noch schwerer fallen mochte als den älteren Nonnen, erfand in einem kurzen Vortrag über die Zukunft des Findlings einen gewagten Vergleich. Während die eilig herbeigerufene Priorin mich eher widerwillig in ihren Armen wiegte, damit mein Geschrei die Andacht nicht noch länger störte, wisperte sie vom Schicksal der seligen Stifterin, die ihre eigenen Kinder der Jungfrau Maria geweiht hatte, um sich ganz ihrer keuschen Frömmigkeit widmen zu können. Wenn nun ein Kind vor diesem Kloster abgelegt worden sei, so könnte dies doch ein himmlischer Auftrag sein, das unschuldige Wesen in ihre Obhut zu nehmen … Die Priorin zischte dem Mädchen zu, dass es gefälligst sofort zu schweigen habe. Dann runzelte sie die ohnehin faltige Stirn und blickte auf das Bündel herab, aus dem ein erschöpftes, fröstelndes Gesicht hervorschaute.

Erst jetzt entdeckte man das kleine Amulett, das unter den weißen Laken fast verborgen lag: eine zerbrochene Brosche, deren rechte Seite fehlte und die an einer dünnen Kette um den Hals des Säuglings gelegt worden war. Der Anhänger schien kostbar, einige kleine rote Steine waren wie Blutstropfen in das gespaltene Herz aus fein ziseliertem Gold eingelassen. Vom Kreuz in der verlorenen Mitte war nur noch ein schmaler Rest des aufrechten Balkens und die linke waagerechte Strebe übrig. Das durfte als demütiges Zeichen der Herkunft gelten, dessen zweite Hälfte wohl die verzweifelte Mutter bei sich tragen mochte. Vielleicht könnte es dem Kloster einst zum Nutzen gereichen, wenn man hier Barmherzigkeit walten und Gnade vor Recht ergehen ließe.

Die Priorin nahm das halbe Herz an sich und drückte das Kind der Novizin Clarissa in den Arm. »Meinetwegen. Vorübergehend. Aber leise und in einer leeren Zelle. Und … ist es eigentlich Junge oder Mädchen?«

Dass ich mit allen Insignien eines neu geborenen Knaben ausgestattet war, steigerte die Zuneigung der Nonnen schon bald ins Unermessliche. Stunde um Stunde wechselten sich die Frauen in meiner Kammer ab, die man mir im abgelegensten Bereich der weitläufigen Anlage zugewiesen hatte. Es ist wohl mehr als nur übelwollende Nachrede, dass man hinter vielen Klostermauern lebensgroße, der Gestalt des neu geborenen Herrn nachempfundene Puppen findet, die von den Nonnen in Ermangelung eigener

Kinder gewiegt, gewickelt und sogar gestillt werden. Ob dies dunkle Sehnsucht nach Unerreichbarem befriedigt und über den schweren Verzicht auf ein einfaches Glück hinwegtröstet, wage ich nicht zu beurteilen. Von mir jedoch kann ich mit Fug und Recht sagen, dass ich viele Mütter hatte, die sich an Zärtlichkeit und Zuwendung überbieten wollten.

Die ersten Wochen und Monate kenne ich natürlich nur aus nachträglichen Erzählungen, die einige heikle Punkte dezent übergingen und keine Nachfrage duldeten. Immerhin weiß ich, dass man mir so bald als möglich einen Brei aus Früchten und Gemüsen des Klostergartens kochte, der mit einem kleinen Schluck süßen Weins angereichert wurde – wohl auch als Vorbeugung gegen allzu lautes Betragen. Ich sei, so sagt die Überlieferung, ein braves und schläfriges Kind gewesen, das seine ganze Zeit zum Wachsen aufwendete. Erst als ich gelernt hatte, mich aus eigener Kraft vom Rücken auf den Bauch zu wälzen und mich mit Armen und Beinen abzustützen, wurde eine Schwester als Aufsicht abgeordnet, deren Aufgabe sich zu einem sehr begehrten Amt entwickelte.

Clarissa erzählte später, sie sei an meiner Seite gewesen, als mein Mund die ersten Worte formte: »Ave Mama!« – in dieser Umgebung ein ebenso frommer wie lästerlicher Gruß. Bald lernte ich laufen, wenig später dann beten – und zwischen dem morgendlichen und dem abendlichen Angelus wurde mir die Zeit immer länger und langweiliger. Ich ahnte zwar, dass es da draußen ähnliche Geschöpfe wie mich geben musste. Hier drinnen aber war ich umgeben von Frauen, die über ihrer Tunika himmelblaue Skapuliere trugen und in mir ein einzigartiges Wesen verehrten.

Da war die knorrige, meist missmutige Sybille, die mir dennoch kleine Leckereien aus der Küche zusteckte. Da war die unerschütterlich heitere Gabriella, die mich mit Liedern aus ihrer Kindheit unterhielt. Da waren Angelica und die beiden Annas, Barbara und die stumme Katharina aus dem Kräutergarten – und die Priorin, deren Name über ihrem Rang längst in Vergessenheit geraten schien. Ausgerechnet sie hatte nun zu bestimmen, wie man mich nennen sollte: Urlando, ein Hinweis auf mein kräftiges Organ.

Abwechslung bot in diesen ereignislos verrinnenden Tagen nur der Jahreslauf, dem wir andächtig und demütig folgten. Mit dem Wandel von Blüte und Ernte, von Wachsen und Welken feierten wir Ostern und Pfingsten, Mariä Himmelfahrt und Weihnachten. Die Mutter Gottes, als deren rechtmäßiger Sohn ich mich fühlte, bescherte mir zwischen ihrer Erwählung und Verklärung mehr Liebe, als ich von einer einzigen irdischen Frau je hätte empfangen können. Dass ich auch beim Fastenbrechen bevorzugt wurde und man mir statt frugaler Eierspeise ein gesottenes Huhn oder ein saftiges Stück vom Schwein vorsetzte, wurde für die Schwestern über die Jahre selbstverständlich.

Immerhin wuchs ich unter ihren Augen und in ihrer Obhut unaufhaltsam heran – zu einem kleinen Satansbraten, der mit seinen Streichen dann doch für Streit unter den frommen Frauen sorgte. Dass ich Libellen fing und ihnen die Flügel ausriss, dass ich in den Beeten des

Klostergartens nach den Wurzeln der Pflanzen wühlte oder katzengleich kleinen Vögeln auflauerte, schrieb man meinem unbändigen Drang nach Wissen zu. Doch als ich das geweihte Wasser im Colymbion mit Messwein mischte und Hostien darin einweichte, um den Leib Christi zu erwecken, zog ich mir den Zorn der Priorin zu. Mit Mühe nur konnte Clarissa, die inzwischen in den Kreis der Schwestern aufgenommen worden war, meine sofortige Entfernung aus dem Kloster verhindern. Freiwillig bot sie an, meine Erziehung zu einem gottesfürchtig braven Knaben zu übernehmen – wohl auch, weil sie auf diese Weise etwas eigene Freiheit von den strengen Regeln gewinnen wollte. Als man mir unter ihrer Aufsicht den Zugang zur Bibliothek gestattete, gab dieser Schritt meinem Dasein eine entscheidende Wendung.

Mühsam buchstabierte ich mir hier die ersten Zeilen zusammen und kam durch das Wort noch einmal zur Welt. Zunächst lernte ich das Lesen natürlich mit der Bibel – einem prächtigen Folianten, dessen speckiger Lederrücken von einer schweren Silberschnalle zusammengehalten wurde. Vom ewigen Ringen Gottes mit seiner Schöpfung, vom Zorn über die Sünder und der Gnade des Menschenopfers hatte ich natürlich schon gehört, nun aber wanderte ich mit eigenen Augen durch die fernen Zeiten und Länder. Und schon bald fügten sich zu Hiob und Noah, zum brennenden Dornbusch und zur ehernen Schlange auch andere Geschichten. Die Legenda aurea hatte es mir besonders angetan – die Sammlung der Martyrien, die Frauen und Männer für ihren Glauben auf sich genommen hatten.

Flüsternd las ich meiner Lehrerin vom Heiligen Vitus vor, der wilde Löwen zähmte und von Engeln aus siedendem Öl gerettet wurde, um schließlich in der Obhut von Adlern zu sterben. Schaudernd erfuhr ich vom römischen Offizier Sebastian, den man für sein Bekenntnis mit Pfeilen und Keulen gleich zweimal tötete. Ungläubig durchlitt ich die Qualen der Katharina von Alexandrien, bei deren Hinrichtung das Rad mit den eisernen Zähnen und Nägeln zerbrach und aus deren Wunden nach ihrer Enthauptung Milch statt Blut floss. Und während ich von Laurentius auf dem glühenden Eisenrost, von Andreas am Kreuz und von der zwischen gespannten Palmstämmen zerrissenen Corona las, geriet ich in immer stärkeres Staunen über die Einfälle der Folterer. Martern aller Arten! Zu welchen Erfindungen der menschliche Geist doch fähig war, wenn es darum ging, einem anderen Menschen sein Leben und seinen Glauben zu nehmen!

Dass sich die Erschütterung meines Gemüts immer auch mit einem wohligen Schauder verband, will ich nicht leugnen. Ich wandte mich beim Lesen gewissermaßen innerlich von dem Geschehen ab, um aus dem Augenwinkel dann doch unverwandt zurückzublicken – eine Art der Wahrnehmung, die mir später zupasskommen sollte.

Aus der Sammlung eines gewissen Principe di Melfi war unser Kloster in den Besitz einiger Bücher gelangt, die weniger der Erbauung als vielmehr der Zerstreuung dienten. Ihre Einbände atmeten den Reichtum des verblichenen Prinzen, waren vorsichtshalber an Ketten gelegt und sollten mir eigentlich unzugänglich bleiben. Clarissas gespielte Unachtsamkeit aber verführte mich immer wieder zum Griff in die verbotenen Regale und gestattete mir Augenblicke irdischen Vergnügens.

Also schritt ich mit Dante und Vergil vom Inferno durch das Fegefeuer zum Paradies der *Göttlichen Komödie.* Ich ritt mit Don Quixote und seinem Gefährten Sancho Pansa durch die spanische Mancha. Und ich segelte mit Odysseus und seinen Gefährten zwischen Skylla und Charybdis, verstopfte meine Ohren gegen den Gesang der geflügelten Sirenen und befreite meine Mannschaft vom Bann der Kirke. Begierig fraß ich die Geschichten in mich hinein, verdaute sie in meinen Träumen und wachte am Morgen heißhungrig wieder auf. Das größte Abenteuer, die sättigendste Speise aber fand ich schließlich in einem Band, den ich wegen des Titels zunächst als Lehrbuch der Gottesfurcht abgetan hatte. Denn wenn die zehn Gebote Gottes im Dekalog versammelt waren, was sollte man dann von einem *Decamerone* halten?

An jenen Junimorgen im dreizehnten Jahr nach meiner Auffindung erinnere ich mich genau: Die Sonne fiel gleißend durch die hohen Fenster und verwandelte den Staub, den ich beim Öffnen des Buchdeckels aufgewirbelt hatte, in tanzendes Gold. Eher beiläufig blätterte ich in den Seiten, die nur mäßige Spannung versprachen. Zehn junge Menschen, die vor dem Schwarzen Tod aus den Straßen von Florenz geflohen waren und in einem Landhaus Unterschlupf gefunden hatten … Wie sollte dies dem Vergleich mit meinen Helden standhalten? Doch je länger ich las, desto mehr geriet ich in den Bann dieser Novellen.

Da waren edle Jungfrauen und derbe Bauern, mächtige Herrscher aus dem Morgenland und verschlagene

Übeltäter aus südländischen Gassen – und immer wieder Mönche und Nonnen, die allen Gelübden zum Trotz ihrer Lust nachgaben. Natürlich wusste ich längst, dass die Menschheit sich seit Adam und Eva mehren musste und dass unter den Kleidern sündige Nacktheit verborgen war. Ich hatte *Salomos Lied* gelesen und mich über die seltsam verzückten Verse gewundert, die von Honig und Milch, von Wein und Wasser trieften. Wie konnte man die Zähne einer Frau mit einer Herde geschorener Schafe vergleichen, die allesamt Zwillinge gebären? Wie ihre Brüste als Zwillingspaar junger Gazellen beschreiben, die unter Lilien weiden? Und wie sollte ich all dies mit den Müttern in Verbindung bringen, die mir plötzlich in anderem Licht erschienen?

Wenn man diesem Giovanni Boccaccio Glauben schenken durfte, dann waren Klöster kein Hort der Keuschheit, sondern Stätten des Lasters. Verstohlen sah ich zu Clarissa hinüber, die an ihrem Pult in ein kleines Traktat vertieft war. Sollte sich auch unter dieser Tunika ein Lustgarten voller Gewürze mit Granatäpfeln, Safran und Zimt verbergen?

Meine Neugier übertraf schließlich meine Scheu, ich ging die wenigen Schritte hinüber und sprach sie leise an: »Clarissa, bei den gefesselten Büchern … Kennst du das *Decamerone*?« Sie errötete unter ihrer Haube, was prächtig zum Himmelblau ihres Chormantels passte und sie in meinen Augen zur schönsten Frau der Welt machte. Dann legte sie mir den Zeigefinger ihrer linken Hand auf die Lippen und zog meinen Kopf mit der Rechten an ihre Brust.

Bis heute frage ich mich, warum das *Decamerone* seinen Platz in der Bibliothek gefunden hatte, die mit ihrem trockenen Geruch nach alten Papieren und ledernen Rücken so beruhigend und harmlos schien. War das Buch nur durch Unwissenheit an die Kette gelegt und einsortiert worden? Sollte es den Nonnen als ständige Versuchung dienen – als Frucht der Erkenntnis, von der man nicht kosten durfte? Oder wollte man es an diesem geweihten Ort einer Öffentlichkeit entziehen, die auch ohne solche Lektüre verdorben und sündig war?

Mir jedenfalls bedeuteten die Geschichten das Ende der Unschuld. Ich will mich nicht in Einzelheiten verlieren, die vor allem von Ungeschick und Staunen, Hast und Angst vor Entdeckung berichten würden. Doch als Clarissa schließlich mühsam ein kehliges Keuchen unterdrückte und mich sanft, aber bestimmt von sich schob, hatte ich zwischen ihren Beinen ein Paradies gefunden. Dass es eines Engels bedurfte, um daraus vertrieben zu werden, wusste ich aus der Genesis. Aber dass dieser Engel in Gestalt Clarissas erschien, überraschte mich.

Diese Erweckung des Fleisches gab unseren Tagen einen neuen Rhythmus. Unsere Lust aufeinander wuchs stetig, immer wieder suchten und fanden wir Gelegenheit zur heimlichen Begegnung – und allmählich lernte ich, dass zur vollkommenen Lust auch das Züngeln und Saugen, das gierige Lecken und das behutsame Beißen gehören. Clarissa machte ebenso schnelle Fortschritte wie ich und erwies sich zugleich als gute Schulmeisterin, die ihre Lektionen mal mit strenger Stirnfalte, mal mit erlöstem Lächeln erteilte. Die Bibliothek war ein idealer Ort für unser Studium, da sie mit ihrer knarrenden Tür und ihren verwinkelten Gängen zwischen den Regalen Schutz vor unangenehmen Überraschungen bot. In Ermangelung von Vorbildern erfanden wir hier die Liebe von ihrem Ursprung her wie erste Menschen auf der Suche nach eigener und anderer Befriedigung.

Es war ein wunderbarer Sommer, in dem ich beschwingt durch den Kreuzgang schlenderte oder ermattet auf der Wiese lag und den Schwalben zusah. Außerhalb unseres Freudennestes vermieden wir sorgsam jedes Zeichen der Zuneigung und weckten wohl gerade dadurch den Argwohn der Priorin, die uns mit ihren stechend schwarzen Augen scharf beobachtete. Doch da weder Clarissa noch ich unseren Sündenfall beichten mochten, schien sie ihren Verdacht immer wieder in sich selbst zu ersticken – bis Leichtsinn uns verriet.

Ausgerechnet die stumme Katharina trat aus dem Schatten, als wir in sorgloser Ruhe gerade unsere zerwühlten Gewänder richteten. Nie werde ich begreifen, was sie an jenem Nachmittag in der Bibliothek gesucht und wie sie die Tür ohne warnenden Laut geöffnet hatte. Als sie uns entdeckte, stieß sie einen gurgelnden Schrei aus und hastete davon, während wir uns bestürzt ansahen. In späteren Jahren hätte ich den drohenden Verrat geräuschlos verhindern können, nun aber stand ich ratlos neben Clarissa, in deren Augen ich die nackte Angst las. Wie konnten wir jetzt noch vor die Priorin treten? Sollten wir uns reuig selbst offenbaren? Und welche Strafe würde uns dann erwarten?

Hatte ich schon erwähnt, dass ich meinem Namen inzwischen alle Ehre machte – nicht buchstäblich als Schreihals, aber als bester Sänger unter den Schwestern.

Während sich die meisten Stimmen eher furchtsam und leise in den Chor mischten, klang mein Sopran so kräftig und klar, dass er selbst der mürrischen Sybille ein Lächeln entlocken konnte. In der Bibliothek hatte ich einen Band mit alten Noten gefunden, aus dem ich mir mit Hilfe der bekannten Melodien neue Stücke in ihrer Höhe und Tiefe, in der Länge und Kürze der gesetzten Töne enträtselte. So lernte ich summend und pfeifend, auch diese Schrift zu lesen, ohne zu ahnen, welchen Schrein sie mir da draußen in der Welt eröffnen könnte.

So lenkte ich mich gerade wieder ab, als die Priorin unvermittelt vor mir stand. Der Tag war in den Abend fortgeschritten, ich beugte mich in das Kerzenlicht und verdrängte über den Noten meine Sehnsucht nach Clarissa, die mich seit unserer Entdeckung ängstlich mied. Seltsamerweise war uns seither nichts geschehen. Wohl hatte Katharina mir mit erhobenem Zeigefinger gedroht, als ich mich im Kräutergarten an ihr vorbeidrücken wollte, aber außer der stummen Geste deutete nichts auf eine Enthüllung unseres Geheimnisses hin. Selbst in diesem letzten Moment hoffte ich, dass es sich um eine zufällige Begegnung handelte.

»Komm, mein Sohn«, sagte die Priorin. »Es ist Zeit.«

{1770}

Dies also ist der Anfang meiner Geschichte – oder zumindest der Teil, den ich dem Alten erzählt habe. Einige Einzelheiten habe ich ausgespart, um keine unnötigen Zweifel an meiner Ehrbarkeit zu schüren. Aber es ist ja nie der volle Umfang des Geschehenen, der uns im Gedächtnis bleibt und über die Lippen kommt, nicht wahr, sondern meist nur das Erwähnenswerte, das Destillat unserer Erinnerung. Der Alte jedenfalls hat den Bericht meist schweigend zur Kenntnis genommen und ihn gelegentlich mit einem Lächeln oder einem leisen Grunzen quittiert. Kurze Zwischenfragen zur Lage des Klosters, zu den Ritualen der Gemeinschaft oder zum Umfang der Bibliothek konnte ich offenbar zu seiner Zufriedenheit beantworten.

Und als ich sagte, dass ich neben meiner Muttersprache und seinem Englisch auch Griechisch und Latein sowie einige Brocken Deutsch und Französisch zu sprechen und zu schreiben verstehe, schien er endgültig angetan. »Das klingt vielversprechend. Doch nun wollen wir an das Werk gehen, für das ich Ihre Hilfe brauche – die ausführliche Schilderung meiner Reisen und meiner Abenteuer. Tinte und Feder finden Sie auf dem Pult, auch Papier müsste ausreichend zur Hand sein. Schauen Sie nur …« Aber während ich noch das Werkzeug ordnete, nickte der Alte von einem Moment zum nächsten ein und ließ mich – schnarrend schnarchend – mit meinen Gedanken allein. Nach kurzem Zögern löschte ich das Licht und bettete mich zwischen die stockfleckigen Laken.

{1748}

Seit jenem Einschnitt in mein behütetes Leben wiederholt sich der Traum immer wieder. Ich sehe dann die Priorin als düsteren Schatten im abendlichen Gegenlicht, höre ihre tiefe Stimme und spüre einen beklemmenden Druck in der Brust. Zögernd folge ich ihr aus der Bibliothek und über den Klosterhof, der zu dieser Stunde wie ausgestorben wirkt. Sie führt mich durch die Pforte, auf deren Schwelle ich einst meine rettenden Schreie von mir gab, auf nie begangene Wege hinaus in das dunkelnde Draußen. Wie gern würde ich jetzt innehalten und das Unbekannte auf mich wirken lassen. Doch der Schritt meiner Führerin zwingt mich zu zügigem Ausschreiten, ich laufe ihr gehorsam hinterher. Wir gehen auf steil abfallendem Weg zwischen vereinzelten Pinien und Zypressen, in der Ferne fällt letztes Licht auf abgeerntete Felder und Haine. Der Herbst ist noch mild, kein Wind hemmt unseren Weg in die Stadt, die sich bald zu unseren Füßen erstreckt. Ich habe all das wohl schon gesehen – aber bislang nur auf Bildern, die ich mir aus Büchern zusammensuchte und die nun der Wirklichkeit nicht standhalten.

In der Ferne wogt das Meer, an dessen Ufer ein kantiger Turm sein Licht in die anbrechende Nacht hinausstrahlt. Staunend und schweigend gehe ich durch ein wehrhaftes Tor in enge Gassen und über kleine Plätze, vorbei an einer mächtigen Kathedrale und an überfüllten Tavernen. Erst später werde ich verstehen, dass wir uns in diesem Viertel zwischen billigen Huren und trunkenen Matrosen bewegen. Im Moment finde ich keine Worte für die überwältigenden Eindrücke, kann meine Begriffe nicht in Übereinstimmung mit den Erscheinungen bringen – und darf auch die Menschen nicht fragen, die beim Anblick der strengen Priorin ehrfürchtig zur Seite weichen.

Nach langem Marsch wendet sie sich schließlich zu mir um und zieht mich mit festem Griff in eine Toreinfahrt. »Hör mir gut zu, mein Junge. Wir haben Dich länger in unserer Mitte geduldet, als es schicklich war. Wir haben Dich genährt und gelehrt, haben Dich behütet und uns an Deinem Wachsen erfreut. Nun aber ist es Zeit, dass Du in die Welt gehst. Ein Kind mag im Kloster seinen Platz finden, ein Mann jedoch stört unseren Frieden empfindlich. Deshalb ist der Abschied überfällig. Ich will Dir den rechten Weg weisen, als Kompass mag Dir dies dienen.« Sie zieht aus ihrem Ärmel ein Buch, das mir gänzlich unbekannt ist. »Ich habe es in meiner Zelle für Dich aufbewahrt, seit ich Dir Deinen Namen gab. Es ist keine fromme Geschichte, aber sie wird Deinen Neigungen entgegenkommen.«

Ich betrachte die goldenen Lettern: »Orlando furioso«. Das liest sich tatsächlich fast wie mein Name, verbunden mit einem überschwänglichen Versprechen. »Und nun sollst Du auch noch das von mir bekommen.« Mit feierlicher Geste reicht sie mir das Medaillon, von dem ich in Clarissas Erzählung über meine Herkunft bereits gehört habe. »Du trugst es, als wir Dich fanden. Ich habe seither darauf gewartet, dass jemand mit der anderen Hälfte an unsere Pforte klopft, um uns von Dir zu erlösen. Die Hoffnung war vergeblich. Vielleicht gelingt es Dir ja einst, das

Geheimnis zu lüften. Die dritte Gabe aber wartet hinter dieser Tür auf Dich.«

Sie klopft an, sofort wird uns geöffnet und wir treten in eine nur notdürftig beleuchtete Stube. Der kleine, schmale Mann, der uns empfängt, trägt eine lederne Schürze über seinen einfachen Kleidern. Ich erkenne im Zwielicht eine Pritsche mit dunkel eingetrockneten Schlieren und Tropfen, einige Zangen und Sägen sowie ein Regal mit Fläschchen und Gläsern voller Tinkturen und Kräuter. Auf der anderen Seite des Raumes steht ein Schreibtisch mit allerlei seltsamen Instrumenten, einige Bücher liegen aufgeschlagen am Boden.

»Willkommen, Hochwürdigste«, schmeichelt der Hausherr und buckelt unterwürfig. »Eure Pünktlichkeit ist mir eine Ehre. Und das ist wohl der Kandidat, nicht wahr?« Er greift mir mit der Rechten unter das Kinn und schaut mir tief in die Augen. Ich sehe wuchernde Brauen und borstige Haare, die ihm aus den Nasenlöchern ragen. Sein harter Blick widerspricht seiner salbungsvollen Stimme. »Dann wollen wir mal sehen, was wir tun können.« Er lässt mich los und holt aus dem Regal einen gläsernen Kelch und eine bauchige Flasche. »Zunächst einmal wollen wir Euch angemessen begrüßen, junger Herr. Einen Trunk auf Euer Wohl …« Er füllt das Glas bis zum Rand und hält es mir hin. »Nehmt nur reichlich. Wir haben noch mehr davon.«

Die bernsteinfarbene Flüssigkeit riecht stechend, der erste Schluck brennt in der Kehle und treibt mir Tränen in die Augen. »Nur weiter, weiter. Es wird Euch guttun.« Und wirklich fühle ich eine seltsame Wärme und Leichtigkeit, als der Kelch geleert ist. Er schenkt nach, ich trinke hastig und muss einen Würgereiz unterdrücken. Mein Wirt nimmt mir das Glas aus der Hand. »Das dürfte genügen. Und nun folgt mir, junger Herr.«

Er zieht einen Vorhang beiseite und führt mich in einen Nebenraum, in dessen Boden ein Becken eingelassen ist. Die Wanne ist bereits zur Hälfte gefüllt, nun hebt der dünne Mann mit bemerkenswerter Kraft einen großen Kupferkessel vom lodernden Herdfeuer und schüttet heißes Wasser hinzu. »Legt Eure Kleider ab, junger Herr. Das Bad wird Euch entspannen.«

Ich bin es nicht gewohnt, mich vor Fremden auszuziehen, doch der Trank hat mich vollkommen willenlos gemacht. Gehorsam ziehe ich Jacke, Hemd und Hose aus und steige in das Bassin. Es duftet nach Blumen und Gewürzen, der betäubende Geruch steigt mir zu Kopf und lässt mich schläfrig werden. Beiläufig bemerke ich noch, dass die Priorin uns nicht gefolgt ist, dann spüre ich die Hand des Fremden zwischen meinen Beinen – genau an jener Stelle, an der mich nur Clarissa berühren darf. »Höchste Zeit«, höre ich ihn wie durch einen Nebel sagen. »Das wird wirklich höchste Zeit. Also frisch ans Werk!« Und während ich in tiefer Betäubung versinke, erwache ich aus meinem Traum.

{1770}

»Frisch ans Werk!« Der Alte hat sich über mich gebeugt, sein saurer Atem bläst mir den Schlaf aus den Augen. »Wir haben keine Zeit zu verlieren, ich muss meine wenigen munteren Stunden nutzen. Darum wollen wir uns auch nicht lange mit der Vorrede aufhalten.« Ich kehre ihm beim Ankleiden den Rücken zu, obwohl ich weiß, dass er mich nicht sehen kann. Währenddessen spricht er unentwegt weiter. »Dort hinten in der Kommode müsste noch etwas Essbares sein. Ich hoffe, es ist nach Ihrem Geschmack.«

Ich finde ein hartes Stück Stilton, den Rest einer geräucherten Makrele und eine Speckschwarte. Zusammen mit einem harten Kanten Brot und einem Krug voll abgestandenem Ale scheint das der ganze Vorrat des Alten zu sein. Aber wie kommt der Eremit überhaupt an diese Waren? »Morgen oder übermorgen müsste der Junge Nachschub bringen. Ich habe das Gefühl für die Tageszeiten verloren, aber die Einkäufe geben einen verlässlichen Rhythmus. Nun werden wir die Rationen freilich verdoppeln müssen.«

Ich spüle eine Ecke des Käses mit dem Bier hinunter und stelle mich an das Pult. »Ich wäre dann so weit – bereit für Ihr Diktat, Herr Taylor!«

{1703–1719}

Geneigte und hochwürdige Leser, geschätzte Empfänger dieser Zeilen! Ich widme Euch das Folgende in der Hoffnung, dass es zu Eurer Unterrichtung und Unterhaltung gleichermaßen beitragen und einen erhellenden Strahl von den Wegen der Vergangenheit auf die Pfade der Zukunft werfen möge. Versteht mich dabei schlicht und einfach als Chevalier, der dem Heer der Gewöhnlichen vorauseilt und den Pfad für das Kommende bahnt! Wir Vorreiter werfen uns immer uneigennützig in die Schlacht, wo uns neben dem verdienten Ruhm auch schwerste Verletzungen erwarten ... Sei's drum!

Das Licht der Welt erblickte ich vor 67 Jahren in Norwich, als Sohn eines Gewürzkrämers war mir meine einzigartige Karriere gewiss nicht in die Wiege gelegt. Meine Mutter verbarg ihre Liebe zu mir und meinen drei Geschwistern hinter einer harten Fassade – falls es denn überhaupt etwas zu verbergen gab. Als Ältester ging ich dem Vater früh zur Hand, musste Botengänge übernehmen und die Waren im Geschäft sortieren. Zum Lohn winkten mir höchstens ein schmallippiges Lob sowie das wiederholte Versprechen eines Erbes, von dessen Wertlosigkeit ich mich zeitig überzeugt hatte. Zwar stand mir als Erstgeborenem nach den Regeln unserer Familie dereinst der Platz hinter dem Tresen zu, ich aber sehnte mich aus der Enge unserer Wohnung in die weite Welt. Wann immer ein Fremder unseren Laden betrat, bestarrte ich unverhohlen seine Kleider und sein Auftreten: Woher mochte er kommen? Und in welcher Mission war er unterwegs?

Selbst der Schmutz an Stiefeln oder die Münzen aus seiner Hand sprachen zu mir von Ferne und Weite. Da meine Heimatstadt mit ihren Webereien und Stofflagern viele Händler in die alten Mauern lockte, fand meine Sehnsucht genügend Nahrung.

Ein vertiefender Unterricht über das einfache Lesen und Rechnen hinaus war in unserem Haushalt nicht vorgesehen. Es genügte, wenn man Maße und Gewichte kannte und die Posten eines Einkaufs zusammenzählen konnte. Und doch verbarg sich auch hinter nüchternen Zahlen eine Verlockung: Der betörende Duft der Spezereien in unserem Lager wirkte wie ein großes Versprechen, das mein Vater seinen Kunden mit unerhörten Namen wie Siam oder Sumatra schmackhaft machte. Heimlich kostete ich von den blättrigen braunen Stangen und den harten schwarzen Kügelchen, kitzelte meinen Gaumen und reizte mit dem Geschmack meine Fantasie. Doch weil meine Zunge der Schärfe nicht gewachsen war, spie ich mit den Resten auch meine Hoffnung aus. Wie schmeckte meine Zukunft? Und wie sollte ich dem Schicksal entkommen, das mir meine Geburt zugewiesen hatte?

Eine willkommene Ausflucht bot einer unserer Nachbarn, der gelegentlich bei uns einkaufte – ein freundlicher alter Herr mit wallendem weißen Haar und sanftem Lächeln. Er hatte sich auf die Verfertigung von Pillen, Tinkturen und Salben verlegt, sein Geschäft lag nur wenige Schritte von unserem entfernt und erschien mir ungleich interessanter. Oft stahl ich mich hinüber und schaute dem Apotheker dabei zu, wie er Lac Dye in

Alkohol auflöste und mit Campher mischte, um damit die Gliederschmerzen seiner Patienten zu lindern – oder wie er Wein mit allerlei Kräutern gegen Fieber würzte und in gläserne Phiolen füllte.

Meistens saß ich dabei unbeachtet in einer Ecke der Rezeptur und blätterte in alten Lehrbüchern, manchmal durfte ich auch beim Zermörsern und Abwiegen der Zutaten helfen. Herr Johnson machte bei seiner Arbeit nicht viele Worte, in seltenen Pausen aber ließ er sich gern nach den Anzeichen aller Krankheiten und nach wirksamen Mitteln zu ihrer Heilung befragen. Dabei brühte er stets einen starken Tee und fügte Milch und Zucker hinzu. Und während er die Hitze aus dem Becher pustete, während er von den Lehren des Galenos sprach, während er mich die Unterscheidung der vier Elemente und ihrer Eigenschaften lehrte und von Blut und Schleim, gelber und schwarzer Galle erzählte, verlagerte sich meine Neugier allmählich von außen nach innen. Der Menschenleib wurde nun zum wahren Wunderwerk, in dem es Welten zu entdecken gab.

Meine Eltern beäugten die Ausflüge in Johnsons Labor mit wachsendem Unmut und verboten mir schließlich den Kontakt. Statt meines verderblichen Müßiggangs sollte ich mich wieder ganz auf meine Pflichten besinnen und meinen jüngeren Geschwistern ein Vorbild sein. Doch der Apotheker schien meine Gesellschaft zu vermissen. Schon wenige Tage nach der Arrestierung stand er im Geschäft der Taylors und fragte besorgt, ob ich erkrankt oder eines schlimmen Vergehens für schuldig befunden worden sei.

Als mein Vater ihm mit dürren Worten erklärte, dass mein einziger Fehler in den Besuchen der Rezeptur zu finden sei, protestierte Johnson energisch: Ich sei ein kluger und gelehriger Knabe, den er jederzeit als Gesellen anstellen und in seiner Kunst unterweisen würde. Er wäre sogar bereit, einen kleinen Lohn zu zahlen und mir ein Zimmer in seinem Haus einzuräumen. Der Aussicht auf einen Esser weniger und einige Münzen mehr konnte mein Vater nicht widerstehen.

Johnsons Wohnung war eher spärlich möbliert und genügte zunächst nur den Ansprüchen eines Junggesellen. Ein neues Bett und eine weitere Waschschüssel mussten nach meinem Einzug erst beschafft werden, bald aber war alles zu meiner Zufriedenheit eingerichtet. Ein eigenes Zimmer, das ich nicht mit Geschwistern teilen musste und das mir ebenso wie das Laboratorium genügend Raum und Ruhe zum Lernen geben würde!

Da der ehrenwerte Herr, den ich fortan Sir William nennen durfte, weder Frau noch Kinder hatte, übertrug er seine Zuneigung und seine Hoffnung ganz auf mich. Aus meinem Spiel mit Mörser und Waage wurde so eine ernsthafte alltägliche Aufgabe, der ich mich mit großem Eifer und Ehrgeiz widmete, um mich seines Vertrauens würdig zu erweisen. Auch jetzt musste ich Botengänge übernehmen, aber ich trug die Arznei voller Stolz zu den Türen der Kranken und kaufte bei meinen Eltern mit dem vorgetäuschten Hochmut des wahren Kenners ein.

Bei diesen Besuchen bemerkte ich, dass mein jüngerer Bruder Tom sich auf meinen angestammten Platz gedrängt hatte und nun als rechtmäßiger Erbe posierte – eine lächerliche Anmaßung, mit der er meinen Neid reizen wollte und die mich doch zu heimlicher Freude veranlasste. Ich war meiner Bestimmung entronnen, ohne dabei auf größeren Widerstand zu stoßen. Mein Vater behandelte mich wie jeden seiner Kunden, pries seine Waren und nahm das Geld unterwürfig entgegen. Nur manchmal sah ich, wie meine Mutter hinter dem halb geöffneten Vorhang zum Lager stand und sich mit dem Ärmel ihres Kleides heimlich über die Augen wischte. Scheinbar begriff sie nun doch, was sie an mir verloren hatte. Aber solche Regungen überging ich mit der grausamen Gleichgültigkeit eines heranwachsenden Knaben.

Ich will Euch nicht mit den Einzelheiten der Rezepte langweilen, die mir William Johnson in meinen Lehrjahren übereignete. Falls Ihr nach den heilsamen Mitteln für die Leiden der Wöchnerinnen, für den blättrigen Ausschlag oder den blutigen Auswurf sucht, so werdet Ihr sie in passenden Büchern finden. Doch selbst wenn Ihr über solche Schriften und über die nötigen Zutaten verfügt, muss ich Euch warnen: Ein überschüssiges Gran eines Pülverchens kann eine ganze Unze in tödliches Gift verwandeln, drei fehlende Tröpfchen einer Essenz nehmen einem vollen Pint seine Wirkung. Man braucht eine ruhige Hand und lange Übung, um die rechte Dosierung zu finden, zumal jeder Fehler unumkehrbar ist. Dass mir beides auf meinem weiteren Weg von großem Nutzen sein sollte, werden wir später sehen.

Doch zurück zu meiner Geschichte. Während ich zu einem ansehnlichen Burschen heranwuchs, dem die Mägde in den Gassen begehrliche Blicke schenkten, verfiel mein Lehrer zusehends. Seit geraumer Zeit schon war er auf seine Scherenbrille angewiesen. Beim Abwiegen der

Ingredienzen zitterten ihm die Hände, das lange Stehen in der Rezeptur fiel ihm immer schwerer. Sir William war von einer Krankheit angegriffen, deren Verlauf auch er nur verlangsamen konnte und an der schließlich selbst der Gesündeste stirbt: Er war alt.

Vielleicht hatte der lange Umgang mit giftigen Substanzen einen Anteil an seinem Befinden, möglicherweise hatte er sich bei der Arbeit einmal zu oft die Augen gerieben oder die Fingerkuppen beleckt. Allmorgendlich trank er nun von einem Tonikum, das er auf der Basis der kostbaren Chinarinde und der Ginsengwurzel angesetzt hatte und dem er wirksame Effekte gegen Haarausfall und Zahnfäule, mangelnde Zeugungskraft und schwindende Muskeln nachsagte. Dass mir dieser Wundertrank förmlich aus den Händen gerissen wurde, wenn ich ihn einmal wöchentlich auf dem Marktplatz anpries, versteht sich von selbst.

Angesichts der enormen Nachfrage ging Johnson schließlich sogar dazu über, sein Allheilmittel mit Wasser zu versetzen, was die ohnehin nicht überprüfte Wirkung gewiss nicht steigerte. Selbst ein höherer Preis schmälerte unseren Umsatz nicht – und neben ersten begründeten Zweifeln an der Redlichkeit meines Lehrmeisters reifte in mir die Erkenntnis, dass Krankheit wie Genesung auch vom Glauben abhängen. Denn bis zu einem gewissen Grad gehorcht der Leib dann doch dem Geist.

Da sich mit Johnsons »Tonikum Totale« mein versprochenes Erbe mehrte und uns zumindest keine unangenehmen Nebenwirkungen zu Ohren kamen, stellte ich mich ohne schlechtes Gewissen weiterhin zwischen die

Tuchverkäufer und Eisenhändler, die Töpfer und Bauern auf dem Markt. Zu meinem wachsenden Erfolg trug vor allem die Beredsamkeit bei, die ich mir im Umgang mit dem Apotheker und seinen Kunden angeeignet hatte und mit der ich nun den Wert unserer Ware herausstrich. Mit fester Stimme trug ich frei erfundene Danksagungen zufriedener Käufer vor und erweiterte die Palette der möglichen Anwendungen dabei um Kopfschmerzen und Durchfall, Gicht und Ohrensausen. Da ich zugleich die Kosten des Tranks in immer neue Höhen schraubte, blieb mir am Ende des Tages genügend Geld, um den Heimweg für die Einkehr im Gin-Palast zu unterbrechen und meinem eigenen neu entdeckten Wundermittel zuzusprechen.

Der Schnaps schenkte meinem Schritt eine federnde Leichtigkeit und meinen Gedanken ein gehöriges Gewicht, solange ich ihn in Maßen trank. Seitdem ich im Rausch von einer zudringlichen Hure einmal um die Einnahmen des Tages gebracht worden war und Sir William eine abenteuerliche Geschichte von Straßenräubern in einer dunklen Gasse auftischen musste, war ich vorsichtig geworden. Zu meinem Schutz trug ich einen ledernen, mit kleinen Eisenkugeln gefüllten Beutel in der Tasche, der sich mit Schwung an die Schläfe eines Gegners schleudern ließ und dessen loses Ende ich unterwegs wie einen Talisman umklammerte.

Entwaffnen ließ ich mich lediglich, wenn ich einem Mädchen auf sein Zimmer folgte – ein Vergnügen, das ich mir gönnte, falls mir das Gesicht gefiel und ich beim Feilschen um den Preis als Sieger hervorging. Wenn die Lust dabei meist einseitig blieb, hielt ich das in jenen Tagen für naturgegeben. Erst später sollte ich in besseren Kreisen und weicheren Betten lernen, dass nicht jede Frau den Liebesakt mit gelangweiltem Gesicht und unterdrücktem Gähnen über sich ergehen lässt.

Als ich eines Abends von meinem mittlerweile alltäglichen Markttreiben heimkehrte, fand ich den Apotheker bäuchlings mit verkrampften Händen auf dem Boden liegend. Eine schnelle Untersuchung stellte weder Atem noch Herzschlag fest, der herbeigerufene Arzt verwies mich an den Totengräber. Während ich in der fortschreitenden Nacht wartete, durchsuchte ich die Papiere im Sekretär und fand ein Testament, das mich als Alleinerben des Hauses und des Vermögens einsetzte.

Nachdenklich blickte ich auf den Leichnam hinab, den wir mittlerweile auf den Rücken gedreht hatten, um ihm die Augen zu schließen und seine Hände zu falten. Empfand ich Trauer über den Verlust? Oder fühlte ich mich abermals zu neuem Aufbruch befreit? Ich weiß nicht mehr – aber ich erinnere mich, dass ich in dieser Stunde den Entschluss fasste, die Apotheke aufzugeben und die Stadt zu verlassen. Ein Käufer für das Haus war bald gefunden, mit dem Inventar und dem streng geheimen Rezept für unser Tonikum erzielte ich einen mehr als angemessenen Preis. Nachdem ich den Grabstein für William Johnson, Pharmacist, bestellt hatte, nahm ich Abschied von meiner Familie, ohne den Friedhof noch einmal zu besuchen. Ich war sechzehn Jahre alt und bereit, die Welt zu erobern.

{1770}

Über seinen letzten Worten ist der Alte wieder eingeschlafen, wobei er weniger von der Menge als von der Geschwindigkeit seines Berichtes erschöpft schien. Mit Rücksicht auf meine Mitschrift musste er seinen Redefluss zügeln und auf mein Zeichen warten, ehe er weitersprechen konnte. Dieses Verfahren, auf das wir uns von Beginn an unausgesprochen geeinigt haben, ist natürlich den besonderen Umständen geschuldet: Er wird nicht lesen können, was ich schreibe, und muss daher sowohl auf seine Erinnerung als auch auf meine Verlässlichkeit vertrauen. Nur selten hat er ein Wort verändert oder einen Satz ausstreichen lassen, nun schlägt er im Traum mit lautlos flatternden Lippen offenbar schon das nächste Kapitel auf.

Ich aber schwanke zwischen der Fortschreibung meiner eigenen Geschichte und einer Erkundung des Hauses, das ich bisher nur flüchtig gesehen habe. Schon beim Aufstieg hatte ich mir die Stufen der Treppe eingeprägt, deren Knarren mich verraten könnte – eine alte Gewohnheit, die sich nicht mehr ablegen lässt. Leise wähle ich nun meinen Weg hinab in den Salon. Die verriegelte Etage will ich mir später vornehmen, weil sich das Schloss wohl nur mit entsprechendem Werkzeug öffnen lässt.

Doch auch das Erdgeschoss birgt Überraschungen: Die Galerie ist so geschickt gehängt, dass man zwischen den Rahmen nur schmale Streifen der Wand erkennen kann. Ich öffne die schweren Vorhänge und lasse das eher trübe Tageslicht herein, das mich nach der langen Entwöhnung schlagartig blendet. Erst als sich meine Augen an die Helligkeit gewöhnt haben, kann ich die Bilder genauer betrachten.

Neben Porträts von gekrönten Häuptern und geschönten Frauen waren überwiegend Veduten zu entdecken, die durch beigefügte Namen ihren Vorbildern zugeordnet sind. Einige Städte hätte ich auch ohne Hinweis erkannt: Da ist Rom mit der Engelsburg und dem Petersdom, hier Venedig mit der Rialtobrücke über dem großen Kanal und dort Florenz mit Ponte Vecchio und dem Palazzo Pitti.

Bei anderen Ansichten verbindet sich die Unterschrift mit meinem angelesenen Halbwissen: Das russische Petersburg imponiert mit modernen Häusern und Palästen, das französische Schloss Versailles mit seinen Gärten und Wasserspielen. Europas ganze Schönheit scheint hier vereint, um dem Sammler seine Geschichte vor Augen zu stellen. Gerade will ich mich den Konterfeis der Könige und Künstler, der Krieger und Kurtisanen widmen, als mein Blick auf ein eher unscheinbares Blatt fällt: Genua mit seinem gut geschützten Hafen und dem mächtigen Leuchtturm … Stadt meines Leids!

{1748}

Ich erwachte mit heftigem Schwindel im Schädel und schrecklichen Schmerzen im Schritt. Vorsichtig schob ich meine Hand unter das Laken und betastete den Verband, den man um meinen Unterleib gewickelt hatte. Die Ursache meiner Qual konnte ich nicht ergründen, unter der Binde schien nichts zu fehlen – und doch ließ mich die unvorsichtige Berührung zusammenzucken. Wo war ich? Nur langsam kamen die letzten Bilder zurück: der Marsch mit der Priorin, die vielen Menschen in der Stadt, der seltsame Unbekannte und sein berauschendes Getränk.

Lange lag ich grübelnd, dann trieb mich Durst aus dem fremden Bett. Nur mit äußerster Mühe und zusammengebissenen Zähnen konnte ich mich erheben, beim ersten Schritt aber riss mich Taumel von den Füßen, und ich fiel zu Boden. Sofort wurde die Tür aufgerissen, und der Gehilfe der Priorin stürzte herein. »Aber junger Herr, wie unvorsichtig! Ihr braucht doch Ruhe, das ist noch viel zu früh! Soll ich Euch etwas bringen?« Er half mir auf und ich setzte mich auf die Kante der Bettstatt.

Erst jetzt sah ich das verschorfte Blut am Verband. »Was ist geschehen? Was habt Ihr mit mir gemacht?«

Er knetete verlegen seine Hände, als wolle er sie in Unschuld waschen. »Es wird alles gut. Und es ist doch nur zu Eurem Besten. Die hochwürdige Frau hat in ihrer Güte beschlossen, Euch die größte Gabe Gottes zu bewahren, ehe Ihr sie verliert. Ihr seid mit einer prächtigen Stimme gesegnet …«

Schlagartig begriff ich. Clarissa hatte mir einmal von jenen Kapaunen erzählt – jenen Knaben, denen man die Hoffnung auf Männlichkeit genommen hatte, um ihren kindlichen Gesang auf Lebenszeit zu bewahren. Während sie davon sprach, hielt sie meine Hoden in ihrer Hand und presste sie sanft zusammen, was mir bittersüßen Schmerz bereitete. Dieser Griff hatte vorweggenommen, was ich nun empfand, ohne die damals beigemengte Lust zu spüren. Der Kerl hatte mich entmannt, er hatte mich betäubt und beraubt. Ich fühlte mich leer und leidend, Tränen tropften auf die blutige Windel.

»Das ist kein Grund zur Trauer, junger Herr! Ich habe diesen Eingriff oft gewagt, viele Virtuosi haben mir später überschwänglich gedankt. Die kleinen Kugeln, die Euch jetzt im Säcklein fehlen, wird man Euch schon bald mit Gold in Eurem Beutel aufwiegen. Jetzt ruht Euch erstmal aus, dann will ich Euch einem Lehrer vorstellen.«

Es dauerte tatsächlich nicht lange, bis die Schmerzen verschwanden und ich wieder zu Kräften kam. Gewiss hatte daran auch der Kelch seinen Anteil, der stets bis zum Rand gefüllt an meinem Bett stand, wenn ich aus tiefem Schlaf erwachte. Ich weiß nicht, was mein Peiniger dem Wein beimischte, aber die betäubende Wirkung war überwältigend. Erst als er mir die Windeln endgültig abnahm, in die ich mich in diesen Tagen schamvoll und notgedrungen auch entleert hatte, blieb der Becher leer. Ernüchtert tastete ich erneut zwischen meine Beine und griff ins Leere.

Was war das für ein seltsames Prinzip, einem Menschen erst eine Verwundung zuzufügen, um den Verstümmelten dann zu heilen? Hätte man mich nicht fragen müssen, ehe man mir solche Pein zufügen durfte? Oder war die Entmannung gar nicht musikalisch, sondern moralisch gemeint? Hatte die Priorin die heimlichen Treffen mit Clarissa doch durchschaut? Dass ich nicht zu den Nonnen zurückkehren durfte, war klar. Aber hatte der Mann mit dem Messer nicht von einem Lehrer gesprochen, zu dem er mich bringen wollte? Mir blieb keine Wahl, ich musste mich seiner Führung für den Moment anvertrauen, weil es keinen anderen Weg gab. Meine Kleider fand ich gewaschen und gefaltet auf einem Stuhl, vorsichtig zog ich mich an. Als ich den Raum verlassen wollte, war die Tür verschlossen. Ich klopfte …

{1770}

Ein Pochen reißt mich jäh aus den Gedanken. Es kommt von der Pforte des Hauses, der ich mich misstrauisch nähere. Wer könnte Taylors Einsamkeit stören wollen? Erst jetzt bemerke ich, dass ich mein Messer neben dem Bett vergessen habe – eine unverzeihliche Fahrlässigkeit, die mich jetzt teuer zu stehen kommen könnte. Doch nachdem ich den Riegel lautlos beiseitegeschoben und die Tür mit einem Ruck geöffnet habe, wartet auf der Gasse nur ein Junge, der kaum älter als zehn Jahre sein mag. Unter seinem zerzausten Schopf schauen muntere Augen zu mir auf, seine barfüßigen Beine stecken in abgeschnittenen Hosen, und in der Hand hält er einen geflochtenen Korb. Erschrocken weicht er bei meinem Anblick zurück. »Aber Ihr seid nicht … verzeiht die Störung, werter Herr! Ich wollte zum hochwohlgeborenen Chevalier!«

Ich packe ihn bei seinem schmutzigen Kragen und ziehe ihn in den Flur. »Schon gut, mein Junge! Herr Taylor schläft, ich bin sein neuer Sekretär. Doch was willst Du von ihm?«

Der Knabe befreit sich aus meinem Griff und hält mir den Korb entgegen. »Die Bestellungen, wie jede Woche. Ich bringe die Einkäufe, der Herr schuldet mir wie immer fünf Pfund und meinen Lohn.«

Ich schlage das Tuch beiseite und finde Käse und geräucherten Schinken, Brot und drei Bouteillen Rotwein. »Wie ist Dein Name, Junge?«, frage ich, während ich meinen Geldbeutel aus der Tasche nestle.

»Theodore, werter Herr! Aber alle sagen nur Ted zu mir!« Er lächelt schüchtern und streckt mir die Hand entgegen, in die ich sechs Guineen abzähle. »Aber das ist – viel zu viel! Das darf ich doch nicht annehmen.«

Ich klopfe ihm beruhigend auf die Schulter. »Natürlich darfst Du das. Da ist auch schon ein Vorschuss auf die nächste Woche dabei. Dann bringst Du uns noch mehr Brot und ein paar Würste. Und Gin und Wein, so viel Du tragen kannst. Schließlich sind wir hier jetzt zu zweit. Und nun lauf nach Hause, Ted!«

Schlagartig verzieht sich sein Gesicht, als wolle er in Tränen ausbrechen. »Nach Hause? Wo soll das sein? Ich wohne in Coram's Anstalt in Bloomsbury, im Haus der Findlinge. Aber das ist wohl kaum ein Zuhause.«

Das Mitleid, das mich bei diesen Worten packt, kommt vollkommen überraschend. Plötzlich sehe ich mich selbst in dem Jungen, ein mutterloses Kind, ausgesetzt und der Willkür der Welt überlassen. Ich ziehe ein weiteres Goldstück hervor und drücke es in seine zur Faust geballte Hand. »Den Korb wirst Du sicher noch brauchen, nicht wahr?« Hastig klemme ich mir die Waren unter die Arme und schiebe Ted zur Tür. Er soll nicht sehen, dass mir eine Träne über die unrasierte Wange rinnt – wie immer über die linke. Während sie trocknet, steige ich zu dem Alten hinauf, den unsere Stimmen sicher geweckt haben.

{1719}

London empfing mich nach dreitägigem Fußmarsch wie jeden unerwarteten Besucher – unfreundlich und abweisend, selbstsüchtig und hektisch. Ich hatte die ehrwürdige Universitätsstadt Cambridge rechter Hand liegen gelassen und war auf holprigen Wegen direkt auf mein Ziel zugelaufen. In den warmen Sommernächten konnte ich mich seitwärts in die Felder schlagen, um Geld für mein großes Ziel zu sparen. Zur Stärkung genügte mir ein herzhaftes Stück Pastete oder ein Teller Suppe mit Brot, in Wirtshäusern am Wegesrand tauschte ich dazu ein paar Pennies gegen einen Becher Bier. Schon als ich mich den ersten Ausläufern Londons näherte, spürte ich den rasenden Puls der Stadt.

Ich lief neben Kutschen und Karren, auf denen sich Kisten und Fässer stapelten. Vieh wurde herdenweise den Märkten zugetrieben, zwischen betrunkenen Bettlern und fahrenden Gauklern verbissen sich herrenlose Hunde ineinander. Geschickt wich ich Hufen oder Rädern aus und balancierte mein umgeschnalltes Bündel, um meine Habseligkeiten vor dem Kot der Straße zu schützen. Auch Norwich war keine kleine Stadt, solch rücksichtslosen Verkehr aber war ich von dort nicht gewöhnt. Unsanft wurde ich geschoben und gestoßen, bis ich meinen Platz in der Menge fand, die mich zum Herzen der Stadt trieb. Als ich schließlich die Cheapside erreichte, fühlte ich mich erschöpft und überwältigt von den Geräuschen und Gerüchen. Hier war das Markttreiben im vollen Gange, zwischen Körben und Stiegen mit

Rüben und Äpfeln stapelten sich Käfige mit lebenden Kaninchen und allerlei Federvieh.

Ich drängte mich durch das Gewimmel in eine Seitenstraße und fand endlich eine kleine Herberge, die von einer Witwe mit zahnlosem Mund und schwarzen Borsten auf der Oberlippe geführt wurde. Zum Glück war das Zimmer gepflegter als die Vermieterin, die drei Schillinge im Voraus verlangte und mich dann auf meinem Bett allein ließ. Sofort fiel ich in tiefen Schlaf, aus dem ich erst Stunden später erwachte, um mir in einem nahen Kaffeehaus ein Nachtmahl zu gönnen. Während ich aß und trank, begann ich den Lärm der Kutscher und Marktweiber um mich herum zu genießen. Ich war da!

In den nächsten Tagen erkundete ich die Stadt zwischen dem trutzigen Tower und der ehrwürdigen Westminster Abbey, ich lief an der Themse entlang und verlor mich im Gewirr der Straßen und Gassen. Bei einem Schneider ließ ich mir eine Weste und zwei Hosen anmessen, bei einem Händler erwarb ich einen bescheidenen Schmuck für mein karges Zimmer – ein altes Blatt, das aus den sieben Büchern *De humani corporis fabrica* des Andreas Vesalius herausgetrennt worden war und einen gehäuteten, an Kopf und Schulter aufgehängten Mann mit entleertem Brustkorb und frei liegendem Muskelkleid zeigte. Dieses Meisterwerk der Zergliederung sollte fortan mein Altarbild sein, tief wollte ich mich in die Geheimnisse des Körpers wühlen und die Beschaffenheit seiner Einzelteile erforschen.

Nachdem ich mich also neu eingekleidet hatte – der rote Samt des Wamses passte hervorragend zum Grün der Beinkleider –, brach ich zum St. Thomas' Hospital auf, um bei William Cheselden vorstellig zu werden. Der Arzt war kaum sechzehn Jahre älter als ich, aber bereits eine Berühmtheit in seinem Fach: Vor einigen Jahren war seine Anatomie des menschlichen Körpers erschienen, inzwischen bekleidete er das Amt eines Chirurgen. Mit forschendem Blick befragte er mich nach meiner Herkunft und meinen Absichten, ließ sich von meinem Wissen um Krankheiten und ihre Heilung kaum beeindrucken und gestattete mir schließlich trotz meiner Jugend doch, an seinen Sektionen teilzunehmen. Möglicherweise hatte er in mir ein jüngeres Selbst erkannt, dessen gebotene Bescheidenheit vom unbändigen Hunger nach tieferen Einsichten in die Natur überwogen wurde. Beschwingt kehrte ich an diesem Nachmittag heim und gönnte mir eine ganze Flasche Wein.

Für seine Sektionen mangelte es Cheselden nicht an Material. Häufig landeten elende Kreaturen auf seinem Tisch, deren Innereien vom Übermaß an Gin und vom Mangel an Nahrung zeugten. Oft setzte er Messer und Säge zwischen die welken Brüste gealterter Huren, denen auch die graue Salbe nicht mehr gegen ihre fortgeschrittene Syphilis helfen konnte. Und zu den Verbrechern, deren Aufenthalt im Gefängnis am Galgen von Tyburn geendet hatte und die dem Hospital von besonderen Händlern – den Auferstehungsmännern – geliefert wurden, gesellten sich gelegentlich arme Irre aus Bedlam, deren Gesichter noch im Tode von der Qual ihres Wahns erzählten. Ein vielgestaltiger Totentanz zog in diesem anatomischen Theater vorbei, das ich mit wachsender Kenntnis begutachtete.

Die Lage und der Zustand der Organe, die Festigkeit des Gerippes und die Größe des Schädels wusste ich schon bald als Zeichen für ein vergangenes Leben zu deuten, die Namen der Muskeln und Knochen gingen mir in Fleisch und Blut über. Niemals aber empfand ich Ekel, wenn ich dem Meister bei seiner Arbeit zuschaute. Eine zufällige Berührung im Gedränge der Straßen konnte in mir wohl Widerwillen, ja Abscheu wecken, bei meinem Studium aber leitete mich sachliches Interesse. Bald ertappte ich mich sogar dabei, den Lebenden durch die Kleider und unter die Haut blicken zu wollen – eine gewiss unziemliche Neugier, die sich noch steigerte, als ich dem verehrten Cheselden bei den Sektionen schließlich zur Hand gehen durfte. Dass er zugleich Mitglied der Bader-Innung und der Royal Society war, bewies mir, wie sehr er allseits geschätzt wurde, und weckte zugleich den neidischen Wunsch nach ebensolchen Patenten, den ich mir auf meinen Reisen später so überreichlich erfüllen durfte.

{1770}

Wieder verstummt der Alte und gönnt meiner vom schnellen Schreiben schmerzenden Hand eine Pause. Während ich die Zeilen korrigiere, bewundere ich die Genauigkeit und Geschwindigkeit seines Erinnerns. Es scheint, als habe er sich die Sätze längst zurechtgelegt und lese sie nun vor einem inneren Auge ab. An der Aufrichtigkeit seiner Erzählung hege ich indes keine Zweifel, zumal er ja auch seine Eitelkeit nicht verschweigt. Er muss wahrlich ein mutiger junger Mann gewesen sein, wenn er es ohne fremde Hilfe mit London aufgenommen hat. Meine Lehrjahre waren weniger selbstbestimmt.

{1748–1752}

Der Schulmeister, der mich künftig unterrichten sollte, bot mir ein Zerrbild seiner Zunft. Einerseits war er ein profunder Kenner der Kunst, der als Sänger einst selbst Triumphe gesammelt hatte. Andererseits verachtete er das sittenlose Treiben auf dem Theater zutiefst und lästerte über die Masken und Manieren, mit denen dem Publikum Affekte als wahre Gefühle untergeschoben wurden. Dass er meinem unbarmherzigen Samariter einige Münzen zugesteckt hatte, als ich ihm ausgeliefert worden war, ließ mich in seinen Augen als willfährige Ware erscheinen, die er veredeln und wieder veräußern wollte.

Täglich musste ich mir meinen Unterhalt ersingen, während er am Spinett begleitete und mich ungeduldig, aber zugleich mit gnadenloser Ausdauer korrigierte. Keine Übung, keine schön gezogene Linie und kein gewagter Triller fanden auf Anhieb Anerkennung, fortwährend wurde ich belehrt und zu abermaligem Beginn gezwungen. Signore Cavalli wirkte dabei, als sei er aus gleichem Holz wie sein Instrument geschnitzt und mit ihm verwachsen: Steif und dürr ragte er hinter der Tastatur auf, seine spinnigen Finger waren knorrig und liefen in spitzen Nägeln aus. Wenn er die Beherrschung verlor, grub er sie tief in meine Arme, wo sie kleine blutige Kratzer hinterließen. Unter Schmerzen sang ich dann weiter und hoffte inständig auf ein Ende der Tortur.

Nach dem Ende dieser musikalischen Exerzitien wartete allerdings eine zweite Aufgabe, aus der ich weit mehr Gewinn und Genuss zog. Mein Herr unterhielt einen schwunghaften Handel mit Noten, die ich kopieren musste. An meiner schönen Schrift war dabei nie etwas zu bemängeln, ich setzte die Köpfe genau zwischen oder auf die Linien und flaggte schwungvoll die Fähnchen an die Hälse. Bass und Violin. Dabei erklangen die Melodien in meinem Kopf, obwohl ich viele der zugewiesenen Instrumente noch nie gehört hatte.

Mit der Zeit kamen mir die Werke der größten Meister unter die Hände: Vivaldis Konzerte für das venezianische Mädchenorchester, Scarlattis vertrackte Cembalo-Sonaten, Rameaus fremdländische Tänze und Händels prächtige Opern. Besonders eine Arie, die aus dem fernen London zu uns gekommen war, hatte es mir angetan: Ariodantes *Scherza infida* verband sich nicht nur mit meinem geliebten Orlando, den ich vor dem Einschlafen wieder und wieder las, sondern schien auch meinen eigenen Schmerz und meinen Zorn in sich zu bergen. Dies nicht nur schreiben zu müssen, sondern auch singen zu können …

Natürlich hätte Cavalli auch erschwinglichere Drucke vertreiben können, aber seine Kunden waren meist ahnungslose Adlige, die ihr Geld unbedingt in Autographen anlegen wollten. Ob die Blätter tatsächlich von der Hand des Künstlers selbst stammten, stand dabei gar nicht zur Frage. Sie glaubten, was sie glauben wollten – und so kamen etliche Werke gleich mehrfach in Umlauf, ohne dass der Betrug jemals aufgefallen wäre.

Während ich es hier also zu gewisser Meisterschaft brachte, blieb ich als Sänger allmählich hinter meinen eigenen Erwartungen zurück. Ich musste mir eingestehen, dass meine Stimme zwar ihre knabenhafte Höhe bewahrt hatte, aber keine Kraft entwickeln konnte. Die Töne, die ich mühelos traf, trugen nicht weit, und mein Lehrer, der als vollwertiger Mann in tieferen Lagen heimisch war, machte mir keine Hoffnung auf eine glänzende Laufbahn. Je länger wir um ein und dasselbe Stück rangen, je öfter er meine Haltung korrigierte und die gleichen Phrasen wiederholen ließ, desto mehr wuchs meine Wut auf diesen fruchtlosen Unterricht und auf Cavalli.

Warum sollte ich mich weiter quälen, wenn am Ende doch kein Erfolg in Aussicht stand. Dass auch der unerbittliche Zuchtmeister am Erfolg seiner Mühen zweifelte und um seinen Gewinn bangte, verschlechterte unser Verhältnis zusätzlich. Ich bekam nur noch schlechtes Brot und eine dünne Brühe, nachdem er meinen Körper anfangs mit besserer Kost hatte kräftigen wollen. Und auch meine Noten waren plötzlich nicht mehr gut genug. Er bestrafte mich für angebliche Fehler, die ich nicht erkennen konnte, und zerriss in seiner Raserei oft gut geglückte Seiten.

Am deutlichsten aber wurde mir mein Zustand, wenn er das Haus zu seinen Geschäften oder Vergnügungen verließ und sorgsam die Tür hinter sich zusperrte. Noch immer – oder schon wieder – war ich so unsichtbar wie bei den Nonnen, eine fremdem Willen unterworfene Kreatur. Ich wollte endlich hinaus, mein Schicksal selbst beim Schopf packen und mein Glück in der Welt suchen.

Fast anderthalb Jahre hatte ich in diesem Kerker verloren, und trotz aller Anstrengung war kein Fortschritt erkennbar … Als Cavalli mich wieder einmal mit bösem Spott zu besserer Leistung antreiben wollte, schlug ich ihm unvermittelt meine Faust in die höhnisch verzogene Fratze. Rücklings stürzte er vom Hocker, wobei er mit seinen Knien das Spinett von den Beinen riss und umstieß. Als er sich wieder erheben wollte, trat ich ihm mit voller Wucht in die Seite und warf mich auf ihn, um sein Gesicht mit weiteren Schlägen zu bedecken. Dabei rannen mir all die Tränen aus dem linken Auge, die sich für diesen Moment aufgespart hatten. Erst als meine Knöchel aufrissen und sich mein eigenes mit dem fremden Blut mischte, sank ich erschöpft zu Boden und betrachtete den reglosen Leib neben mir.

Sollte das wirklich so einfach gewesen sein? Ich konnte nicht erkennen, ob mein Gefängniswärter tot oder nur betäubt war, aber in jedem Fall hatte ich keine Zeit zu verlieren. Die Schlüssel zum Haus und zu seinen Gemächern trug er wie immer um den Hals, ich zerrte an der silbernen Kette, bis sie riss. Dann zog ich die Schatulle unter seinem Bett hervor, in der er sein Gold verwahrte, und stopfte ihren Inhalt in einen ledernen Beutel. Aus meiner Kammer holte ich den Orlando und aus der Küche ein Messer, dann trat ich auf die Straße und ließ die Tür angelehnt. Mochten sie ihn nur finden, auf mich würde kein Verdacht fallen. Mich gab es schließlich gar nicht, ich war für die Welt unsichtbar.

{1770}

🗡 👁 Auch jetzt, im Hause des Alten, bleibt mir dies. Wieder bin ich nur eine Stimme, die den Blinden durch das Labyrinth seines Lebens leitet, die ihn fragt und führt. Er richtet sich auf und greift nach einem Buch, das auf dem Schemel zu seiner Rechten liegt. Mit sicherem Griff blättert er darin, ohne den leeren Blick zu senken. Vermutlich weiß er den Inhalt auswendig und will sich nur tastend vergewissern, an welcher Stelle er mit seiner Erzählung fortfahren soll. Ich warte geduldig.

{1722–1727}

Drei volle Jahre hatte ich im Dienst des St. Thomas' Hospitals verbracht, als mich SIR Cheselden eines trüben Tages beiseite nahm und mir eröffnete, er könne nichts mehr für mich tun. Statt meine Zeit weiter an seiner Seite zu vergeuden, solle ich mir ein eigenes Gebiet wählen und mir einen eigenen Ruf als Forscher und Heiler erwerben. Während er dies sagte, legte er mir wohlwollend seine Hand auf die Schulter: »Ein gelehriger Schüler bist Du gewesen, Taylor. Doch nun musst Du Deinen Platz für andere räumen. Ein gutes Zeugnis soll Dir auf Deinem Wege helfen.«

Ich empfand die freundliche Geste als Ritterschlag und nahm mein erstes Patent ehrfürchtig entgegen, als handle es sich um eine heilige Schrift. Ausgerechnet der große Cheselden, der seinerzeit beim legendären William Cowper in die Lehre gegangen war und ihn mit seiner Theorie vom Knochengerüst des Menschen bald übertreffen sollte, nahm mich in die Ahnenfolge der vornehmsten Männer auf! Eine unsichtbare Linie führte nun von Hippokrates und Avicenna, von Galenos und Paracelsus direkt zu mir. Auf diesen Augenblick hatte ich im Stillen lange gehofft, nun war ich auf Sir Williams Frage bestens vorbereitet: »Ich habe mich bereits entschieden. Ich will mein Können ganz dem vornehmsten Organ zuwenden, das jeden Einzelnen von uns mit allem anderen verbindet. Ein Ophtalmologe will ich werden!«

Es ist die Zeit gekommen, hoch geschätzter Leser, die Schilderung meines Lebenslaufes für eine Hymne zu unterbrechen. Ich will sie just jenem Sinne widmen, der es Euch eben jetzt erlaubt, an meinen Abenteuern und Erkenntnissen teilzuhaben – dem Gesicht! In erster Linie und oberflächlich betrachtet, ist das Sehen ein physikalisches Phänomen, die Minderung oder der Verlust dieser Kraft muss also immer auf körperliche Ursachen zurückgeführt werden. Im übertragenen Sinne aber haben wir es hier auch mit einer metaphysischen Erscheinung zu tun, die uns das Fenster zur Welt öffnet und bei aller Verletzlichkeit machtvollen Einfluss auf unseren Glauben nimmt.

Beweist sich denn die Schöpfung nicht, indem sie uns vor Augen tritt? Sehen wir in den Erscheinungen nicht die Gnade Gottes, der uns mit seinen Gaben so überreich beschenkt hat? Müssen wir nicht erst das Hässliche vom Schönen unterscheiden können, um das Böse vom Guten zu trennen? Licht und Schatten, Farbe und Form schenkt uns das Auge, hinter geschlossenen Lidern wartet auf uns auch die Furcht vor dem Nichts. Und ist es nicht eine beredsame Fügung, dass wir die Welt mit einem Organ anschauen, das in die Form eines Apfels gefasst ist? Wird hier nicht die biblische Geschichte von der Frucht der Erkenntnis offenbar und buchstäblich einleuchtend vom paradiesischen Baum gepflückt?

Ich habe in langen Jahren unzählige Pupillen untersucht und dabei nie ein Paar gefunden, das einem anderen glich. Ich kenne krankhaft verengte und künstlich geweitete Augen, mandelförmige und katzenhafte Exemplare haben mich angeschaut, milchig getrübte und durchsichtig klare Linsen habe ich von ihren Leiden befreit. Mir ist die ganze Palette der Iris vom schwarzen bis zum grauen, vom blauen bis zum braunen und vom selteneren grünen bis zum raren roten Aspekt mit allen Abstufungen und Mischungen vertraut. Und doch weiß ich, dass all diese Augen den gleichen Zweck erfüllen und sogar in unnatürlich nach innen gezogener oder nach außen verdrehter Stellung noch eine Wirklichkeit wahrgeben, die dann freilich aus den Angeln gehoben und in der Achse verschoben erscheint. Selbst dieser Strabismus aber lässt sich kurieren, wenn man die nötigen Muskeln anregt oder abdämpft, um sie zu harmonischem Spiel zu einen.

Welches Organ wäre also würdiger, mit größter Sorgfalt und künstlicher Vorsicht behandelt zu werden? An welchem anderen Punkt könnte ein Arzt höheren Verdienst um seine Patienten erwerben? Der Evangelist Johannes hat uns überliefert, wie Jesus einen Blinden von seiner Krankheit heilte, indem er ihm mit Speichel vermischte Erde auf die Augen strich und ihn zum Teich von Siloah sandte, um sich den Teig abzuwaschen. Über solche Wundermittel verfüge ich nicht, doch habe ich Hunderten die Katarakt gestochen und den Blick neu geschärft. Und sie alle haben mir nach ihrer glücklichen Heilung meinen Wahlspruch bestätigt: Qui dat videre dat vivere – Wer das Sehen schenkt, schenkt das Leben!

Mit solcher Vorrede pflegte ich meine Operationen zu begleiten, als ich vor wachsendem Publikum und mit zunehmendem Erfolg zu praktizieren begann. Doch ehe ich mich an das Lebendige wagen durfte, hatte ich am abgestorbenen Material üben müssen. Ein Totengräber ließ mich nachts mit den unbeerdigten Särgen von Bunhill Fields allein, wo ich den Verstorbenen die geschlossenen

Lider öffnen konnte, um meine Fertigkeiten an ihnen zu erproben und zu verfeinern. Hier durfte ich lernen, ohne Schaden zuzufügen, wenn mir die Nadel an der Kornea abglitt und eine Zähre aus der Camera posterior rann, als würden die Toten ihr eigenes Schicksal post mortem beweinen.

Allmählich aber wurde ich immer geschickter darin, den Phakos zu zertrümmern und in den Corpus vitreum hinabzudrücken. Den Laien unter meinen Lesern, die ich in erdrückender Überzahl vermute, werden solche Begriffe natürlich nichts sagen. Aber es ist ihnen auch wenig damit gedient, wenn ich von der Hornhaut und der hinteren Kammer, der Linse und dem Glaskörper spreche. Das Wissen um die Zusammensetzung der einzelnen Teile bleibt uns Eingeweihten vorbehalten.

Wer sich dennoch in diese Aspekte der Ophtalmologie vertiefen möchte, sollte zu meinen zahlreichen Schriften greifen, die in vielfacher Auflage und in verschiedenen Sprachen zu finden sind. Einen guten Überblick gibt mein *Kurzer Auszug, oder genaue Beschreibung von zweihundertundzweiundvierzig Krankheiten, welchen das Auge und sein nahe liegende Teile unterworfen sind. Durch langwierige Erfahrung beobachtet und in öffentlichen Vorlesungen auf verschiedenen Universitäten vollständiger abgehandelt.* Gewidmet habe ich das Traktat übrigens dem hochgelehrten François Chicoyneau, der mir als königlicher Leibarzt am Hofe des fünfzehnten Louis begegnete und der einige interessante Dispute anzettelte. Eine lobende Präambel richtete ich an den Präsidenten und die Mitglieder der Edinburgher Naturforscher-Gesellschaft – lauter

Vorkehrungen, die möglichen Widerspruch von solcher Seite im Keim ersticken sollten.

Doch genug der Abschweifung: In den frühen Tagen – oder Nächten – meiner Laufbahn kehrte ich meist erst im Morgengrauen heim und verschlief den Vormittag in der Kammer. Meine Wirtin beobachtete dieses scheinbar eigensinnige, ihr vielleicht sogar verdächtig erscheinende Treiben misstrauisch und beschwerte sich schließlich lauthals über meinen schrecklichen Zimmerschmuck. Zu meinem ersten anatomischen Bild hatten sich weitere Blätter gesellt – darunter ein zerfaserter Unterarm, der auf einem Buch ruhte, sowie diverse Knochenmänner in anmutiger Haltung vor antiken Ruinen-Kulissen.

Man konnte solche Bilder preiswert bei fliegenden Händlern kaufen, die sie mit Vorliebe aus Cowpers Lehrbuch schnitten und damit den Diebstahl des Arztes an seinem Kollegen Govard Bidloo fortschrieben. Dass mein ehrenwerter Landsmann es für nötig befunden hatte, die Motive des Niederländers und seines Illustrators Gerard de Lairesse für sein eigenes Werk unerlaubt zu kopieren, schien mir ein passendes Gleichnis für die Gepflogenheiten unserer Zunft – Erkenntnis ist auch unter Medizinern oft nur geistiger Mundraub und durchschaubarer Diebstahl.

Ich freilich kann versichern, dass ich meine Einsichten aus eigener Anschauung und meine Praxis durch gründliche Übung gewann. Während sich andere in der morbiden Gesellschaft wohl gegruselt hätten, fühlte ich mich in Gegenwart der Verblichenen bestens aufgehoben. Das alte »Hic gaudet mors succurrere vitae« ging mir bei der

Arbeit oft durch den Kopf. Tatsächlich trat hier der Tod dem Leben als willkommener Helfer zur Seite, der seine Dienste uneigennützig anbot, wohl wissend, dass er am Ende ohnehin den Sieg davontragen würde. Vorerst aber konnte ich dem Sterben einen nachträglichen Sinn geben, indem ich den Leichen mit meinem Werkzeug zu Leibe rückte. Dabei beäugte ich Männer und Frauen, Kinder und Greise, grub nach dem Quell der Tränen und trennte die Muskeln der Lider. Wenn die Untersuchung abgeschlossen war, schloss ich dem heillosen Patienten ehrfürchtig die Augen und dankte ihm für die Lektion, die ich nun am Lebendigen proben wollte.

{1770}

Diesmal ist der Alte mit einem süffisanten Lächeln zur Ruhe gekommen, das seine Lippen schon während des Diktats umspielte. Immer wieder habe ich ihn unterbrechen müssen, um mir einzelne Worte und Namen buchstabieren zu lassen. Seine herablassende Geduld konnte dabei den Triumph kaum verschleiern, den ihm sein besseres Wissen bereitet. Mit diesem bösen Spiel hat er mich wie einen ungebildeten Burschen vorgeführt und zugleich zum Komplizen seiner Leser werden lassen. Denn wer würde solche hochgestochenen Vokabeln nicht mit Unverständnis lesen, wenn er nicht zum engen Kreis der eingeweihten Auserwählten zählt? Ich will dies auch für meine Geschichte beherzigen und mich einfacher Sprache befleißigen, damit ich sie rückschauend selbst verstehe.

{1752}

Mein Gang in die Freiheit folgte zunächst weniger einem ausgeklügelten Plan als vielmehr plötzlicher Eingebung. In meinem Käfig hatte ich nie weiter als bis zur Tür gedacht, hinter der mich das Außen erwartete. Nun fanden meine Füße ihren Weg wie von selbst. Von Cavallis Haus irrte ich scheinbar ziellos durch Genua, um unvermittelt vor einer vertrauten Fassade anzukommen. Der Bewohner, der mir auf mein Klopfen hin arglos öffnete, hatte mit meinem Anblick wohl nicht gerechnet. Ich nutzte seine Überraschung und schlug ihm mit der flachen Hand vor die Stirn, so dass er zurücktaumelte. »Aber junger Herr, das ist …«

Ich zog das Messer aus dem Bund meiner Hose und hielt es ihm an die Kehle. »Junger Herr – die Kügelchen in Gold aufgewogen? Erinnert Ihr Euch?«

Er musste schlucken und drückte dabei seinen Adamsapfel unwillkürlich gegen die Klinge. »Natürlich! Und habe ich Euch etwa belogen? Eure Stimme ist noch immer so schön wie damals. Engelsgleich, würde man meinen.«

Ich presste die Schneide härter an seinen Hals. »Nun, wenn dem so ist, wird es Euch ja sicher recht sein, wenn ich Euch nun die gleiche Gnade erweise.« Ängstlich faltete er seine Hände vor dem Unterleib, als könne ein inniges Gebet ihn schützen. »Aber nein, wir wollen die Sache in Eurem Falle gründlicher betrachten. Wo, meint Ihr, ist der eigentliche Sitz der Stimme? Wohl eher hier, nicht wahr?« Und damit zog ich das Messer mit einer raschen Bewegung, deren Kraft sich aus wildem Hass speiste, von rechts nach links. Der Mann griff röchelnd nach der Wunde und versuchte verzweifelt, das Blut zurückzuhalten.

Ungerührt sah ich ihm bei diesem erbärmlichen Kampf gegen das Unausweichliche zu. Als er zu Boden ging, suchte ich in der Werkstatt nach Brauchbarem. Viel schien ihm sein schnödes Geschäft nicht eingebracht zu haben, im Hinterzimmer mit der Bodenwanne fand ich immerhin ein paar Münzen, einige Ringe und zwei mit Edelsteinen besetzte Broschen. Welche verzweifelten Mütter mochten damit das Schicksal ihrer Söhne besiegelt haben? Ich ging zurück in die Werkstatt, hob den blutigen Leichnam vorsichtig auf und bettete ihn mit Leichtigkeit in die Wanne. Der Platz, an dem er Gott gespielt und Engel gemacht hatte, sollte nun sein Grab sein.

Das Kloster hatte ich schon von Weitem gesehen, während ich aus der Stadt auf die Höhen stieg. Nur einmal war mir dieser Anblick zuvor zuteilgeworden, als ich auf dem Weg nach Genua kurz über die Schultern geschaut hatte. Wie eng und niedrig sich Mauern und Dächer nun beim Näherkommen zusammendrängten, als fürchteten sie meine Ankunft. Mit dem Schaft des blutigen Messers, das ich in meiner Tasche noch immer umklammert hielt, schlug ich auf das Holz, bis sich ein kleines Fenster auftat.

»Was wollen Sie? Wer stört so mutwillig … Oh. Urlando!« Es war Clarissa, die ihr rundes Gesicht an die Öffnung presste. »Sie hat gesagt, Du wärst tot. Mit kaltem Schweiß und zitterndem Frösteln habe sie Dich in die Stadt geführt, dort hätte Dir kein Arzt mehr helfen können. So hat sie es allen erzählt. Und ich habe in meiner Zelle lange und bitter geweint.« Meine Wut, die zuletzt mit jedem Schritt gewachsen war, wich schlagartig einer abgrundtiefen Trauer. Sie war in einem Maße gealtert, das sich nicht allein der vergangenen Zeit anrechnen ließ.

Ich hob meine Finger zu ihren Wangen und streichelte sie sanft. »Es ist gut, Clarissa, es ist ja gut! Wir sind doch beide noch da – aber auf falschen Seiten. Du warst das Beste, was mir begegnet ist. Doch nun leb wohl! Und richte der Mutter Priorin meine Grüße aus.«

Ich wandte mich zum Gehen, als mir meine einstige Geliebte mit erstickter Stimme nachrief: »Sie ist tot! Starb selbst vor einem Jahr am Fieber.« Ich verschluckte meine Antwort und ging weiter, ohne mich umzusehen – zunächst zögerlich, dann immer schneller.

Auf meiner ziellosen, aber unbeschwerten Wanderung dachte ich lange über Gründe und Schwere meiner Taten nach. Cavallis Tod mochte durch den bloßen Affekt entschuldigt werden, der von ihm selbst heraufbeschworen worden war. Ungleich schwerer wog wohl der mit Bedacht ausgeführte Mord an dem Eunuchenhändler, der in seiner Ausführung dank eines plötzlichen Einfalls sogar symbolischen Wert gewonnen hatte. Mildernd hielt ich mir zugute, dass ich den Plan verworfen hatte, auch im Kloster Rache für den Verrat an dem unschuldigen Zögling zu üben. In jedem Fall aber musste ich mir eine Befriedigung eingestehen, die sich mit meinem ausgeprägten Sinn für Gerechtigkeit verband. Hatte ich nicht allen Grund zur Strafe gehabt – und einmal sogar Gnade vor Recht ergehen lassen?

Wie leicht wäre es gewesen, die himmelblauen Schwestern im rotgoldenen Fegefeuer zu läutern oder Cavalli vor dem Tod mit den Saiten und Kielen seines Instruments zu quälen. Je länger ich mich in solche Fantasien vertiefte, umso klarer wurde mir die wohltemperierte Manier meines Handelns. Einerseits hatte ich den Delinquenten unnötige Leiden erspart und mit segnender Hand ultimative Absolution gespendet. Andererseits waren ausgerechnet jene, die ihre Heuchelei für gottesfürchtig hielten, zum Leben mit ihrer Sünde verurteilt.

Mein Augenmaß für das Angemessene erfüllte mich mit Stolz und weckte die Lust, das eben erst entdeckte Handwerk durch Übung und Ausdauer zur Kunst zu verfeinern. Dass der Tod mir einst auch mein Leben versüßen könnte, kam mir dabei noch gar nicht in den Sinn. Nach diesen ersten linkischen Versuchen war mir lediglich bewusst, meinen Körper stärken und meine Treffsicherheit erhöhen zu müssen, wenn ich gegen besser gewappnete Gegner bestehen wollte. Nicht immer würde meine Wut die Kräfte doppeln, nicht immer der Vorteil der Überraschung auf meiner Seite sein.

Das milde Wetter an diesen Herbsttagen begünstigte meine langen Fußmärsche, bei denen ich mir oft Feldsteine vom Wegesrand auflud, um Kraft durch zusätzliche Last zu gewinnen. In den einsam gelegenen Scheunen, die ich in den Nächten aufsuchte, malte ich mir mit Kohle menschliche Silhouetten auf die hölzerne Wand und übte an ihnen verschiedene Stiche: von unten aus der Hüfte aufwärts stoßend oder von oben über den Kopf herab schlagend, mit Anlauf aus größerer Entfernung oder aus kurzer Distanz direkt in die Brust. Notgedrungen blieb ich in diesen Disziplinen Autodidakt und hätte mir einen erfahreneren Lehrer gewünscht, aber immerhin kannte ich die Lage von Herz, Hirn und Hoden – den tödlichen Tritonus, den ich mit wachsender Geschicklichkeit anschlug. Und immer wieder jubelte dabei in mir der Ruf, mit dem Cavalli in seltenen Momenten meine Spitzentöne lobte und den ich nun auf das schartige Exemplar aus seinem Hause übertrug: Evviva il coltellino!

{1770}

Der Einfall, die Veduten aus Taylors Galerie auszulöschen und seinen Denkwürdigkeiten zugrunde zu legen, ist nicht allein dem schwindenden Vorrat an leeren Blättern zuzuschreiben. Indem ich die Bilder zerstöre, schließe ich auch mit meinen eigenen Erinnerungen ab. Dass Genua zuerst dem Vergessen anheimgegeben worden ist, versteht sich von selbst, schon während der vorsätzlichen Vernichtung habe ich den Ort meiner Kindheit und meiner Qualen unwiderruflich aus meinem Gedächtnis verbannt. Dass die Wahl danach auf London fiel, sollte für Balance mit dem Alten sorgen, der nun wieder Tribut fordert.

Eben hat er seine Blase stöhnend in den irdenen Topf entleert, der stets griffbereit zu seinen Füßen steht. Nun rückt er sich umständlich in seinem Sitz zurecht, als wolle er vor einem aufmerksamen Auditorium Vorlesung halten. Doch da bin ja nur ich allein …

{1727–1734}

Wo, hoch geschätzte Leser, hatte ich meine Mitteilungen an die Nachwelt unterbrochen? Ihr erinnert Euch: am Ende meiner stillen Studien und am Tor zum Tempel des Reichtums und des Ruhms. Ich wusste wohl, dass ich mich in diesem Heiligtum nur behutsam bewegen durfte, um meinen ersehnten Erfolg nicht durch einen Fehltritt zu schmälern. Selbst der große Vesalius soll ja auf erzwungener Pilgerreise nach Jerusalem sein Leben ausgehaucht haben, nachdem er versehentlich einen scheintot Lebenden seziert hatte und vom Kaiser verurteilt worden war. Dieses Exempel, bei dem größte Verdienste durch einen einzigen kleinen Irrtum ausgelöscht worden waren, stand mir auf meinem weiteren Weg warnend vor Augen. Jeder Schritt, jeder Schnitt musste wohl bedacht und vorsichtig gesetzt werden.

Zunächst wollte ich mein Können auf offenen Plätzen und an minder schweren Fällen zeigen, um mich auf diese Weise bessergestellten Patienten mit schwereren Leiden zu empfehlen. Also näherte ich mich der Mitte buchstäblich von den Rändern und behandelte zunächst nur Erkrankungen der Augendeckel: das Crithe genannte Gerstenkorn oder das als Chalazion bekannte Hagelkorn, die drei Arten der Scirrophthalmia sowie die Rolllider, bei denen die Wimpern auf der Hornhaut schleifen.

Meine wohl durchdachten Auftritte fanden schon bald die erwünschte Beachtung, zumal ich meine auf dem Markt von Norwich erworbene Fähigkeit der vollmundigen Rede verfeinert hatte und dem Schauplatz der

Operationen anzupassen wusste. Statt ausschweifender akademischer Erklärungen verlangte das Publikum nach historischen Vergleichen und derben Scherzen auf Kosten des Kranken, der in meinem Stuhl festgeschnallt saß.

In dräuendem Ton verglich ich die unterschiedlichen Lidkörner, die ihr Gift bei unachtsamer Öffnung entweder weiter ausstreuen oder stärker werden lassen, mit der verheerenden Wirkung des Mutterkorns im Getreide. Dann pries ich den Wimpernschlag als kleinstes natürliches Maß für die Spanne des menschlichen Lebens und rechnete meinen Zuhörern eine zwar abenteuerliche, aber einleuchtende Skala vor, die ihnen die unwillkürliche Bewegung ihrer Lider plötzlich bewusst machte. Und schließlich predigte ich mit den Worten unseres Heilands, der bei Matthäus auf dem Berge und bei Lukas auf dem Felde vom Splitter im Auge des Bruders und vom Balken im eigenen Auge gesprochen hatte. Dabei schärfte und spitzte ich mit großen Gesten noch einmal meine Instrumente, obwohl diese längst perfekt präpariert waren. Während ich danach das ängstliche Antlitz meines Patienten mit feuchten Tüchern bedeckte, um die Geschwülste vorsorglich aufzuweichen, wählte ich mir aus der Menge einen freiwilligen Assistenten.

Bewerber waren stets zur Stelle – meist junge Burschen, die der Magd an ihrer Seite imponieren wollten, aber auch grobschlächtige Fleischhauer mit fachlichem Interesse oder abgerissene Tagediebe, die von der Aussicht auf einen kleinen Obolus angelockt wurden. Der Auserkorene musste sich hinter den Kranken stellen und das Auge mit Daumen und Zeigefinger fixieren, damit keine unwillkürliche Bewegung mein Werk verdarb. Da mir dieses kleine Schauspiel nicht nur Anlass zu launigem Geplänkel bot, sondern auch den Applaus nach gelungenem Eingriff steigerte, wurde die Rolle des Handlangers schon bald zum begehrten Amt und mein regelmäßiges Erscheinen auf dem alten Borough Market zu einer willkommenen Attraktion.

Ausgerechnet diese Anerkennung, die sich unter freiem Himmel zwischen vulgären Marktweibern und betrunkenen Fuhrleuten viel schwerer verteidigen ließ als in der ehrfürchtigen Stimmung eines Hörsaals, sollte mir aber bald zum Nachteil gereichen. Noch Jahre später hat mich der ehrenwerte William Hogarth, dem ich im Übrigen auch ein naturgetreues Porträt aus meiner Blütezeit verdanke, in seine satirische »Company of Undertakers« eingereiht – als mutwilliger Beisitzer an der Seite von Quacksalbern wie Joshua Ward oder Sarah Mapp.

Da beide Namen wohl längst vergessen sein werden, wenn man sich meiner Verdienste noch immer dankbar erinnert, sei ein kurzes Signalement dieser Subjekte gestattet. Ward hatte bei unserer ersten Begegnung in London wohl zwei Jahrzehnte mehr auf dem Buckel und ungezählte Opfer auf dem Kerbholz. Der Pillendreher war nach langer Zeit aus Frankreich zurückgekehrt, wo er nach diversen missglückten Behandlungen nur durch Fürsprache von höchster Stelle vor der Bastille gerettet worden war. Den Reichtum, den er durch den Verkauf seiner angeblichen Allheilmittel angehäuft hatte, trug er offen zur Schau: Ein gewaltiger Wanst drohte das Justaucorps zu sprengen, die im lichten Blau gehaltene

Allongeperücke krönte eine hohe Stirn über schlauen Schweinsäuglein. Er war gewiss ein interessanter, keineswegs aber ein gewinnender Mann, der mit seiner Medizin bei vertrauensseligen Käufern nicht nur harmlosen Glauben, sondern auch bedrohliche Wirkungen geweckt hatte. Doch weder sein Friar's Balsam aus geharztem Alkohol noch seine giftigen Tabletten oder seine stinkenden Experimente mit schwefliger Säure konnten seine Reputation schmälern, obwohl er wegen all dieser Indizien in den Gazetten und vor Gericht später immer wieder angegriffen wurde. Nachdem er unserem gottseligen König Georg II. gar noch einen verstauchten Daumen eingerenkt hatte – ein Handgriff, den jeder gemeine Mann mühelos an sich selbst vornehmen könnte –, war sein Ansehen bei Hofe gefestigt, und er durfte selbst nach den verschärften Regeln für Apotheken als einziger Laie weiterpfuschen.

Wir waren einander von Anfang an in herzlicher Abneigung verbunden. Er fürchtete wohl mein besseres Wissen, mit dem ich ihn jederzeit vor aller Augen hätte entlarven können. Und ich verachtete seine Scharlatanerie, die er später sogar noch als besondere Wohltat tarnen sollte. In Hospitälern, die er vorgeblich zum Wohl der Armen und in Wahrheit zu eigenem Nutzen eingerichtet hatte, verteilten die Damen der Gesellschaft bestenfalls wertlose Pillen an die Bedürftigen … widerlich. Dass er seine letzte Ruhe trotz all dieser offenkundigen Betrügereien und Verfehlungen in der illustren Gesellschaft von Westminster Abbey finden durfte, bleibt blanker Hohn für alle rechtschaffenen Mediziner.

Zum Zentrum des Dreigestirns, das an der Spitze seiner Bestatter-Gesellschaft steht, wählte Hogarth allerdings ein noch widerwärtigeres Geschöpf. Nie hätte ich meinen Kopf an die Wange von Crazy Sally gebettet, selbst Ward hätte sich gewiss geweigert, dieses monströse Mannweib zu flankieren. Und doch thront sie im Bild nun zwischen uns, den massigen Kopf mit schielendem Blick und wulstiger Unterlippe fest zwischen die kräftigen Schultern gepresst. Ihr kariertes Gewand und ihr Männerhut verzerren die Erscheinung ins Närrische, wovon man sich freilich nicht täuschen lassen darf. Denn das beinerne Zepter in ihrer Pranke erweist sich bei näherer Betrachtung als Zeichen ihrer Zunft: Sally war eine Knochensetzerin, die ihre grobschlächtige Behandlung den verunglückten Reitern am Rande der Pferderennbahn ebenso wie den verkrümmten Wirbelsäulen reicher junger Damen zuteil werden ließ.

Dass sie wie ich aus der Provinz nach London gekommen war, änderte nichts an meinem Ekel: Die ordinäre Person war fast immer betrunken und krakeelte durch die Straßen von London, wobei man zwischen Werbung in eigener Sache und Beschimpfung ihrer bedauernswerten Klienten kaum unterscheiden konnte. Hinter ihrem Rücken spottete man, dass allein ihr Atem für eine gründliche Betäubung genügen würde, und unter dem Blick ihrer einwärts gedrehten Augen trat man lieber ehrfürchtig zur Seite. Die Erfolge ihrer Praxis im Grecian Coffee House waren unstrittig, riefen aber zugleich neidische Ärzte auf den Plan, die schließlich eine Falle stellten.

Der kerngesunde junge Mann, der als Lockvogel in ihrer Sprechzeit über ein angeblich desolates Handgelenk klagen sollte, kehrte allerdings mit schmerzverzerrtem Gesicht zu seinen Auftraggebern zurück: Sarah Mapp hatte die Maskerade nach kurzer Untersuchung durchschaut und dem Lügner genau jenen Defekt zugefügt, den er ihr vorgegaukelt hatte. Dem heimtückischen Dienstmann, der ihr Liebe vorgegaukelt und sich dann schließlich mit hundert Guineen aus dem Staub gemacht hatte, war sie hingegen auf den Leim gegangen. Ihr Grab musste von der Gemeinde bezahlt werden, weil auch ihre berühmte Schwester sich weigerte, die Kosten zu tragen. Ach, Lavinia! Jedenfalls hat Hogarth mit seinem Stich ein blasphemisches Denkmal für Sally gesetzt, dessen Inschrift am Sockel wohl auch mich meint: In plurima mortis imago – Die vielen Gestalten des Todes!

Dass die göttliche Lavinia mit der unförmigen Trunkenboldin verwandt sein sollte, ging über meine Vorstellungskraft: Konnten Schönheit und Talent in einer Familie wirklich so ungleich verteilt sein? Abend für Abend saß ich im beißenden Rauch der Talglichter zwischen schwitzenden Nachbarn im Lincoln's Inn Field Theatre und amüsierte mich über die *Beggar's Opera*, mit der John Rich gerade der Erfolg der Saison geglückt war. Dabei hatten sein Komponist und der Dichter kaum mehr getan, als den starrenden Schmutz der Straßen auf die Bühne zu kippen und Licht in die finstersten Winkel der Stadt zu bringen. Man musste wahrlich kein Hellseher sein, um hinter dem Bettlerkönig Jonathan Peachum den ehrenwerten Schatzkanzler Robert Walpole samt all seiner Machtspielchen und Intrigen zu erkennen. Den Captain Macheath hingegen kannte man von den Steckbriefen, mit denen nach dem notorischen Ein- und Ausbrecher Jack Sheppard sowie nach seinem Widersacher, dem Meister-Denunzianten Jonathan Wild, gesucht worden war – einer Mischung aus noblem Dieb und skrupellosem Verräter, der seine unbequemen Mitwisser kalt lächelnd ans Messer geliefert hatte.

Beide waren erst nach meinem Abschied von Cheseldens Anatomie aufgeknüpft worden, so dass mir über die möglichen Anomalien der Verbrecher nichts bekannt ist. An die Hinrichtungen hingegen erinnere ich mich bestens – ausgelassene Volksfeste mit Musik und Tanz, in deren Mitte der Galgen auf seine Bestimmung wartete. Selbst der einfachste Mann trug zur Feier des Tages sein bestes Gewand, der Pöbel trank und schmauste fröhlich, die edlen Damen wehrten auf der Tribüne mit Fächern die aufsteigenden Ausdünstungen ab und hielten im ohrenbetäubenden Lärm vornehme Zwiegespräche mit ihren Begleitern. Nur mit Mühe und blanken Waffen konnten die Wächter in dieser Menge eine Gasse für den Wagen der Verurteilten bahnen, die auf ihrer letzten Reise von wütenden Zurufen und allerlei verdorbenen Wurfgeschossen begleitet wurden.

Wild, der regungslos inmitten seiner Spießgesellen saß und den größten Unmut auf sich zog, schien diesen Aufruhr gar nicht zu bemerken. Man hatte seinen Schädel geschoren und ihm ein fleckiges Hemd übergezogen, vom einst eleganten Erpresser und Juwelendieb war nichts mehr geblieben. Als das Volk die Teilnahmslosigkeit des Ruchlosen bemerkte, verbreitete sich wie ein Lauffeuer das Gerücht, dass er vergeblich versucht habe, sich in Newgate mit einer Flasche Laudanum selbst zu richten.

Ein verschimmelter Kohlkopf, der ihn an der Stirn traf und hintüber fallen ließ, bewies seine tiefe Ohnmacht. Schließlich baumelte der einstige Meister des doppelten Spiels schlaff in der Schlinge, nachdem seine Mittäter das erwünschte Schauspiel geliefert hatten und für ihren Todeskampf mit Applaus belohnt worden waren.

Bei Sheppard, dem der Henker das Seil bereits einige Monate zuvor um den Hals gelegt hatte, war das Mitleid ungleich größer gewesen. Der schöne Jüngling vermochte mit seiner aufrichtigen Reue vor allem das weibliche Publikum zu rühren, seine wundersamen Selbstbefreiungen aus dem Gefängnis sorgten für raunende Bewunderung bei den Männern. Fünfmal hatte man ihn fangen müssen, zuletzt hielten ihn eiserne Ketten am Boden seiner Zelle gefesselt – und auch jetzt noch ahnte man unter dem blassen Teint und zwischen den schmalen Schultern eine kaum zu bändigende Energie … Drei Jahre später sollte er gemeinsam mit seinem Todfeind Auferstehung feiern und zum janusköpfigen Helden der Bettleroper werden.

Während man im Parkett den Wettstreit der rivalisierenden Verbrecher beklatschte, galt meine ungeteilte Aufmerksamkeit Polly Peachum, der Tochter des Bettlerkönigs – Lavinia Fenton! Ihr schlanker Leib, den sie angeblich schon als Kind in der Gosse feilbieten musste, war zu schönster Jugend erblüht, ihrem unschuldigen Gesicht hatten weder die Demütigungen dieses ältesten Gewerbes noch die harte Arbeit als Schankmädchen zusetzen können. Wie ein Komet war sie vor anderthalb Jahren am Himmel von Haymarket aufgestiegen, hatte ersten Erfolg in der Tragödie *The Orphan* gefeiert und war bald zur Konkurrenz übergelaufen, um ihre Paradepartie zu finden.

Ihre Polly konnte lieblich und naiv, aber auch bestimmt und gerissen sein, selbst Pepuschs und Gays schalere Lieder gingen ihr wie Bravourarien von Händel oder Porpora über die Lippen. Und wenn sie sich mit ihrer Erzrivalin Lucy Lockit stritt, dann ähnelte dieses vulgäre Gekeife täuschend dem berühmten Königinnen-Zwist, den die Primadonnen Francesca Cuzzoni und Faustina Bordoni in Bononcinis *Astianatte* auf offener Bühne ausgetragen hatten – eine drollige Parodie, die an jedem Abend Jubelstürme und Da-capo-Rufe auslöste. Mir aber erschien Lavinia selbst mit verrutschtem Mieder und zerzaustem Haar, mit funkelndem Blick und wogendem Busen wie ein Engel, dessen Eleganz nur von seiner Unerreichbarkeit übertroffen wurde.

Mein Geschäft hatte sich einträglich entwickelt, dennoch würde ich in absehbarer Frist wohl nicht in der Lage sein, die Ansprüche dieser gefeierten Actrice zu befriedigen. Nach jeder der Vorstellungen, für deren Besuch ich einen erklecklichen Teil meiner Einkünfte ausgab, betrank ich mich und schwankte durch die Dunkelheit in meine kalte Kammer. Und als Polly dann von einem Tag auf den anderen aus dem Stück verschwand, um fortan ein sorgenfreies Leben als Geliebte des Duke of Bolton zu genießen, wusste ich, dass auch meine Zeit gekommen war. Die wachsende Missgunst der Konkurrenz und die schmerzliche Leere in meiner Brust fügten sich zu einem Entschluss: Ich wollte mein Glück in der Ferne suchen!

Verzeiht, verehrte Leser, diese abschweifenden Eindrücke aus meiner Jugend, die Euch wenigstens eine Ahnung von jenen bewegten Jahren geben mögen. Tatsächlich habe ich in dieser Zeit nicht nur mein Geschick, sondern auch meinen Geschmack gebildet, neben den Weihen der Wissenschaft auch Kenntnis der Künste erworben – eine Verbindung, die mir später oft zum Vorteil gereichen sollte. Aus dem Schatz meiner gesammelten Erfahrungen dürft Ihr also Lehren ziehen, die über das Gebiet der Heilkunde hinaus weit in höhere Kreise und abseitige Gebiete weisen. Ich wage die Behauptung, dass nur ein weltläufiger Mann wirklich Großes zu leisten vermag, während die Beschränkung auf ein einziges Fach zwangsläufig auch den Gesichtskreis einengt. Wie rasant und wagemutig ich meinen Horizont erweiterte, werde ich Euch in den nächsten Abschnitten zur Genüge wissen lassen.

{1770}

Ich erkenne an seinem plötzlichen Verstummen, dass Taylor dies als würdiges Schlusswort unter sein erschöpfendes Diktat gesetzt und mich für heute von meinem Dienst entbunden hat. Lediglich das verzagte Piepsen der Vögelchen mischt sich noch in sein leises Schnarchen. Lautlos steige ich also wieder die Treppe hinab, um mir Nachschub für meine Radierungen zu suchen. Dabei balanciere ich den Topf mit den Ausscheidungen des Alten, die ich im Rinnsteig entleeren will, um den infernalischen Gestank unter dem Dach zu mildern. Seitdem er mich an seiner Seite weiß, sinkt der Herr immer tiefer in ein heroisches Gestern, in dem alltägliche Verrichtungen keinen Platz mehr finden.

Wenn ich nicht wüsste, wie schnell und geschickt er sich in seiner ewigen Nacht bewegen kann, würde ich Mitleid mit seinem vorgeblich maladen Zustand empfinden. So aber unterziehe ich mich seiner Pflege wie einer lästigen Pflicht, deren Sinn ich selbst noch nicht begreife. Über Lohn hat er bisher kein Wort verloren, selbst den Botenjungen lässt er mich widerspruchslos aus eigener Tasche bezahlen, und meine getreuen Mitschriften scheinen ihm selbstverständlich. Auch für meinen Lebenslauf zeigt er kein Interesse mehr, seitdem er sich so ausführlich seiner eigenen Spuren vergewissert.

Mir aber spiegeln gerade diese fremden Bilder die eigene Vergangenheit, die auf rätselhafte Weise mit dem Chevalier verbunden scheint. Ich will die Ansichten der Städte und die Porträts in der Galerie vorerst schonen, bis sich der passende Platz im Manuskript für sie findet. Fürs Erste blättere ich in einer Mappe, die ich unter einem Stapel mit Romanen freigelegt habe. Dafür musste ich zunächst *Gullivers Reisen* von Jonathan Swift ebenso wie ein noch unaufgeschnittenes Exemplar der *Leben und Ansichten von Tristram Shandy, Gentleman* beiseitelegen, Henry Fieldings *Reise von dieser in die nächste Welt* ebenso wie den *Robinson Crusoe* des Daniel Defoe. Selbst bei oberflächlicher Betrachtung der Titel fällt das Faible des Chevaliers für erfundene Leben und Welten auf – eine Neigung, die durchaus Zweifel an seinem eigenen Bericht zu wecken vermag. Dass mir hingegen die Lust an Flunkereien vergangen ist, schreibe ich nicht allein früher Übersättigung in der Klosterbibliothek zu. Seitdem ich das wahre Leben kenne, misstraue ich erlogenen Geschichten.

In der Mappe finde ich zumindest einen Beleg für wahre Worte: Die Karikatur der Quacksalber-Gilde liegt obenauf, tiefschwarze Pupillen schielen mir aus den Augen der verrückten Sarah entgegen. Die zwölf Apostel, die mit Insignien wie Brille und Urinal zu Füßen der heillosen Dreifaltigkeit versammelt sind, hat der Alte gar nicht erwähnt. Beim missgünstigen Vergleich des Herrn Ward mit seiner eigenen Erscheinung aber hat ihm wohl die Eitelkeit einen Streich gespielt: Hogarth hat jedem der beiden Männer besondere Sorgfalt angedeihen lassen, um die Scheußlichkeit des Weibes zu steigern. Dass auf dem fülligeren Antlitz des Pillendrehers ein Halbschatten liegt, während der schmalere Taylor mit einem geschlossenen und einem offenen Auge dargestellt ist, mag vor mehr als drei Jahrzehnten ironisch gemeint gewesen sein.

Nun aber wirkt diese Spaltung zwischen Dunkel und Licht, Scharfsicht und Blindheit fast wie Prophetie, die damals für sechs Pennies zu haben war. Beim Weiterblättern entdecke ich ein ganzes Konvolut von Hogarths Hand: moralische Bilderfolgen, die vom fortschreitenden Verfall eines Wüstlings und einer Hure, von unglücklicher Vermählung und von den Folgen von Fleiß und Müßiggang handeln. Dazwischen einzelne Bilder, die den verderblichen Einfluss des Gingenusses anprangern und den Segen des Biertrinkens preisen. Das will ich mir näher besehen! Ich raffe die Papiere zusammen und klemme mir die Mappe unter den Arm, um sie mit dem Nachtgeschirr hinauf zu dem hinfälligen Halbgott in seinen olfaktorischen Olymp zu tragen.

{1752}

Da mir kein Ziel vor Augen stand, folgte ich einfach den Spitzen meiner Schuhe und den Wendungen der Wege durch die Landschaft. Es war die Zeit der Lese und eine helfende Hand überall willkommen. Für eine Schlafstatt und Verpflegung verdingte ich mich nahe Siena bei einem verwitweten Winzer, für den ich die Trauben von den Reben schnitt und den Saft aus den Beeren stampfte. Während die roten Schalen unter meinen Sohlen platzten und mir der Most durch die nackten Zehen spritzte, kam ich wieder auf seltsame Gedanken: Am Weinstock hatte ich das Messer angelegt, nun trat ich seine Früchte mit Füßen … und vielleicht würde irgendwann ein Priester das Kreuz über dem Kelch schlagen, um die Wandlung in Christi Blut zu wirken. Von meiner Klinge führte eine klare Linie bis zum Abendmahl des Herrn, ich könnte mit meiner Kunst also ein achtes Sakrament beschwören – eine wunderbare Aussicht, die ich mit einem Freudensprung feierte. Der Schwung ließ den Bottich überschwappen und hätte mich beinahe zu Fall gebracht. Doch ich fand neuen Halt – knietief im Blut.

Wenige Tage später wollte der Bauer eine Sau schlachten, ich sollte das Tier zu Boden drücken und den Hals für den tödlichen Stich freihalten. Scheinbar unbeholfen, aber in Wahrheit vorsätzlich stellte ich mich dabei äußerst ungeschickt an, bis der sonst eher wortkarge und ruhige Mann die Geduld verlor und mir fluchend den Tausch unserer Rollen anbot. Genau darauf hatte ich gewartet. Sofort schwang ich mich vom Rücken des ängstlich schreienden Schweins und stieß mit meiner Klinge zu, noch ehe der Bauer meinen Platz einnehmen konnte. Das Tier verstummte schlagartig, ein letztes Zittern ging durch den massigen Körper, und der Züchter hätte vor Verblüffung beinahe vergessen, das dunkle Blut aufzufangen.

Als er die Schale unter den sprudelnden Quell geschoben hatte, sah er mich mit einer Mischung aus Staunen und Schrecken an: »Ich hätte nie gedacht, dass so viel Kraft und Geschicklichkeit in dir steckt, Urlando. Aber die Reben gewinnen ja auch an Stärke, wenn man sie beschneidet.«

Kurz spürte ich Zorn in mir aufsteigen, dann aber bezwang ich mich und grinste ihn an. »Wenn die Sau nicht umsonst gestorben sein soll, müssen wir sie wohl schnell zerlegen.«

An diesem Abend schnitt ich das Fleisch und zerhackte die Knochen, während der Bauer das Blut rührte, damit es nicht vorzeitig gerann. Wieder spürte ich die innere Ruhe und Entspannung, die mich bei der Arbeit mit meinem Messer überkam. Als wir schließlich schweigend am Tisch saßen, stand neben einem Glas Wein und einem angebrochenen Laib Brot auch ein Teller mit einer schwarzen Suppe vor mir – warmes Blut mit fein gewürfelter Leber und allerlei duftenden Gewürzen. Ich blickte in den dunklen Spiegel hinab und sah mir selbst dabei zu, wie ich den ersten Löffel zum Munde führte.

Es schmeckte betörend süß und klebte sämig am Gaumen. Nie hatte ich etwas Köstlicheres gegessen, selbst den sonst so gern genossenen Wein des Hauses verschmähte ich, weil er mir die Finesse dieses Gerichts zerstört hätte.

Stattdessen wälzte ich das Blut auf meiner Zunge, bestrich mir die Innenseiten meiner Lippen und schluckte es schließlich genüsslich hinunter.

Mein Wirt sah mir lächelnd zu: »Du musst schneller essen, sonst wird sie kalt. Dann ist ihr nicht mehr beizukommen.« Ich nickte stumm und löffelte eilig weiter, wobei sich eine seltsame Sättigung und Wärme in mir ausbreitete. Erst als die letzten Tropfen mit dem Brot vom Grund des Tellers gewischt waren, griff ich nach dem Glas. Jetzt wollte ich mich betrinken, um mit einem seligen Gefühl in den Schlaf zu sinken.

Das Ende meines Dienstes nahte, als der junge Wein in den Fässern reifte. Der Bauer steckte mir zum Abschied noch zwei Blutwürste und eine Flasche Wein zu und beobachtete mit spürbarer Erleichterung, wie ich mich von seinem Hof entfernte. Seit dem stillen Schlachtfest war er noch schweigsamer geworden, bei den Mahlzeiten betrachtete er mich stumm aus dem Augenwinkel und zuckte bei jeder schnellen Bewegung zusammen. Er hatte mich durchschaut – nicht nur das Geheimnis meiner Stimme, sondern auch die Abgründe meines Denkens, an deren Rändern mir manchmal selbst schauderte. Und doch hatte er mir zugleich eine Lektion erteilt, ohne es zu wissen: Man musste kaltblütig sein und sich gegen die eigenen Gefühle verhärten. Auf dem Weg in den Norden fasste ich den Entschluss, nie mehr aus blindem Eigennutz zu töten. Und ich spürte Lust, wieder zu singen.

{1770}

Hogarths Bilder haben mich so in ihren Bann gezogen, dass ich den Alten fast vergessen hätte. Geräuschlos hat er sich erhoben, nun steht er als dürre, dunkle Erscheinung direkt vor meinem Pult. »Was machst Du da? Dein Rascheln hat mich geweckt! Korrigierst Du mein Diktat? Das ist brav!« Ich warte darauf, dass er sich wieder in seinen Winkel zurückzieht, doch Taylor reckt sich und lässt seine Knochen knacken. Dann geht er im Zimmer auf und ab, die Hände im Rücken gefaltet und das Haupt majestätisch erhoben. Seine Schritte sind sorgfältig gesetzt, sein Weg ist abgezirkelt wie seine Worte.

{1734–1735}

In jüngster Zeit hatte ich gut verdient, auch vom Erbe meines Ziehvaters war trotz meiner Lehrjahre und der billigen Vergnügungen noch ein erkleckliches Sümmchen übriggeblieben. Nun wollte ich alles auf eine Karte setzen. Mein Abschied aus London sollte nicht wie eine heimliche Flucht, sondern wie ein Triumphzug wirken, der meinen schäbigen Konkurrenten noch lange in Erinnerung bleiben würde. Beim besten Kutschenbauer Londons bestellte ich einen eleganten Vierspänner, die glänzend schwarze Karosse ließ ich von einem geübten Malermeister mit Vignetten von geöffneten und geschlossenen Augen überziehen, auf beiden Türen prangte mein Sinnspruch »Qui dat videre dat vivere«.

Das Quartett meiner Rappen hatte ich in einem Anflug von Übermut auf die vier Evangelisten Matthew, Marc, Luke und John getauft, was jedem verständigen Mann eine Ahnung von meiner Rolle in dieser Partie geben sollte. Dass ich die Pferde mit eigener Hand geblendet hätte, um sie gefügiger zu machen, muss ich hingegen als nachträgliche Verleumdung entschieden zurückweisen. Nie hätte ich meine Gesundheit Tieren anvertraut, die sich einzig auf ihr Gehör und auf die Augen des Kutschers verlassen konnten. Scheuleder immerhin trugen sie, um ihr Gesichtsfeld einzuschränken – übrigens ein Phänomen, das bei manchen Menschen auch ohne solche künstlichen Klappen zu beobachten und kaum zu behandeln ist. Doch dies nur beiläufig …

Nachdem ich all meine Vorbereitungen getroffen hatte, ließ ich mir schwarze Gewänder à la mode schneidern, die auch meinem neuen Diener Homer angepasst wurden. Eigentlich hieß der brave Knabe schlicht Conrad, aber in meinem Hang zur Perfektion hatte ich ihm den Namen des blinden Meisters der Antike gegeben. Er hatte sich mir als gefügiger Assistent bei einem meiner Auftritte empfohlen und eine erste Probefahrt mit meinem Gespann bravourös gemeistert.

Als er nun auf den Bock kletterte, um mich durch die Stadt Richtung Kanal zu chauffieren, trug er rauchfarbene Augengläser und ließ die Peitsche kunstvoll knallen. Auf dem Verdeck waren die – selbstverständlich schwarzen – Kisten und Koffer vertäut, die neben den Kleidern auch meine Instrumente sowie eine kleine Reisebibliothek enthielten.

Alles war bis in die letzten Details durchdacht und verfehlte die erwartete Wirkung nicht. Kinder liefen johlend hinter meiner Kutsche, Frauen und Männer sprangen erschrocken aus der Bahn oder sperrten am Straßenrand staunend Münder und Augen auf. Ich grüßte huldvoll nach beiden Seiten und schenkte einem besonders mutigen Knaben, der auf das Trittbrett gesprungen war, eine ganze Guinee. Sie war Teil des kärglichen Rests, der mir nach der verschwenderischen Inszenierung meines Auszugs noch geblieben war. Ich musste dringend operieren, um meine Reise zu bezahlen.

Die unappetitlichen Details der Überfahrt will ich Euch, geneigte Leser, mit Rücksicht auf Eure Nerven ersparen. Ein Kapitän, der unsere Kutsche samt Pferden an Bord nahm, war nicht leicht und nur unter Aufbietung meiner letzten Ersparnisse zu finden gewesen. Die See war unruhig, die Rappen scheuten wegen der rollenden und stampfenden Bewegungen unter ihren Hufen. Doch während Homer grünstichig über der Reling hing und die Gischt mit seinem Mageninhalt vermischte, unterhielt ich den Eigner des Schoners mit einer Probe meiner Kunst, um wenigstens einen Teil des Preises für die Passage zurückzugewinnen.

Wir hatten gewettet, dass ich auf dem schlingernden Deck ein rohes Ei schälen könne, ohne dabei das innere Häutchen zu verletzen. Ich hatte diese Technik oft erfolgreich geübt, um die Genauigkeit meiner Handgriffe zu schulen. Nun bestellte ich beim Smut eine Tasse mit scharfem Essig, um den Kalk zu erweichen. Nach einer Weile perforierte ich das stumpfe Ende mit einer Nadel und arbeitete mich vorsichtig zur Spitze hinauf. Das Ei hielt ich dabei leicht in meiner Linken, mit der Rechten führte ich die Stiche und schob die Acus vorsichtig unter die Schale, um kleine Teile herauszubrechen. Der Kapitän, der breitbeinig im Sturm stand, sah mir mit wachsender Begeisterung zu: »Das ist kaum zu glauben. Wenn man es nicht mit eigenen Augen gesehen hätte …«

Ich legte ihm den fragilen Körper in seine verhornte Hand und lächelte. »Das ist keine Zauberei, nur Wissenschaft. Und nun zerdrückt es.« Er grub seine schwarzen Nägel in das Schalenhäutchen, das unter der Berührung sofort platzte, so dass sich Eiklar und Dotter zwischen seinen Fingern verteilten.

»Ihr habt gewonnen, Sir! Das soll mir die fünf Guineen wert sein. Und nun trinkt einen Schluck auf mein Wohl.« Damit reichte er mir eine Flasche Rum, der in der Kehle brannte und das allgemeine Schwanken noch verstärkte. Den Rest der Reise verschlief ich in der Kutsche.

Ich meine mich zu erinnern, dass die ersten Etappen nicht sonderlich verheißungsvoll verliefen. Nachdem wir das Wüten des Kanals überstanden und im sicheren Hafen von Calais geankert hatten, hielten wir uns ostwärts und erreichten nach zwei Tagesreisen das habsburgische Brügge – ein totes Städtchen, dem mit dem Zugang zum Meer auch der Reichtum abhanden gekommen war und das nur mehr ein Zerrbild seiner einstigen Schönheit bot. Ein wenig würdiger empfing uns nach weiteren zwei Tagen Antwerpen, schon von Weitem grüßte der fein ziselierte Turm der Liebfrauenkirche, die Gefängnisburg am Ufer der Schelde weckte wohl sogar Heimweh nach dem Tower.

Doch ein Zurück konnte es nicht geben: Durch die Bistümer von Lüttich und Trier, die Kurpfalz und das Herzogtum Württemberg ging es gen Süden, am Wegesrand grüßten die Ruine des Heidelberger Schlosses und der Bauplatz der Ludwigsburger Residenz … erspart mir und Euch die kleineren Flicken des Teppichs aus Ländern und Ländchen, die wir auf unserer Grand Tour querten. Zwar habe ich die Karte noch vor meinem inneren Auge, aber die Stationen tun nichts zur Sache.

Nur selten verweilte ich länger als eine Nacht am selben Ort, gelegentlich praktizierte ich radebrechend auf Märkten, wo man höchstens mein leidliches Französisch verstand. Allerdings kam mir mein ausgeprägter Sinn für fremde Zungen zugute, so dass ich bald deutsche Brocken in meine Rede mischen konnte, wobei sich die Hörer über meinen Akzent amüsierten – eine Respektlosigkeit, die ich aus Geschäftssinn stillschweigend überging, während ich mich insgeheim über die seltsamen Dialekte lustig machte.

Schließlich erreichten wir die Schweiz, die ich mir zum Ziel der Reise bestimmt hatte. In den alten Städten, die von Patriziern und Zünften verwaltet wurden, musste ich keinen Zorn eines übellaunigen Alleinherrschers fürchten, in den abgelegeneren Dörfern würde mein Besuch umso willkommener sein. Außerdem hatte ich Sagenhaftes über den gut gehüteten Wohlstand der Eidgenossen gehört, der mich selbstredend anzog. In meiner späteren Chronik aller Reisen und Abenteuer habe ich dieses Kapitel schamvoll verschwiegen, weil ich hier erstmals ausgetretene Pfade verließ und im Neuland strauchelte. Aber nun, da nichts mehr zu verlieren ist, will ich mir selbst Kläger und Verteidiger sein.

Da ich neben der Heilung der Kranken und der Belehrung der Menge stets auch meine eigene Vervollkommnung als vornehmliche Aufgabe begriff, steigerte sich die Schwierigkeit meiner Arbeit ständig. Die routinierten Handgriffe langweilten mich schnell, immer wieder suchte ich in den weit aufgerissenen Augen nach neuen Herausforderungen. Besonders hatte es mir dabei die Katarakt angetan, die der Volksmund nach richtiger Anschauung und fälschlicher Vermutung auch als Grauen Star kennt.

Tatsächlich ist die milchige Trübung der Linse keinesfalls dem vom Hirn herabtropfenden Phlegma zuzuschreiben, wie dies unsere Vorväter seit Hippokrates glaubten. Vielmehr teile ich die wesentlich jüngere Meinung der Herren Brisseau und Maître-Jan, die unter den Gelehrten zwar bis heute umstritten ist, aber von mir in zahlreichen Versuchen bewiesen wurde: dass nämlich die Linse selbst sich allmählich einfärbt, was neben vielen anderen Ursachen auf Fettleibigkeit oder Honigharn zurückzuführen sein mag. Dank solcher Vorboten hoffte ich unter den frommen Calvinisten, die sich ihren Reichtum redlich verdient hatten und ihn in aller Stille verzehren mussten, weil sie ihn nicht protzend zur Schau stellen durften, ausreichend Material für vertiefende Studien zu finden.

Hatte ich bereits erwähnt, dass mir meine Stichelkunst nur mit der rechten Hand perfekt gelingen wollte? Die andere war ein wenig unbeholfen, was freilich zur Folge hatte, dass ich nur auf das linke Auge direkten Zugriff hatte, wenn ich dem Patienten gegenübertrat. Von diesem Standpunkt aus war die perfekte Senkrechte auf der benachbarten Hälfte schwerer zu punktieren, ich musste die Position wechseln und verschob dabei das nötige Vis-à-vis um eine entscheidende Kleinigkeit.

Mein gelehriger Homer war inzwischen zwar darin geübt, mir das Gesicht mit gespreizten Fingern in einem geeigneten Winkel zu präsentieren, während er die Lider offenhielt. Dennoch muss ich gestehen, dass ich etliche Damen und Herren nur einseitig zu ihrer und meiner Zufriedenheit kurieren konnte, während die andere Pupille Schaden nahm. Ich kann die Zahl der Fälle nicht beziffern, aber neben Hunderten von glücklich Geheilten ließen sich nach all den Jahren wohl Dutzende von Geschädigten finden.

Das mag dem Außenstehenden viel erscheinen, dürfte unter meinen Kollegen aber Verständnis, wenn nicht gar

Bewunderung finden. Schließlich sind der Geschichte des Heilens auch die missglückten Versuche eingeschrieben, ist das Gelingen nah mit dem Scheitern verwandt. Und wäre der Versuch nicht selbst dann aller Ehren wert, wenn ihm kein glücklicher Ausgang gegönnt ist? Sollte man Leidende im Stich lassen, weil man seiner Sache noch nicht ganz sicher ist?

Apropos Stich: Die Methode der Behandlung habe ich in meinen Ansprachen immer aufrichtig erklärt, wobei ich die Gefahren nur beiläufig erwähnte und die Hoffnungen betonte. In der Hauptsache war ich stets bemüht, Vertrauen zu wecken – selbst wenn mir beim Anblick der schweren Schädigungen manchmal schauderte.

Um die Heilung der Wunden nach der Behandlung zu beschleunigen, unternahm ich in Zürich und Basel, in Genf und Luzern umfangreiche Versuche mit einer überkommenen Methode, von deren innerlicher Anwendung mein seliger Lehrmeister immer abgeraten hatte. Für äußere Zwecke aber hielt die gute alte Dreckapotheke manch probates Mittel bereit, ohne dass man so exotische Zutaten wie den Kot von Krokodilen oder Nilpferden beimengen musste.

Ich habe beste Erfahrungen mit dem Harn und dem Speichel der Probanden gesammelt, den ich mit dem Blut und den Ausscheidungen von Tauben oder Katzen vermengte und als Salbe auf die gestochenen Augen strich. Auf Kindspech und Monatsblut verzichtete ich in der Regel, weil mir deren Wirkung nach allerlei Abwägungen fraglich schien. Laut Lehrmeinung sollten alle unreinen Stoffe aber ihre Wirkung auf verwandte Säfte im Körper entfalten und die Ausscheidung der bösartigen Flüssigkeiten beschleunigen.

Den Effekt dieser Medizin konnte ich freilich nur an dem Ruf messen, der mir nacheilte, da ich mir das Gesetz gegeben hatte, vor der Abnahme der Verbände bereits andernorts zu praktizieren. Doch Ironie war bei der Sache: Schließlich reden Ärzte bei den Körpersäften und ihrer Wirkung auf das sanguinische und melancholische, das cholerische und phlegmatische Temperament stets vom Humoralen.

{1770}

Nun nähern wir uns dem Kern der Sache offenbar allmählich. Das Bonmot, mit dem Taylor seine Beichte abmildern will, kann das Gewicht seines Geständnisses nicht schmälern. Dutzende von Opfern bescheinigt er sich selbst, mutmaßlich ist selbst diese Zahl noch beschönigend nach unten gerechnet. Er scheint erleichtert, nachdem er sich diesen ersten Einblick in die dunklen Kammern seines Erinnerns gestattet hat – als wäre mit dem Aussprechen bereits die Absolution erteilt. Hier aber irrt der Alte! Vergebung oder Strafe kann ich erst dann zumessen, wenn ich alles gehört habe. Und davon sind wir noch weit entfernt.

Ich wende meinen Blick von dem Schlafenden ab und wieder Hogarths Blättern zu. Die Geschichte des Wüstlings hat es mir besonders angetan, weil ich ihn insgeheim mit meinem Zimmergenossen und mir selbst vergleiche. Das erste Bild scheint vor allem ihn zu meinen: Ein zu Reichtum gekommener Erbe lässt sich da neue Kleider anmessen, während man im Hintergrund die Wände schwarz verhängt. Der schöne Jüngling sowie der dick vermummte Alte, den das Gemälde in seinem Rücken zeigt, lassen Taylors Einst und Jetzt in eins zusammenfallen, während wir uns im nächsten Blatt einander nähern: Zur Rechten sieht man hier den Wüstling mit diversen Händlern oder Lehrern, die ihn mit ihren Offerten umschmeicheln. Zur Linken aber sitzt, mit dem Rücken zum Betrachter, ein Mann am Cembalo – und hinter ihm fällt von der Lehne eine lange Liste, auf der noble Geschenke für einen umschwärmten Virtuoso verzeichnet sind. Glücklicher Farinelli! In der dritten Episode aber landet unser Held in einer Taverne voll Trunkenheit und Spiel …

{1752–1756}

Die Jahre gingen ins Land – und mit ihnen auch mein Leben. Ich verschwendete meine Jugend ohne rechten Plan, als würde ich ein fehlendes Thema mit endlosen Variationen überschreiben. Da man mich zu vielen Dingen geschickt fand, litt ich nie Mangel an Beschäftigung: In einer Gastwirtschaft verdingte ich mich als Küchenjunge und lernte die Feinheiten jener Kunst, deren Geheimnisse mich schon im Kloster angezogen hatten. Die Verwandlungen des Korns in den Teig, des Rohen in das Gebackene oder Gebratene folgten doch komplizierteren Regeln als nur denen der Temperatur und Zusammensetzung – beim Lichte des Herdes besehen.

Ich verbrannte mir beim Abschmecken der Saucen die Zunge und schnitt mich beim Häckseln des Gemüses in die Finger, aber selbst diese Verletzungen genoss ich als sinnliche Erfahrung und wertvolle Lektion. Nach manch Versalzenem und Vergossenem servierte ich meinem strengen Lehrer schließlich ein Gesellenstück, das ihm ein seliges Lächeln auf die fettigen Lippen zauberte – ein Ossobuco mit Gremolata, das auf der Zunge zerging und seinen köstlichen Geschmack nach Knochenmark und Sardellen in das von Safran vergoldete Risotto mischte. Kochen war Alchemie – und ich zog als Adept dieser Wissenschaft weiter.

Bei einem Schmied, dem ich am Amboss die Zange hielt, während er mit seinem schweren Hammer auf den feuerroten Rohling einschlug, erfuhr ich viel über die Gesetze des Abschreckens und Anlassens, dank derer sich die gewünschte Zähigkeit und Härte einstellten. Durch geduldiges Strecken und Spalten lernte ich, aus einfachem Stahl eine glänzende Klinge mit feiner Marmorierung zu falten. Der verdiente Lohn meiner Mühen war hier ein neues Messer, dessen Holzgriff ich mir mit geheimen Zinken verzierte. Immer aber – ob bei dem Metzger, der mir Einsichten ins Wursten und Pökeln gewährte, oder bei dem Schreiner, dem ich Kenntnisse des Hobelns und Spaltens verdankte – übte ich nach dem Tagwerk an Schweinehälften oder Holzscheiten mit meiner Waffe.

Und an jeder Station meiner Wanderschaft, die mich kreuz und quer durch die italienischen Lande führte, suchte ich mir einen Kantor oder einen anderen willigen Musiker, der mir bei der Vervollkommnung meiner wieder lieb gewonnenen Stimme half. Längst hatte ich mich daran gewöhnt, dass Menschen bei den ersten Worten aufhorchten, die sie aus meinem Mund vernahmen. Aber selbst die einfachen Handwerker, in denen ich Meister ihres Fachs verehrte, baten mich bei der Arbeit um Lieder, die ich ihnen unbegleitet, aber mit Kraft und Gefühl schenkte. Allmählich zeichnete sich ein Ziel ab.

Im vierten Jahr ging ich dem Winter entgegen, der aus dem Norden über das Land kam – nicht allzu streng, aber in den länger werdenden Nächten doch schon ein wenig frostig. Halbwegs hielt ich mich zwischen Florenz und Lucca, in Parma kaufte ich einem Bettler für gutes Geld seinen zahmen, ausgemergelten Raben ab, der mir die Befreiung aus seiner Knechtschaft mit größter Anhänglichkeit dankte. Er flog wie Orlandos Hippogryph als

Kundschafter voraus oder hockte auf meiner Schulter und zauste mir die Haare, während ich rüstig ausschritt und nach wenigen Tagesmärschen Piacenza erreichte.

Auf dem weiträumigen Platz vor dem gotischen Palast wurde gerade ein Jahrmarkt gefeiert. Eine fröhliche Menge umstand eine Schar von Gauklern mit Feuerspuckern und Tänzerinnen, Harlekin und Bajazzo, Pantalone und Brighella – und mit Musik! Wenn die derbe Commedia pausierte, trat ein Geiger in die Mitte, der auf seinen Saiten herzzerreißende Melodien fand, die zu mir wie aus fernen Tagen herüberwehten. Ich hatte auch meinem neuen Weggefährten in den Stunden der Rast mancherlei vorgesungen, während er ein Stück Wurst oder einen Apfelschnitz hinunterwürgte und mich mit schiefem Kopf aus pechschwarzen Augen anschaute, wobei er gelegentlich ein anerkennendes Krächzen vernehmen ließ.

Als der Spielmann nun *Ombra mai fu* anstimmte, eine meiner liebsten Arien, schwoll mir die Brust und füllte sich mir die Kehle. Ich konnte nicht länger an mich halten. Schlagartig wandten sich die Hörer um und bildeten bald ehrfürchtig einen größeren Kreis um mich. Auch die Komödianten waren aufmerksam geworden – weniger bewundernd als vielmehr wachsam und wütend über die unerwartete Konkurrenz, die ihr Geschäft verderben könnte.

Ein mürrischer Mann mit mächtigem Schnurrbart, der offenbar der Prinzipal der Truppe war und einen gewaltigen Wanst als Zeichen seiner Würde vor sich herschob, machte drohend einen Schritt in meine Richtung. Die schöne Colombina runzelte die Stirn und beäugte ängstlich meinen Raben, als fürchtete das Täubchen seinen scharfen Schnabel. Der Geiger aber stutzte nur kurz, hörte auf meine Stimme und spielte dann mit hörbarer Freude weiter.

Als Serses Lobgesang auf den süßen Schatten der Platane verklungen war, blickte ich in friedvoll lächelnde Gesichter. Nie zuvor hatte ich die Macht meiner Stimme so stark empfunden, nie war ich mir meiner Gabe so bewusst gewesen. Das Glück, das mich nun durchströmte, schien bestenfalls der Befriedigung durch meine Messerkünste vergleichbar. Im aufbrausenden Applaus lupfte der Dicke seinen speckigen, mit splissigen Pfauenfedern geschmückten Hut und lief durch die Menge, um seine Runde schließlich bei mir zu beenden. Er wühlte in dem ansehnlichen Haufen von Münzen, der sich in der Mulde angesammelt hatte, und fischte einige heraus. »Hier, junger Herr! Verdienter Lohn. Doch nun verschwindet.«

Mit dieser Zurückweisung hatte ich nicht gerechnet, willkommener als schnöde Silberlinge wären mir Komplimente für meine Kunst gewesen. Als ich mich enttäuscht zum Gehen wenden wollte, legte sich eine Hand auf meine Schulter. »Nein, warte!« Die schwarze, spitze Maske des Harlekins in meinem Rücken ließ meinen gefiederten Freund aufkreischen, weil er hinter der Schnabelnase einen schrecklichen Artgenossen vermutete. »Der Patron meint es nicht so! Wenn Du willst, kannst Du mit uns kommen. Ich bin mir sicher, dass auch die anderen für Dich stimmen werden.« Er nahm die Larve vom Gesicht. »Wir sind auf dem Weg nach Mailand. Dort macht man im Winter gute Geschäfte. Und Deine Kunst könnte uns von Nutzen sein.«

Noch einmal ließ ich mich treiben, folgte der Einladung des rotgelbblau gescheckten Spaßmachers und schloss mich seinen Gefährten an. Er hieß Giacomo, der massige Pantalone wurde abseits der Bühne Mario genannt und das anmutige Täubchen eigentlich Gabriella gerufen. Dazu gesellten sich die Zwillinge Pino und Gino, Maria und Cecilia ... ein bunter Haufen, der sich mit gewagten Späßen und akrobatischen Einlagen über Wasser hielt. Neben Nicollò als offenbar seelenverwandtem Musiker hatte es mir vor allem der Bajazzo mit seinem wehenden weißen Gewand und seinem kalkbleichen Gesicht angetan, in dem blutrote Lippen kummerschwer nach unten gezogen waren. Ruggero kam aus Neapel und war eigentlich von fröhlicher Natur, wirkte als traurige Gestalt aber umso glaubhafter.

Wie die anderen beherrschte auch er eine besondere Kunst, die allerdings weit gefährlicher war als das Jonglieren der schweren Kugeln, das Ausspeien der heißen Flammen oder die harmlosen Taschenspielereien. Auf dem Höhepunkt jeder Vorstellung zog er ein blankes Schwert hervor, zerschnitt zum Beweis von dessen Schärfe einen hochgeworfenen Fetzen Stoff in der Luft und legte dann den Kopf in den Nacken, um sich die Klinge langsam in den Rachen zu schieben.

Das Publikum schwieg atemlos, wenn die Waffe bis zum Heft im Schlund verschwand, um schließlich mit großer Geste wieder zum Vorschein gebracht zu werden – ein Spektakel, an dem auch ich mich nicht sattsehen konnte.

Auf sinistre Weise verbanden sich meine Fügung und meine Neigung in diesem Bravourstück, die gefährliche Schneide glitt haarscharf an der Quelle des Gesangs vorbei.

Falls ich dies auch erlernen könnte, würde ich selbst unter meinesgleichen als Ausnahme triumphieren. Doch so flehentlich ich Ruggero auch bat, er weigerte sich standhaft, sein Talent mit mir zu teilen. Ohne einen guten Lehrer aber fürchtete ich, mich bei eigenmächtigen Übungen ernsthaft zu verletzen.

Mittlerweile hatten wir Mailand erreicht, und auch mein gefiederter Gefährte – den Gabriella wegen unserer Begegnung in Piacenza nach dem Heiligen Rocco nannte, der dort einst gegen die Pest gekämpft hatte – war mit unserer Gesellschaft zufrieden. Die beiden Hunde des Prinzipals – zähnefletschende Bestien mit den beredten Namen Skylla und Charybdis – hatten nach ein paar scharfen Schnabelhieben seinen Rang kuschend anerkannt. Während der Aufführungen kreiste er über den Köpfen der Zuschauer und ließ sich aus großer Höhe fallen, um den Sturz kurz vor dem Boden aufzufangen. So trug er seinen Teil zum Vergnügen bei und verdiente sich Brosamen, die er mit der Würde eines wahren Künstlers verzehrte.

In der Stadt bezogen wir einige spärlich möblierte Zimmer über einer Taverne, die den Gauklern schon häufiger als Quartier gedient hatten. Giacomos Prophezeiung bewahrheitete sich: Wir fanden auf den Plätzen stets zahlreiches Publikum, das uns ein auskömmliches Leben bescherte. Gelegentlich konnte ich meinen Ersparnissen, die ich im Gürtel vor Neugier und Neid verbarg, sogar eine blanke Zechine zufügen. An den Abenden versammelten wir uns vor dem Kamin des Wirtshauses zu einem Mahl, das uns der Wirt mit Kannen guten Rotweins servierte. Es wurde gewürfelt und gestritten, gelacht und zum Spiel des nimmermüden Nicollò getanzt.

In solch gelöster Stimmung blieb es nicht aus, dass ich das Interesse der Damen weckte, die mit den anderen Gesellen nur wechselnd und lose verbandelt waren. Ich war jünger und ansehnlicher als der Rest der Schar, lange dunkle Locken umschmeichelten das von der Hitze des Sommers noch immer braun gebrannte Gesicht, und mein Leib war durch schwere Arbeit und lange Wanderung geformt.

Ich konnte das Begehren gut verstehen – und da ich durchaus in der Lage war, einer Frau das ersehnte Vergnügen zu bereiten, ohne dass sie unerwünschte Folgen fürchten musste, gab ich dem Ansinnen bedenkenlos nach. Die vollbusige Maria war die Erste, die mich mit gerafftem Rock und aufgeschnürtem Mieder im Hinterhof verführte – ein schneller und eher rabiater Akt, der keinen Widerspruch zuließ und nicht zur Wiederholung einlud.

Verlockender war die weniger üppig gebaute Cecilia, die ihre unersättliche Lust vor aller Augen in frivolen Tarantellas auslebte, als sei sie wirklich von der Spinne gebissen. Als wir nach unserem ersten Stelldichein das Hinterzimmer mit schnellem Atem und glühenden Wangen verließen, wurden wir von den Zechern mit Gelächter und Beifall begrüßt. »Jetzt«, sagte der Harlekin mit tiefer Verbeugung, »bist du wirklich einer von uns.«

Nachdem ich Ruggero aus einer bedrohlichen Lage gerettet hatte, willigte er schließlich doch ein, mich in seiner Kunst zu unterweisen. Ein vorwitziger Kerl hatte im Moment höchster Anspannung versucht, nach dem Schwert zu greifen und es eigenhändig aus dem Futteral der Gurgel zu reißen. Ich stieß den Übermütigen beiseite und hielt ihn fest, bis die Klinge wieder in der Scheide steckte – eine Tat, die weder Vorbedacht noch Zögern geduldet hätte.

Wie leicht ein veränderter Winkel zu tödlicher Verwundung führen konnte, begriff ich vollständig, als die Waffe dann meine eigene Kehle hinabglitt – eine seltsame Empfindung, weil das kalte Metall nach Blut schmeckte und das Wissen um die Schärfe den Speichel fließen ließ. Eben diesem Kitzel aber durfte man nicht nachgeben, denn das Schlucken, dem die Methode ja ihren Namen verdankte, barg die eigentliche Gefahr.

Zur großen Überraschung meines Ausbilders schützte mich eine Naturbegabung vor solchen Fehlern. Langsam führte ich den Stahl zwischen Zunge und Gaumen hinab, unterdrückte das aufsteigende Würgen und zog die Klinge schließlich wieder hervor, ohne Schaden genommen zu haben. Die Dauer und Tiefe der Übung steigerte sich von Mal zu Mal, bis ich nach vielen Versuchen schließlich die Parierstange an meinen Lippen spürte und mir das Schwert damit vollständig einverleibt hatte – ein Hochgefühl, als hätte ich in diesem atemlosen Moment die kunstvollste aller Koloraturen vollbracht und meine eigene Kadenz gefunden. Nachdem ich mich von dem Hindernis befreit hatte, probierte ich vorsichtig ein paar Töne, die sich schnell zu hellem Jubel steigerten. Urlandos Schwertleite war vollbracht!

Es kam das Christfest, das unsere Schar zur Untätigkeit verurteilte und darum umso rauschender gefeiert werden wollte. Der Patron hatte einen Festschmaus geordert, der alles Übliche in den Schatten stellen sollte. Man reichte Platten mit geröstetem Gemüse, mit Käse aus Parma und Speck aus Colonnata herum, löffelte eine kräftige Suppe mit weißen Bohnen und Wurst und wandte sich schließlich dem Hauptgang zu, dessen Duft höchsten Genuss verhieß.

Es gab gebratene Rotkehlchen, denen man nach Art der Krammetsvögel die Füße kreuzweise durch die leeren Augen gezogen hatte und die auf langen Spießen aneinandergereiht serviert wurden. »Da ist er ja, unser Festtagschor«, tönte Mario mit sonorem Pathos. »Ein wenig schweigsam, die kleinen Sänger. Aber sie werden uns gleich ihr Bestes geben.« Damit zog er mit bloßen Händen drei der heißen, saftstrotzenden Leiber auf seinen Teller und blickte mich über die lange Tafel provozierend an: »Es lebe das Messerchen!«

»Weißt Du eigentlich«, fragte mich Gabriella später, »wem die Rotkehlchen den Fleck auf ihrer Brust verdanken?« Wir saßen in einer Ecke des Schankraums, der Prinzipal hatte sich mit seinem Gefolge in einen anderen Winkel zurückgezogen und spielte Baccarat, Cecilia war betrunken über dem Tisch zusammengesunken und Maria vergnügte sich wohl mit Niccolò in unseren Schlafräumen. Wir waren unbeobachtet und ich fühlte mich vom Wein matt und zufrieden, zumal ich zwischen den

Gängen mit der ersten Darbietung meiner neuen Schwertkunst allgemeine Anerkennung gefunden hatte. Träge schnitt ich nun noch ein Stück vom Honigkuchen, den man zum krönenden Finale gereicht hatte, und verneinte mit vollem Mund.

»Man sagt«, begann Gabriella, »es habe unserem Herrn in seiner Todesstunde beigestanden. Eigentlich wollte Gott schon die Federn von seiner Werkbank fegen, nachdem er die Vögel erschaffen und in die neue Welt entlassen hatte. Doch gerade, als er den Abfall zusammenschob, erhob sich aus dem schmutzigen Häuflein eine zaghafte Stimme. Der Herr lauschte verwundert und sprach: ›Also gut, dann mag eben noch ein weiterer Sänger den Himmel kreuzen. Aber einen Namen musst du dir selbst machen, ich habe keinen mehr für dich.‹ Und so flog der unscheinbare Geselle durch Raum und Zeit, mehrte sich und fragte sich dabei immer wieder, wie er wohl heißen möge. Als er nach vielen Jahren aber an einen Ort namens Golgatha kam, sah er dort den Heiland zwischen den Schächern am Kreuz. Das Leiden Jesu rührte den kleinen Sänger so sehr, dass er sich auf der Schulter niederließ und eine tröstende Melodie zwitscherte. Dabei soll ein Tropfen heiligen Blutes auf seine Brust gefallen sein – manche sagen sogar, er sei befleckt worden, als er einen Dorn aus der Krone Christi brach, um die Schmerzen zu lindern. Jedenfalls singt das Vögelchen seither von früh bis spät und preist in beständig wechselnder Manier sich selbst und seinen Herrn.«

Mir wurde plötzlich schwindlig, und ich nahm einen großen Schluck Wein, um das schlechte Gewissen wegzuspülen, das mir diese österliche Geschichte am Geburtstag des Herrn bereitete. Wie hatte ich nur die unschuldigen kleinen Sänger verschlingen können? Mit feuchten Augen sah ich Gabriella an, die dem Blick lächelnd standhielt. Sie hatte mir mein träges Wohlgefühl verdorben und erschien mir doch schöner und verführerischer als je zuvor. Das Kerzenlicht vergoldete ihr Gesicht und verdoppelte ihre Gestalt in der dunklen Gloriole des Schattens.

Gabriella zählte kaum mehr als achtzehn Jahre, trug ihr dichtes Haar zu einem strengen Knoten aufgesteckt und betonte ihren schönen Körper durch ein fest geschnürtes Korsett. Längst hatte ich verstanden, dass sie nicht Marios Tochter war, wie ich anfangs zu meinen Gunsten hoffte. Das blutjunge Mädchen war mit dem alten Berserker vor den Altar getreten und hatte mit ihm das Bett geteilt – eine Vorstellung, die mir Übelkeit verursachte.

Zugleich aber wusste ich von Giacomo, dass die Ehe zerrüttet war und Gabriella ihren Gatten für seine aufbrausenden Anfälle mit Nichtachtung strafte. Vergeblich versuchte der Patron, der stolzen und störrischen Gemahlin Herr zu werden. Vor seiner Gewalt war sie durch den Rest der Truppe geschützt, und seinen Beschimpfungen bot sie lächelnd Paroli.

Nun fasste sie mich bei der Hand, als hätte sie meine Gedanken erraten, und zog mich leise zur Tür. Als sie sich später auf mich setzte und mit der Grazie einer geübten Reiterin in gemächlichen Trab, dann in immer schnelleren Galopp verfiel, um ihren Körper im Ziel ruckartig nach hinten zu werfen, glaubte ich mich in dieser heiligen Nacht von einem irdischen Engel beschenkt.

{1770}

† 👁 Zum Glück haben wir Gaukler zwar ein recht lustiges, aber nicht so lasterhaftes Leben wie Hogarths Wüstling geführt, dessen Tavernenbild mich an jene Nacht erinnert hat. Aus dem Parterre habe ich mir einen Stich des Mailänder Doms mit seinem halbfertigen Dachgerüst und seiner unvollendeten Fassade geholt, den ich nun dem Verschwinden unter meiner Klinge anheimgeben will. Dabei leere ich eine der Flaschen, die Ted vorhin mit den anderen Besorgungen gebracht hat.

Sein energisches Klopfen hat den Alten nicht geweckt, der von der Anstrengung seiner Beichte wohl noch immer ganz erschöpft ist. Neben seinem verdienten Obolus habe ich dem Jungen den Auftrag gegeben, beim nächsten Mal ein dickes Bündel Kerzen mitzubringen. Unter dem Dach habe ich nach eingehender Suche nur noch einige Stumpen gefunden, die in diversen Ständern und Kandelabern schon bis zur Hälfte niedergebrannt sind. Das Licht gilt nichts im Hause des Blinden … Ich werde in der nächsten Zeit sparen müssen, zumal sich Taylor nun doch wieder regt und mich in seine Geschichte einspinnt.

{1735}

Bevor wir die Schweiz verließen, um auf der offiziellen Route meiner Chronik fortzufahren, traf ich in Bern noch einen jungen, äußerst vielversprechenden Mediziner. Dieser Herr Haller hatte Studien nicht nur in Deutschland und Frankreich, sondern auch in England getrieben, was mir willkommenen Anlass zu gelehrten Disputationen in meiner Muttersprache bot. Als Stadtarzt und Bibliothekar forschte der gelehrige Mann vor allem nach der Lage und den Aufgaben unserer Blutgefäße, was ihm später viel Lob und Anerkennung eintragen sollte. Noch aber stand er am Beginn und befragte mich begierig nach meinen Erkenntnissen, um sie in seinem wachsenden Lehrgebäude zu vermauern.

Möglicherweise ging ich in argloser Offenherzigkeit zu weit, denn Jahrzehnte später beanspruchte er einen Teil des Auges, auf den ich ihn hingewiesen hatte, als seine eigene Entdeckung: Der Ring der Äderchen am Eingang der Sehnerven in den Augapfel wurde auf den Namen Hallerscher Kranz getauft – eine unverdiente Ehrung des Ideendiebs, der sich den Ruhm dann mit dem Göttinger Kollegen Zinn teilen musste.

Übrigens hat der Arzt meines Wissens auch über den Abstieg und die Kanälchen der Hoden publiziert, was vor allem für meinen Biografen von gewissem Interesse sein dürfte. Leider sind diese Schriften nicht in meiner Bibliothek zu finden – dafür aber seine *Schweizerischen Gedichte*, die mir der Vielbegabte zum Abschied schenkte. Auf der Fahrt las ich mich durch sein gewaltiges Alpen-Poem, das mir das Panorama der Gipfel als Idyll mit Mensch und Vieh im Wechsel der Jahreszeiten und im beharrlichen Gottvertrauen zeigte und mir so den möglichen Schaden von meiner Hand noch deutlicher werden ließ. »Ein sanfter Schwindel schließt die allzu schwachen Augen / Die den zu fernen Kreis nicht durchzustrahlen taugen.«

Ich hätte wohl mehr Zeit und Sorgfalt auf bleibende Schriften als auf flüchtige Vorlesungen und praktische Demonstrationen legen sollen. Denn obwohl meine Bibliografie zwischen dem Debut *Mechanismus des Auges* und dem in viele Sprachen wie das Italienische und das Französische, das Spanische und das Portugiesische übersetzten *Katalog der Augenkrankheiten* immerhin fünfundvierzig Positionen umfasst, blieb mir die ersehnte Anerkennung auf diesem Gebiet weithin versagt. Das war natürlich auch meinen zeitraubenden und kraftzehrenden Reisen geschuldet, bei denen die holprigen Straßen jede Schreibarbeit zu einem aussichtslosen Unterfangen werden ließen.

Anstatt mich mit Tinte zu besudeln und kostbares Papier zu vergeuden, ließ ich mich vom Rattern der Räder meist in den Traum wiegen und nutzte die Nächte in den Herbergen für meine Notizen, während es sich der treue Homer mit einem Schlummertrunk in der Kutsche bequem gemacht hatte. Oft musste ich mich nach der Mühsal des Tages zu dieser theoretischen Durcharbeitung zwingen, gelegentlich nahm mir der Schlaf die Feder aus der Hand. Dass solcher Raubbau meiner Konstitution nicht förderlich sei, war mir wohl bewusst. Vor der saturierten Sesshaftigkeit bestallter Professoren aber hat mich meine Neugier auf die vielgestaltigen Defekte bewahrt, die im kleineren Umkreis kaum zu entdecken gewesen wären.

In Frankreich fand ich erstmals Zugang zu jenen höchsten Kreisen, die mir bei meinem Aufstieg von größtem Nutzen sein sollten. Bei einer Audienz im prächtigen Schloss von Versailles, das wir nach einem Abstecher in den Süden bis Marseille und hernach über Lion und Dijon erreicht hatten, wurden mir die Kinder des damals noch vielgeliebten König Louis vorgestellt. Nachdem er mit seiner Frau Maria bereits zwei Nachfahren eingebüßt hatte, fürchtete man bei Hofe vor allem um den Dauphin Louis Ferdinand, der als einziger männlicher Erbe gerade sechs Jahre alt war und neben allgemein kränklicher Verfassung unter einer leichten Konvergenz der rechten Pupille litt.

Da ich wusste, dass sich solcher Strabismus unbehandelt zu einer lebenslangen Schwachsichtigkeit, ja sogar zu einseitiger Blindheit auswachsen konnte, verordnete ich eine bewährte und gefahrlose Therapie: Durch den dauerhaften Verschluss des rechten Auges mit einer Binde sollte sein kranker Nachbar allmählich gestärkt und in seiner Ausrichtung langsam korrigiert werden. Es war in jedem Falle eine unblutige Behandlung, die mir Gelegenheit gab, einige sorglose Tage in einem Gästeflügel des Schlosses zu verweilen und mich in den weitläufigen Gärten mit ihren Parterren und Terrassen zu ergehen. Besonders gern verweilte ich am Brunnen und in den Bädern des Apollon, der mir als Gott des Lichts und der Heilkunst besonders nahestand.

Königin Maria war mir trotz ihrer anderen Umstände, die solchen Namen angesichts der Dichte ihrer glücklichen oder gescheiterten Schwangerschaften gar nicht verdienten, eine gute Begleiterin und aufmerksame Zuhörerin. Ihrerseits erzählte sie von den sechs Töchtern, die seltener bei ihren Namen als vielmehr nach der Reihenfolge ihrer Geburt genannt wurden. Zwei Jahre nach meinem Besuch soll ihr Gemahl, der die Gemächer seiner Mätressen längst dem Schlafzimmer seiner Ehefrau vorzog, nach der legitimen Zählung für sein jüngstes Kind Louise Marie gefragt worden sein. »Nennt sie Madame Dernière – sie wird die Letzte sein.«

Als wir Versailles mit seinen intimen Levers und Couchers, seinen prächtigen Bällen und Konzerten schließlich hinter uns ließen, war ich um etliche Louis d'Or und ein königliches Empfehlungsschreiben reicher, während mein Kutscher sein Herz an ein hübsches Kammermädchen namens Antoinette verloren hatte. Auf solche amourösen Verstrickungen konnte ich freilich keine Rücksichten nehmen, es trieb mich hinaus zu neuen Aufgaben, die ich im nahen Paris zu finden hoffte.

Doch ausgerechnet diese schöne Stadt mit ihren baumgesäumten Chausseen und beleuchteten Promenaden wies alle meine Offerten von sich. Als ich im Spital für die Invaliden vorstellig wurde, um den versehrten Soldaten des Königs mein Können anzutragen, wurde mir von den Ärzten brüsk beschieden, meine Hilfe sei nicht willkommen. Auch im Salpêtrière behandelte man mich wie einen gewöhnlichen Besucher, der für seine Visite im medizinischen Amphitheater Eintritt zahlen musste.

Immerhin gewann ich bei der Vorstellung der lallenden Greise und der zuckenden Fallsüchtigen, der tollwütigen

Kinder und der hysterischen Frauen tiefe Einblicke in die Leiden der Seele und des Geistes. Mein königliches Patent aber schien hier das Papier nicht wert, auf dem es ausgestellt worden war. Der Hof war weit, und die wimmelnde Metropole hielt sich an ihre eigenen Gesetze.

Auf einem Umweg über Reims erreichten wir schließlich ein Schloss in der Champagne, dessen prominenten Bewohner ich unbedingt kennenlernen wollte. Voltaire hatte nicht zuletzt mit seinen *Briefen über die englische Nation*, die er als Frucht seines mehr als zweijährigen Exils in London veröffentlichte, meine Aufmerksamkeit erweckt. Es war ihm gelungen, in die engsten Kreise um König Georg einzudringen und nach seiner Heimkehr die Pariser Lotterie zu sprengen – ein echter Coup, bei dem er sich mit einem Kompagnon die falsche Kalkulation des Ministers zunutze gemacht hatte und alle Lose aufkaufte, um am Ende daraus eine Million Livres Gewinn zu ziehen.

Nun lebte der berühmt-berüchtigte Freigeist mit Madame du Châtelet in seinem Refugium in Cirey – einem kleinen Château, das dem Ehemann seiner Geliebten gehörte und das er auf eigene Kosten aufwendig umbauen ließ. In dem neuen Trakt, der neben der bestens gepflegten Bibliothek auch ein Labor für die physikalischen Experimente des Paares umfasste, bot mir Voltaire nach anfänglichem Zögern Quartier. Ich hatte ihn mit meinen Nachrichten aus Versailles neugierig gemacht, weil ihm der Zutritt nach seinen anfänglichen Erfolgen als höfischer Dichter schon seit Langem verwehrt wurde.

Während meines Aufenthalts, der sich auf zwei Wochen dehnte, fanden wir viele Gelegenheiten zu geistreichen

Debatten, wobei ich den verstörenden Gedankengängen meines um neun Jahre älteren Mentors freilich nicht in jede labyrinthische Verzweigung zu folgen vermochte. Seine Abwägung der Vorzüge zwischen seiner und meiner Heimat, die scharfsinnigen Erläuterungen der Werke meiner Landsleute Locke und Newton, ja selbst die ironischen Klagen über den Kampf mit der Zensur und über seine Gefangenschaft in der Bastille boten mir steten Anlass, seinen Witz und sein Gedächtnis zu bewundern.

Seine schöne Gefährtin stand ihm dabei in Geistesgegenwart und Beredsamkeit nicht nach, hielt sich bei unseren gemeinsamen Spaziergängen jedoch meist zurück, während er elegant die Tonarten wechselte und gewissermaßen mit leichtem Florett und schwerem Säbel zugleich focht.

»Sehen Sie, Taylor«, sagte Voltaire, während wir selbdritt gemächlich durch den Schlossgarten flanierten, »die menschliche Weisheit muss man sich wie diese Blüte vorstellen.« Dabei brach er eine welkende Rose von einem Strauch am Wegesrand und begann, sie langsam zu zerpflücken. »Am Anfang muss man die äußere Schicht entblättern, um in die tieferliegenden Regionen vorzustoßen. Doch je weiter er sich dem Kern nähert, umso klarer wird dem Suchenden das Resultat seiner Forschung: Am Ende findet man das Nichts als Mittelpunkt von allem, das Zergliedern ist Erleuchtung und Enttäuschung zugleich. Sie können dieses Gleichnis übrigens auch anhand einer rohen Zwiebel erzählen. Doch während Ihnen die Rose im Vergehen immerhin noch letzten Duft schenken mag, wird Ihnen das scharfe Lauchgemüse Tränen in die Augen treiben.«

Émilie brach in Gelächter aus. »Was weißt Du denn von Garten und Küche?«

»Nun, immerhin genug, um solche Vergleiche anstellen zu können. Und wenn jeder nur noch von dem sprechen dürfte, was er mit letzter Sicherheit kennt, müssten wir wohl alle schweigen. Nicht wahr, Chevalier?«

Ich zuckte zusammen. Sollte der letzte Satz etwa als Anspielung auf meine Person gemeint sein? Sofort ging ich zu einer Verteidigung über, die sich meine Begleiter geduldig und mit feinem Lächeln anhörten. »Ich habe in meiner Arbeit ganz andere Erfahrungen gemacht, Monsieur! Wenn Sie in die blinden Augen blicken, dann sehen, nein vielmehr dann wissen Sie, dass hinter der getrübten Linse die wahre Erkenntnis, die wirkliche Erleuchtung des Patienten wartet. Es ist nur ein kleiner Stich für den Arzt, aber ein großer Schritt für den Kranken. Natürlich muss man auch Körper zergliedern, um ihnen auf den Grund zu gehen. Aber dies darf ja nicht das eigentliche Ziel unserer Forschung sein, sondern muss das Mittel zum Zweck bleiben.«

Voltaire seufzte mit einem leicht spöttischen Unterton. »Ach, Taylor! Wenn es Ihnen oder mir doch gelingen könnte, dieser besten aller möglichen Welten den Star zu stechen. Blind tappen die Könige in ihre Kriege, blind sind die Gelehrten für die schöne Wahrheit und die Künstler für die wahre Schönheit. Die Katarakt des Geistes ist die Krankheit unserer Zeit, gegen die noch kein Mittel gefunden worden ist. Ich habe schon vor Jahren versucht, den Menschen mit einem Stück über den Ödipus die Augen zu öffnen. Blind rennt der König von Theben in sein

Verderben – und als er seine Schuld erkennt, blendet er sich zur Strafe selbst. Der bourbonische Regent Philipp nahm mitsamt seiner Tochter Marie Louise Élisabeth, die er als seine Konkubine unübersehbar geschwängert hatte, an der Premiere teil und überging die Anspielung auf eigene Blutschande geflissentlich. Immerhin honorierte er die Tragödie nicht wie frühere Satiren mit strenger Haft, sondern mit einer Leibrente. Was für einen wirklich freien Geist die größere Strafe ist, mögen Sie sich selbst beantworten, Taylor!«

Bei anderer Gelegenheit fragte Voltaire, während wir bei einem Glas Wein und einigen delikaten, nach geheimer Rezeptur in Armagnac gesottenen Ammern in einem kleinen Pavillon saßen und der untergehenden Sonne zutranken: »Sind Sie eigentlich mit der Frage vertraut, die William Molyneux vor Jahren aus Dublin an John Locke richtete und die uns Philosophen noch immer beschäftigt?« Ich schüttelte schweigend und mit mäßigem Interesse den Kopf. »Nun, meine Liebe, erklären Sie es ihm.«

Madame du Châtelet holte tief Luft. »Das Problem ergibt sich aus einem Gedankenspiel, das über eine konkrete Situation auf Grundsätzliches zielt. Was wäre, wenn ein blind geborener und zu verfeinertem Tastsinn erzogener Mensch plötzlich sehend würde? Könnte er dann eine Kugel und einen Würfel, deren unterschiedliche Formen er mit seinen Fingern mühelos zu begreifen gelernt hat, durch bloßen Augenschein voneinander unterscheiden? Wüsste er das Runde und das Eckige ohne Berührung richtig zuzuordnen? Mit anderen Worten: Kann der eine Sinn die Rolle des anderen ohne Erfahrung übernehmen?

Und welcher Wahrnehmung ist der Vorrang zu geben? Lernt das Auge mit den Händen?«

Nun war ich hellhörig und betrachtete unwillkürlich meine Finger, die schon so viel von fremden Pupillen gelernt hatten. »Eigentlich müssten Sie die Debatte kennen, Taylor«, ergänzte Voltaire. »Haben Sie nicht bei Cheselden studiert? Und seinen Bericht über den Fall des Jungen dann doch nicht gelesen, den er vor einigen Jahren aus der absoluten Nacht befreit hat?«

Wieder musste ich verneinen, diesmal aber beschämt und über mein eigenes Unwissen verwundert. Bald schon sollte sich – bei der Suche des Traktats in der Bibliothek – herausstellen, dass der Text erst verlegt worden war, als ich mich bereits auf Reisen befand und London nur noch gelegentlich aufsuchte. Die Frage aber zog mich in ihren Bann, weil sie in das Zentrum meiner eigenen Wissenschaft zielte – und weil die Beobachtung meines alten Lehrers, dass sich der geheilte Knabe anfangs nichts Geschautes erklären konnte, meine eigene Meinung bestärkte: Man kommt durch das Sehen ins Leben und muss die Welt wie ein unschuldig Neugeborener kennenlernen. Die größten Denker hatten sich also meines Fachs angenommen und stritten über den Unterschied zwischen Begreifen und Erkennen. Ich war fest entschlossen, dieses Exempel in meinen künftigen Ansprachen zu erwähnen, selbst wenn ich Voltaires skeptische Kommentare nicht vollständig verstanden hatte.

Bis zum Abschied von meinen Gastgebern hatte ich vielleicht ein wenig Zeit verloren, aber dafür neue Fragen gewonnen, die ich auf unserer aufhaltsamen Rückreise im Herzen bewegte. Homer, der auf dem Bock unser schwarzes Gespann lenkte, war in Cirey dem Koch und dem Gärtner zur Hand gegangen und hatte sich so neben einigen nützlichen Fähigkeiten auch ein paar Livres aus Voltaires Schatulle verdient. Die Überfahrt verlief ereignislos, und so sah ich nach vielen Monaten mein liebes London wieder, wo ich den Winter verbringen wollte. In den Tagen nach unserer Ankunft kaufte ich auch dieses ansehnliche Stadthaus, in dem ich fortan mit meinem Diener wohnen wollte.

{1770}

👁 🗡 Ein umfangreiches Kapitel liegt vor – mit einem letztlich unbefriedigenden Resultat. So lebendig der Alte auch zu erzählen weiß, so geschickt weicht er sich selbst und damit meinen ungestellten Fragen immer wieder aus. Was nutzen mir höfische Anekdoten und philosophische Sentenzen, nachdem wir dem Eigentlichen doch schon so nahe waren? Um meine Enttäuschung zu überwinden, nehme ich mir das nächste Blatt von Hogarth vor. Und diesmal deutet das Gezeigte ganz auf mich, wenngleich es wie eine Umkehr ins Negative wirkt. Der Wüstling steigt dort gerade aus seiner Sänfte …

{1756–1762}

Nach dem Dreikönigsfest durften wir uns endlich wieder auf den Plätzen und Gassen sehen lassen, um die bedenklich schmal gewordene Börse aufzubessern. Die vergangenen Tage hatten die Stimmung unserer Truppe nicht eben gehoben, eher missmutig hatten wir unsere täglichen Übungen absolviert und abends schweigend beieinandergehockt. Auch Gabriella bot mir keine Abwechslung, sie zeigte sich unnahbar, die Weihnacht war wohl eine Ausnahme gewesen. Mario aber war unser Stelldichein nicht verborgen geblieben, nur der drohende Widerstand seiner Frau hinderte ihn am offenen Skandal. Die frische Luft kam daher gerade recht, um die Gemüter abzukühlen.

Wir spielten für eine Menge, die leicht zu unterhalten war und das junge Jahr angemessen feiern wollte. Ruggero hatte mit mir im Quartier eine gemeinsame Nummer entworfen, bei der wir unsere Schwerter gleichzeitig in den Rachen schoben und auf ein Zeichen wieder hervorzogen. Vorher trieb er Schabernack mit den Zuschauern, hernach sang ich etwas halsbrecherisch Schwungvolles wie Rinaldos *Venti turbini* – eine gelungene Mischung, die schon bald als Höhepunkt der Vorstellung galt.

Auch Rocco genoss die wieder gewonnene Freiheit sichtlich, nachdem er die stilleren Tage auf dem Kamin gehockt und offenbar über seinem Schicksal gebrütet hatte. Der kluge Vogel hatte mir einige Passagen meiner Arien abgelauscht und krächzte sie fröhlich mit, wobei er meiner Genauigkeit mit äußerster Willkür begegnete.

Als wir eines sonnigen, aber kalten Tages wieder den Domplatz zu unserer Bühne gewählt hatten, rief ich Niccolò aus einer Laune heraus zu, ich wolle einmal etwas Getrageneres zum Besten geben: *Lascia la spina*, das Händel trotz der melancholischen Melodie einst der Piacere in den Mund gelegt hatte. Während ich die schöne Rose sanft erblühen ließ und ihre Dornen gefährlich spitzte, sah ich aus dem Augenwinkel eine altmodische Sänfte, die ihre Träger auf dem Pflaster abgestellt hatten. Nach allseitigen Verbeugungen blickte ich zu dem geschlossenen Tragsessel hinüber, aus dessen Fenster mir eine weiße Hand winkte.

Ich trat näher und blickte in ein vornehmes Gesicht mit einem scheuen Lächeln. »Das war wunderbar«, sagte die Dame. »Würden Sie das für mich wiederholen? In meinen Gemächern?« Ich warf einen Blick über die Schulter und sah, dass die Komödianten neugierig zu uns herüberstarrten. Just in diesem Moment landete Rocco nach einem Rundflug auf meiner Schulter und betrachtete die Dame mit schiefem Kopf und weit aufgerissenem Schnabel. »Der Rabe ist natürlich auch eingeladen«, sagte sie.

Wie sich bald herausstellte, hieß die Schöne Caterina und stammte aus dem uralten und edlen Geschlecht der Sforza, das seine Macht über Mailand allerdings bereits vor Jahrhunderten eingebüßt hatte. Gleichwohl ließ sie sich von ihren Bediensteten noch immer Duchessa nennen und legte gesteigerten Wert auf altmodische Umgangsformen. Den Reichtum, mit dem sie ihr kostspieliges Leben bestritt, verdankte sie ihrem Gatten – einem ungemein erfolgreichen, aber ungehobelten Stoffhändler, der sich seinerseits mit ihrem alten Adel schmückte und die Ehe wohl vor allem als gutes Geschäft betrachtete. Ihr Palazzo war groß genug, um sich gegenseitig aus dem Weg zu gehen. Und so konnte die Dame ungestört ihre kleinen Gesellschaften geben, während ihr grobschlächtiger Gemahl mit seinen ebenbürtigen Freunden lärmende und weinselige Festmähler veranstaltete.

Als ich am frühen Abend den Türklopfer betätigte und die Bronze gegen das Holz schlug, öffnete man mir sofort. Offenbar war meine Ankunft angekündigt, denn der livrierte Diener führte mich ohne weitere Fragen über eine breite Treppe in einen hell erleuchteten Salon. Die Herzogin trug ein langes, mit kostbaren Spitzen besetztes Kleid und ein Diadem, dessen Wert meinen gesamten angesparten Besitz sicher weit übertraf. Auf einem Tisch mit geschwungenen Beinen und einer polierten Platte aus schwerem Marmor stand ein üppiges Blumengesteck, daneben eine Schale voll getrockneter Datteln und Feigen sowie eine Kristallkaraffe mit goldenem Muskateller. Im Hintergrund saß vor einer Spiegelwand ein Mann am Cembalo und sah mir im Licht der Kandelaber erwartungsvoll entgegen. Rocco schmiegte sich beim Anblick der einschüchternden Pracht ängstlich an meine Wange und krächzte leise.

»Ah, willkommen!« Die Herrin des Hauses schwebte auf mich zu. »Aber Sie sind allein, ohne Geiger? Das ist nicht von Nachteil, im Gegenteil sogar sehr gut! Ich habe schließlich meinen eigenen Musiker. Darf ich vorstellen? Herr Bach, Johann Christian, ein vielversprechender Compositeur aus Sachsen! Und Sie sind … ich vergaß!«

»Urlando«, sagte ich. »Einfach nur Urlando.«

Bach war mir natürlich ein Begriff, als Kopist hatte ich mich schon vor Jahren staunend und fluchend über die vertrackte Architektur seiner Klanggebäude gebeugt, ohne die unfassbar zerbrechliche und tragfähige Konstruktion jemals ganz zu durchschauen. Aber müsste dieser Genius nicht längst vergreist, vielleicht sogar verstorben sein?

»Urlando«, wiederholte der Musiker mit einem seltsamen Akzent, während er sich über den Tasten leicht verneigte. »Was für ein schöner Name. Ich trage den meinen eher wie eine ererbte Last. Nicht allein der letzte, auch der erste Teil stammt von meinem Vater, nur die Mitte gehört mir allein. Also nennen Sie mich einfach Christian, wenn Sie mögen.«

Die Herzogin klatschte in die Hände: »Genug der Höflichkeiten. Zur Sache, die Herren, wenn's beliebt.«

Im Laufe der Soiree gewann ich Gefallen an der intimen Gesellschaft. Während Christian aufmerksam accompagnierte und meiner Stimme neben strenger Führung auch viel Freiheit bot, saß die Duchessa in einem Sessel, dessen prunkvoll geschnitztes Gestell an einen Thron gemahnte, und lauschte andächtig. Rocco hatte das Dörrobst entdeckt und war durch den Genuss so abgelenkt, dass er ganz vergaß, in meinen Gesang einzustimmen.

Seite um Seite legte mein Begleiter auf das Instrument, wobei er neben meinem Favoriten Händel auch Arien eines gewissen Ferrandini hervorzog, die aus einer Oper über den thrakischen König Demofoonte stammten und die er um ein Bravourstück für einen Kastraten ergänzen wollte.

Ich sang die Vorbilder vom Blatt, danach probierten wir Phrasen und fügten sie zu Perioden zusammen, die unsere Zuhörerin beifällig oder ablehnend kommentierte.

Die Zeit verging wie im Flug, wir tauschten Komplimente und lachten über kleine Fehler, versuchten sogar ein übermütiges Terzett und nippten gelegentlich einen Schluck vom süßen Wein. Schließlich läutete Caterina nach einem Imbiss, der alsbald serviert wurde – kalter Braten und weißes Brot, ein Salat mit Pasta und Pesto sowie ein wenig geräucherter Fisch.

Während wir aßen, klagte unsere Gastgeberin ihr Leid: Herr Bach sei in der privaten Kapelle des Grafen Litta engagiert, der eifersüchtig über seinen Bediensteten wachte und ihm nur selten Ausgang gestattete – eine Misere, die durch die regelmäßigen Reisen nach Bologna verschlimmert werde, wo der Deutsche bei einem Padre den Kontrapunkt studiere. Nur unter Vorwand könne man diese raren Treffen arrangieren, bei denen der Komponist in Ermangelung von geeigneten Sängern gewöhnlich aus dem *Wohltemperierten Clavier* und aus dem Büchlein für seinen Bruder Wilhelm Friedemann, aus den Präludien und Fugen vortrug – allesamt Werke von der Hand seines Vaters, die der Sohn aus dem Kopf repetierte.

Bis zu diesem Punkte hatte Christian sich die Geschichte schweigend und kauend angehört, nun aber brach es aus ihm heraus: »Ja, der Vater, der Allmächtige und Barmherzige! In alle Richtungen sind die Brüder geflohen, um seinem langen Schatten zu entkommen – nach Dresden und Berlin, nach Bückeburg und Mailand. Aber was auch immer wir schreiben, muss sich an ihm messen lassen! Als

Kind war er mir ein unerbittlicher Zuchtmeister, nun holt er mich auch hier in der Fremde ein. Im falschen Bekenntnis hat er mich unterwiesen, die Orgelbank im Dom bleibt mir daher verwehrt, selbst meine geistlichen Werke betrachtet man misstrauisch. Ich werde wohl abschwören müssen …«

Er tat mir leid, aber ich wusste keinen Trost für ihn. Als Zögling der Nonnen hatte ich mir ein kindliches Bild von meinem Gott gemacht, nach dem Verrat der Oberin war ich vom Glauben gänzlich abgefallen. Die Herzogin unterbrach das peinliche Schweigen, das sich nach der Klage des Sachsen eingestellt hatte. »So lassen Sie uns doch zum Abschied noch ein wenig von jener Musik hören, die Sie aus der Heimat mitgebracht haben. Jede Last wird leichter, wenn man sie teilt.«

Seufzend ging Bach zum Cembalo, rückte sich den Sitz zurecht und griff in die Manuale. Der Bass stampfte auf, um dem Thema die gebührende Aufmerksamkeit zu verschaffen, dann begann der Zauber … »Das italienische Konzert«, raunte Caterina, während die Kerzen flackerten und allmählich erloschen. »Das liebe ich besonders.«

In der Folge änderte sich vieles: Die Gaukler waren verschwunden, als ich eines Abends aus dem Palazzo in die Herberge zurückkehrte. Wie mir der Wirt zornig mitteilte, hätten sie eine offene Rechnung zurückgelassen, die ich nun begleichen müsste. Dass sie mich nicht nur im Stich ließen, sondern zudem in den Ruin treiben wollten, hing wohl auch mit ihrem Neid auf meinen neuen Umgang zusammen. Gabriella war mir eines Tages heimlich gefolgt und hatte mich später in der Schankstube wütend zur Rede gestellt: Ob ich jetzt etwas Besseres sei, ob mir ihre Gesellschaft nicht mehr genüge oder ob ich gar in dubiose Machenschaften verwickelt wäre, die der ganzen Schar zum Verhängnis werden könnten? Meine unschuldige Erklärung wurde von Mario, hinter dem sich die anderen versammelt hatten, nur mit einem verächtlichen Schnauben abgetan.

Fortan war ich ein Aussätziger, vor allem Ruggero und Nicollò schienen maßlos enttäuscht über den vermeintlichen Verrat. Während der Vorstellungen duldeten sie meine Anwesenheit missmutig, danach gingen sie mir absichtlich aus dem Weg.

Und nun hatten sie sich aus dem Staub gemacht und mir zum Dank für treue Dienste ihre Schulden vermacht. Mir blieb nichts übrig, als meinen Gürtel zu öffnen und die Münzen auf den Tisch zu schütten, die der Wirt mit kaum verhohlener Gier musterte: »Mehr als genug? Dann bringt mir für den Rest ein Nachtmahl. Und eine der Kammern würde ich auch gern noch eine Weile bewohnen.« Der schmierige Kerl nickte stumm und raffte mein Erspartes zusammen.

Als ich der Herzogin von meiner Not erzählt hatte, fand sie endlich die ersehnte Gelegenheit, mir einen Gefallen zu tun. Sie verließ den Salon, in dem Christian und ich gerade das *Et exsultavit spiritus meus* aus dem Magnificat probieren wollten, und kam wenig später mit einem Beutel zurück, dessen Gewicht seinen Inhalt verriet.

Ich wollte das Geschenk zurückweisen, doch Caterina duldete keine Widerrede. »Das hast Du Dir redlich verdient, Urlando. Und ich würde Dich gern regelmäßig entlohnen. Auf einen Diener mehr oder weniger kommt es hier im Hause nicht an – und von den niederen Arbeiten bist Du ohnehin befreit. Ich will nur, dass Du regelmäßig für mich singst. Für einfache Begleitung genügt auch meine Begabung. Und vielleicht erteilt Dir Herr Bach ja Lektionen.«

Dass die Herzogin nicht nur ihre musikalische Lust befriedigen wollte, ließ sie mich schon bald unmissverständlich wissen. Ihr Schlafzimmer lag am äußersten Ende der Beletage, während ihr Gatte seine Privatgemächer im Erdgeschoss eingerichtet hatte. Wir liebten uns zwischen seidig glänzenden Laken, wobei Caterina meist eher die Rolle des Führens als des Begleitens übernahm. Wenn wir danach erschöpft nebeneinander lagen, summte sie eine Melodie ihres Lieblings Bach und fütterte mich mit Konfekt – angeblich, um meiner Stimme ihre Süße zu erhalten.

Zum Dank sang ich später für sie im Salon, bis die Lichter heruntergebrannt waren, worauf ich in meine kleine Wohnung zum Mezzanin hinaufstieg. Gegen die Verweichlichung, die in diesem sorglosen Dasein drohte, wehrte ich mich tapfer mit meinen Übungen an der Waffe. Rocco hingegen verbrachte seine Tage meist im Freien und klopfte erst in der Dunkelheit an das Fenster, um eingelassen zu werden. Gelegentlich brachte er mir eine tote Maus oder einen Sperling mit, als wolle er sein mühsam erjagtes Futter als milde Gabe mit mir teilen.

Meine größte Freude waren jedoch nicht die ausgelassenen Schäferstündchen mit meiner Herrin, sondern die Exerzitien am Cembalo. Seitdem Christian seinen

Unterricht bei dem Bologneser Padre Martini abgeschlossen und die Herzogin ein vertrauliches Gespräch mit seinem Dienstherrn geführt hatte, bei dem wohl auch einige Zechinen die Seiten wechselten, bekam ich fast täglich Lektionen an den weißen und schwarzen Tasten.

In den Pausen tauschten wir uns über unsere Leben aus, die im gleichen Jahr begonnen hatten und doch sehr unterschiedlichen Pfaden gefolgt waren. Bach hatte eine Schar von Geschwistern, ich hingegen wusste nichts von meiner Familie – und während er in seinem Fach durch den Vater und einen Bruder unterwiesen worden war, hatte mir diese männliche Anleitung gänzlich gefehlt. Eines Tages erzählte er mir vom Ende seines Vaters, das schon Jahre zurücklag und von ihm trotz der erdrückenden Übermacht seines Erbes noch immer tief betrauert wurde – auch darum, weil er davon aus der Ferne nur schriftlich erfahren hatte und keinen Abschied nehmen konnte.

Den Anlass für die Erzählung gab eine Arie, mit der mir mein Lehrer zugleich einige Brocken seiner Muttersprache beibringen wollte: »Schlummert ein, ihr matten Augen, / Fallet sanft und selig zu! / Welt, ich bleibe nicht mehr hier, / Hab' ich doch kein Teil an dir, / Das der Seele könnte taugen. / Hier muss ich das Elend bauen, / Aber dort, dort werd' ich schauen / Süßen Friede, stille Ruh.«

Bei der letzten Wiederholung vergoss der sonst so gefasste Mann einige Tränen, nach deren Ursache ich besorgt fragte. »Mit diesen Zeilen«, sagte mein Freund, »hat mein Vater sein eigenes Schicksal vorweggeahnt. Jahre später sind seine Augen wirklich immer matter geworden, bis er seine Musik weder schreiben noch lesen konnte. Halbblind hockte er an seiner Orgel in der Thomaskirche, die Chorknaben schnitten ihm Fratzen, die er nicht sehen konnte. Und als dann ein Ausweg aus dem dichten Nebel aufzutauchen schien, wurde ihm diese trügerische Hoffnung zum endgültigen Verhängnis.

Ein englischer Arzt, der sich selbst Chevalier nannte und mit Erfolgen und herrschaftlichen Dankschreiben prahlte, war nach Leipzig gekommen. Er logierte im Gasthof ›Drey Schwanen‹, wohin sich mein gebrechlicher Herr trotz vieler anderer Leiden führen ließ. Der Eingriff schien nach kurzer Untersuchung zunächst glücklich zu verlaufen, auch von der Schwächung durch den anschließenden Aderlass erholte sich der Patient rasch. Doch als man ihm nach zehn Tagen – der Kurpfuscher war längst abgereist – die Binden entfernte, entdeckte man im entzündeten Auge wieder die milchige Linse, die an ihren alten Platz zurückgerutscht war.

Man mag es eitler Selbstüberschätzung oder schlichter Gewinnsucht zuschreiben, dass sich der Oculist wenige Wochen später noch einmal in die Stadt wagte, um sein Blendwerk fortzusetzen. Wütend verlangte unsere Familie Regress für die kostspielige Operation, was den obskuren Kavalier offenbar wenig überraschte. Wortreich erklärte er noch einmal sein Verfahren und bot an, die Behandlung auf eigene Kosten zu wiederholen. In seiner Not willigte mein Vater ein, wieder rückte der Assistent das greise Haupt in eine geeignete Position, wieder stach die Nadel … Als der große Musiker Johann Sebastian Bach sich später den Verband unter großen Schmerzen von den

Augen riss, konnte er zwar plötzlich wieder sehen. Doch am gleichen Tag traf ihn der Schlag, von dem er sich nicht mehr erholte. Der Engländer aber war mit seiner schwarzen Kutsche längst über alle Berge und warb in der Ferne für die Wunder des John Taylor.«

Dies war das erste Mal, dass ich den Namen des Alten hörte.

Und nun sitze ich ihm hier direkt gegenüber, warte auf ein Zeichen und lenke mich einstweilen mit Hogarth ab. Der fünfte Stich zeigt den Wüstling in einer Lage, die sich meiner eigenen Vergangenheit durchaus vergleichen lässt, ohne in allen unappetitlichen Details gleichgesetzt zu werden. Eine hässliche Alte steht dort mit ihm vor dem Pfarrer, der das ungleiche Paar gerade segnet – eine gute Partie, weil der junge Mann wohl auf den Reichtum der Witwe hoffen kann, während sie sich im Glanz seiner Schönheit sonnt.

Zwar habe ich mich nie an ein so bedauernswertes Scheusal verkauft, aber auch in meinen Mailänder Jahren ließ ich mir nicht nur die Schönheit meiner Stimme vergolden. Dass ich dem Gemahl der Herzogin damit sogar einen Gefallen tat, habe ich erst ganz zum Schluss erfahren …

Doch zurück zu Hogarth. Wie immer neige ich dazu, alles auf mich zu beziehen und mit Bedeutung aufzuladen. Im Stillen bin ich mir natürlich bewusst, dass die symbolische Deutung meiner trivialen Erfahrungen vor allem dazu dient, mein bedeutungsloses Dasein mit einem tieferen Sinn aufzuwerten und mich von den Übrigen abzuheben. Und so denke ich mich wieder in das Bild der Mesalliance par excellence hinein – und aus der Alten an der Seite des Wüstlings wird ein Alter.

{1735–1739}

In London genoss ich den Wohlstand, den ich mir auf der Reise verdient hatte, in vollen Zügen. Ich machte dem Maler William Hogarth meine Aufwartung in seinem Atelier, das mit halbfertigen und vollendeten Arbeiten tapeziert war und das er mit einem Mops teilte, der auf den närrischen Namen Trump hörte. Er liebte das hässliche Tier abgöttisch und schmuggelte den Köter, den er als sein Ebenbild bezeichnete, immer wieder in seine Bilder. So treibt er, wenn ich mich recht erinnere, auch auf jenem Blatt sein Unwesen, das die Hochzeit des Wüstlings mit der Greisin zeigt …

Meine schwärmerischen Komplimente für sein Talent nahm der Künstler ungerührt zur Kenntnis, erst als ich ihn nach dem Preis für einige neue Blätter fragte, wurde er zugänglicher und gewährte mir schließlich sogar Rabatt. Dass er mir mit seiner Karikatur zwei Jahre später so übel mitspielen würde, hätte ich nach dieser herzlichen Begegnung nicht vermutet. Aber Undank ist der Welten Lohn!

Während Homer das Haus nach meinen Wünschen möblierte und dabei an nichts sparen musste, schlürfte ich in den besten Wirtshäusern Austern, bestellte Hummer und trank dazu Champagner, den ich in Versailles schätzen gelernt hatte. Beschwingt ging ich dann in die Oper, um mich an der Musik und am Anblick der schönen Damen im Publikum zu weiden. Im Covent Garden Theatre gab die Royal Opera Company Händels *Ariodante*, die später von seiner *Alcina* abgelöst werden sollte und die sich vor allem dank der graziösen Tanzeinlagen der Primaballerina Maria Sallé großer Beliebtheit erfreute.

Die Opera of the Nobility konterte am Lincoln's Inn Field mit Porporas *Polifemo*, der mich nicht nur wegen der Geschichte des geblendeten Zyklopen brennend interessierte. In der Rolle des Acis brillierte hier zudem der unbeschreibliche Farinelli, der mit seinem *Sento il fato* regelmäßig für Ohnmachtsanfälle sorgte, wenn er sich aus dunklen Tiefen unvermittelt und mühelos in höchste Höhen schwang. Von dieser Stimme, die der Natur durch einen künstlichen Eingriff abgerungen worden war, konnte ich nicht genug bekommen. Das simple Vergnügen, das mir einst die Bettleroper bereitet hatte, schien mir neben diesem ungleich raffinierteren Genuss schal und abgestanden.

So bildete ich meinen Geschmack und fraß mich an Eindrücken satt, von denen ich auf meiner nächsten Reise zehren wollte. Diesmal plante ich, noch weiter in den Süden zu gehen, über Paris sollte mein Weg nach Spanien führen, wo ich in Madrid praktizieren wollte. Zur Verfeinerung meiner Geschäfte hatte ich in Mußestunden eine weitere Methode ersonnen, die sich als ausgesprochen nutzbringend erweisen sollte.

Ein zweiter Diener eilte mir nun mit einer Woche Vorsprung auf seinem Pferd voraus, um den Blinden in meinem Namen Hoffnung zu spenden und den Schaulustigen Wunder zu versprechen. In seinen Satteltaschen führte der Reiter vorgedruckte Papiere mit sich, die mit drastischen Bildern und großen Lettern für meine vortrefflichen Künste warben und auf denen von Hand nur noch das Datum meines Auftritts ergänzt werden musste. Dank solcher Ankündigung, die ich den Opern-Programmen abgeschaut hatte, drängten sich die Massen oft schon bei meiner Ankunft, gelegentlich empfingen mich Neugierige oder Notleidende sogar am Eingang des Ortes.

Auch Paris, die spröde Schöne, war mir diesmal günstiger gesonnen: Statt erneut in den großen Spitälern vorzusprechen, verlegte ich meinen Stand diesmal auf die Île de la Cité, wo man der Notre-Dame vor einigen Jahren die bunten Fenster ausgeschlagen und durch weißes Glas ersetzt hatte – ein schönes Gleichnis für die Erleuchtung, das ich in meiner Rede natürlich für meine Zwecke zu nutzen wusste. Im Schatten der ehrwürdigen Kathedrale beschränkte ich meine Predigt ansonsten vor allem auf biblische Motive, um den Klerus nicht zu verärgern.

Die kunstvolle Herleitung meines Amtes stellte dabei jeden Prediger in den Schatten: Zunächst sprach ich von Moses, dem Gott gesagt hatte, dass Blinde und Stumme ebenso Teil seiner Schöpfung seien wie Sehende und Sprechende. Nachdem ich so den Eindruck erweckt hatte, dass meine Bemühungen im Widerspruch zum Willen des Herrn stünden, erwähnte ich beiläufig die Gesetze aus dem Levitikus und dem Deuteronomium, die blinde oder aussätzige Tiere vom Opfer am Altar ausschlossen – und streute so Zweifel daran, dass diese Krankheiten wirklich gottgefällig seien.

Und schließlich setzte ich zu jener Volte an, die auch den letzten Zweifler überzeugen musste: Ich zitierte jene Verse aus der Apostelgeschichte, in denen der Christenhäscher Saulus vor den Toren von Damaskus durch ein Licht aus der Höhe geblendet wird. Um ihn zum rechten Glauben zu bekehren, sendet der auferstandene Jesus seinen Jünger Hananias, der dem Blinden seine Hände auflegt. Und siehe da! Sofort fiel es ihm wie Schuppen von den Augen und er bekehrte sich vom Saulus zum Paulus!

»Kann also«, so pflegte ich zu enden, »die Heilung eines Blinden eine Sünde vor Gott sein? Oder findet man erst sehend zur wahren Tiefe des Glaubens?« Diese Herleitung meines Handelns brachte mir Kollekten ein, die stets mein Wohlgefallen fanden.

Da wir uns entlang des im Voraus geplanten Weges nach einem strengen Kalender richteten, um die angekündigten Termine nicht zu versäumen, musste ich meine Zelte meist auf dem Höhepunkt des Triumphes abbrechen – eine künstliche Verknappung des Angebots, von der die Nachfrage gesteigert wurde. Schon bald mussten wir vor der Vorstellung Eintrittskarten verkaufen und Termine vergeben, aus allmählich anschwellender Aufmerksamkeit hatte sich schlagartiges Interesse entwickelt.

Selbst im strömenden Regen oder bei eiskaltem Wind harrten die Zuschauer geduldig aus, während meine Patienten ihre Rolle als Helden in dem Spektakel genossen. Eitle Gecken erkauften sich den Platz auf meinem Stuhl, ohne eine wirkliche Krankheit vorweisen zu können. Ich behandelte sie zum Schein und mit besonders umständlichen Erklärungen, da sie den von mir durchschauten Schwindel ja nur mit der Nachricht von ihrer angeblichen Heilung aufrechterhalten konnten. Eine einträglichere Werbung auf fremde Kosten war schlicht unvorstellbar.

Von den Malaisen unserer Reise will ich schweigen, ein verlorenes Hufeisen ließ sich ebenso ersetzen wie ein gebrochenes Kutschenrad. Zum Schutz gegen wilde Tiere und Wegelagerer hatte der findige Homer an den Seiten seines Kutschbocks vier Flinten angebracht, die er mit Hilfe eines Seilzugs gleichzeitig auslösen konnte, um eine breit gestreute Ladung Schrot abzufeuern. Für gezieltere Schüsse trug auch er zwei Pistolen bei sich, die aber nur selten zum Einsatz kamen. Da wir uns beide einer robusten Gesundheit erfreuten, blieben wir nie hinter den gesteckten Zielen zurück, das optische Theater des John Taylor war stets pünktlich.

So näherten wir uns allmählich Madrid – freilich von Süden her kommend, weil wir uns hinter Bordeaux zunächst ein wenig östlich gen Toulouse und Barcelona, dann an der Küste weiter Richtung Valencia und Malaga gehalten hatten, ehe wir über Jerez schließlich Sevilla erreichten. Es ist unmöglich, all der Eindrücke zu gedenken, die ich in den Mußestunden zwischen den Vorstellungen sammelte – der katalanischen Kathedrale der Heiligen Eulalia, die man vor ihrem Märtyrertod auf einem Auge geblendet hatte und die mir auch wegen des Namens besonders nahestand, des Stierkampfes, bei dem mich die Banderilleros mit ihren Spießen an meine eigene Arbeit erinnerten, bei der bekanntlich ebenfalls nur ein einziger Stich gestattet und rasches Entkommen geboten ist, der besten Lage unseres geliebten Sherry, aus der ich mir als wahrer Engländer ein Fässchen guten Amontillados mitnahm, oder der Heiligen Woche mit ihren Kreuzesträgern und Selbstgeißlern, die mir zugleich befremdlich und faszinierend schien, weil die Spitzhauben der Büßer nur den Blick in die Augen gestatteten, eine ophthalmoskopische Maske.

In Spaniens Hauptstadt, wo man jedem Untertanen unseres Königs auch neun Jahre nach dem unseligen Krieg noch immer misstrauisch begegnete, kam mir schließlich ein schier unglaubliches Gerücht zu Ohren: Farinelli, den ich als leuchtenden Stern am Firmament der Adelsoper noch immer in London wähnte, hatte seine Demission eingereicht und war in den Süden gekommen, um hier einem Herrscher in der Not beizustehen. Jeden Abend hatte er dem Regenten Philipp vorzusingen, um ihn von seiner erdrückenden Schwermut zu befreien – eine Behandlung, die der Virtuoso Matteuccio schon Jahrzehnte zuvor erfolgreich am scheinbar verhexten Carlos II., dem Ahnherrn des Königs, praktiziert hatte.

Wie diese legendäre Nachtigall von Neapel linderte nun mein Favorit mit seiner Kunst königliche Leiden, was mir rein medizinisch zwar schwer vorstellbar, mit Verweis auf die Kraft der Einbildung aber doch erklärlich schien. Ich wollte den Meister unbedingt sehen und wenn schon nicht singen, so doch sprechen hören.

Die Sommerresidenz Aranjuez lag nur eine Tagesreise entfernt. Ich sandte meinen Boten, der uns am Ziel unserer Reise erwartet hatte, mit einem Billett voraus und folgte in gemessenem Abstand. Ob es am schmeichlerischen Ton meiner Nachricht oder an der Neugier ihres Empfängers lag, wage ich nicht zu beurteilen, jedenfalls erwartete mich Farinelli bereits zum Tête-à-Tête. Als er mir zum Tor des Gartens entgegenkam, wirkte er noch majestätischer als auf der Bühne, die Würde seines neuen Amtes hatte seine Haltung gestrafft und seine Stirn gekerbt.

»Sehen Sie«, sagte er nach allerlei Förmlichkeiten, die ich ihm mit vielen verdienten Komplimenten mischte, »Philipp leidet in der Tat schrecklich. Er sitzt in einem verhangenen Zimmer, dessen dunkle Wände der Schwärze seiner Seele entsprechen. Die Ärzte sind ratlos, der Krankheit ist weder mit Aderlässen noch mit Wechselbädern, weder mit Pillen noch mit Schonkost beizukommen. Einzig mein Gesang wirkt wie Medizin, meine Stimme hellt seine verfinsterten Gedanken ein wenig auf. Dass er sich dabei neben anderen Petitessen die immer gleichen Arien aus Hasses *Artaserse* wünscht, den ich vor Jahren in Venedig mit der Cuzzoni und dem Nicolino aus der Taufe gehoben habe, macht die Sache zwar – verzeihen Sie das Wortspiel – ein wenig monoton. Aber vielleicht liegt die heilsame Wirkung ja gerade in der unablässigen Wiederholung des Vertrauten. Und an das da capo al fine bin ich ja gewöhnt.« Er deutete eine leichte Verbeugung an, als würde er den Jubel eines imaginären Publikums quittieren.

»Aber fehlt Ihnen das denn nicht – der Applaus der Menge, der Zauber des Theaters?«

Der Virtuoso winkte verächtlich ab. »Ach, all die imaginären Prinzen und Könige, die gestelzte Klage und das geheuchelte Glück … Ich habe auf diesem Gebiet alles erreicht, was man sich wünschen kann. Hier aber kann ich wirklich Einfluss auf das Leben nehmen, darf einem gequälten Mann beistehen und ihn mit gutem Rat lenken. Dass der König mich wie einen Minister behandelt, dass er mich immer wieder in diplomatische Fragen verwickelt und unsere Soireen auch als geheime Sitzungen versteht, schien mir anfangs zwar etwas unziemlich. Erst als ich merkte, dass seine übrigen Berater vielleicht über größere Kenntnisse, aber gewiss über geringeren Instinkt verfügen, konnte ich meine Rolle wirklich annehmen. Offenbar lässt sich das Wissen um die Affekte, mit denen wir die Menschen von der Bühne herab in den Bann schlagen, auch in die wirkliche Welt übertragen. Und wenn man mit Musik heilen kann, dann darf man in ihrem Sinne wohl auch regieren. Wollte Gott, dass es mehr Künstler und weniger Krieger in den Kabinetten der Könige gäbe!«

Ich sah ihn erstaunt an und nickte beifällig. Bislang hatte ich Kastraten stets für Paradiesvögel gehalten, deren engelsgleiche Stimmen sich mit jener naiven Eitelkeit paarten, die sie in der Oper oft zur Schau stellten. Nun aber fand ich ausgerechnet im Größten dieser Zunft einen Mann, der sein Können in den Dienst der Vernunft und der Verantwortung stellte.

Farinelli fuhr fort: »Auch in der Politik ist es von höchstem Nutzen, wenn man sich auf die Messa di Voce versteht. Jede Verhandlung, jeder Vertrag braucht das balancierte An- und Abschwellen des Tones, um den anderen zu überzeugen. Als junger Mann habe ich mich oft in aberwitzigen Trillern und Läufen verloren, bis mich der Wiener Kaiser Karl wissen ließ, dass ich mit solchen unendlichen Noten und Gurgeleien nie die Herzen erreichen würde. Als ich dann mit neuer Mäßigung dem hoch verehrten Dichter Metastasio vortrug, bestärkte er mich in solcher Haltung: Man müsse nicht immer bis zum Äußersten gehen, aber stets das Ultimative beherrschen. Dies ist eine Maxime, die ich nun auch Philipp vor Augen stelle, wenn er wieder mit Österreich oder den Engländern hadert – und zum Beweis singe ich Hasses Lieder von der bleichen Sonne und der süßen Umarmung in stetig wechselnden Varianten, um die Vielfalt der möglichen Haltungen zu zeigen. Dass die anderen Einflüsterer meinen Einfluss argwöhnisch beobachten, ist nicht verwunderlich. Aber Neid, den man sich erarbeiten muss, ist mir vertraut.«

Wir waren inzwischen in einem abgelegenen Heckenquartier angekommen und saßen auf einer Bank beieinander, das aufrichtige Vertrauen des Kastraten ermutigte mich zu einem vorwitzigen Wunsch. »Würden Sie auch für mich einmal …«

Farinelli hob seine Rechte mit gespreizten Fingern vor die Brust, als wolle er einen unsittlichen Antrag auf kokette Weise abwehren. »Singen? Jetzt und hier? Ganz unvorbereitet und unbegleitet? Aber gut, wenn Sie mich so sehr bitten …« Er zog ein silbernes Döschen aus der Tasche und entnahm ihm eine kleine Mouche, die er auf die Wange klebte und die ihm als Maske im gepuderten Gesicht offenbar genügte. »Was mag hier wohl angemessen und schicklich sein? Das Werk des göttlichen Sachsen Hasse muss dem König vorbehalten bleiben, sein Landsmann Händel aber könnte uns ein Ständchen spendieren. Kennen Sie Almirenas Loblied auf die kleinen Vögelchen, das sie im *Rinaldo* singt? Nun, es beginnt mit einem atemraubenden Flötensolo!« Und damit begann der Sänger eine täuschend echte Imitation des Instruments, aus der er himmlische Töne schöpfte:

»Augeletti, che cantate.« Ich schloss die Augen, um mich allein dem Klang zu weihen.

»Eigentlich«, sagte Farinelli, während er mich später zu meiner Kutsche begleitete, »war mir Händel nie sonderlich sympathisch – nicht nur deshalb, weil er sich die Rolle des Royalen anmaßte, während sich unsere Compagnie um den braven Porpora mit dem Noblen zufriedengeben musste. Auch die bösen Anekdoten, die mir der gute Senesino nach seiner Flucht vor dem Despoten berichtet hat, ließen keine gute Meinung von ihm zu. Einmal soll er die Cuzzoni als Teufelin beschimpft und am ausgestreckten Arm aus dem Fenster gehalten haben, ein andermal habe er unsere Zunft mit seinem Bonmot beleidigt, er könne ganz allein einen Kapaun verschlingen – eine Behauptung, der man angesichts seines gargantuesken Appetits wohl glauben durfte. Aber was sollten die Anspielungen auf einen kastrierten Hahn in Gegenwart eines Virtuoso – zumal mein verehrter Kollege ja selbst unter unerwünschten Folgen des Eingriffs litt, die mir glücklicherweise erspart geblieben sind. Sein Brustkorb war geschwollen, als Liebhaber war seine Erscheinung wenig glaubwürdig. Und Händel gab zu diesem Schaden nun noch seinen Spott dazu. Damit stellte sich der Herr Compositeur, dem ich nur einmal auf einer Gesellschaft bei Lady Rich begegnet bin, kein gutes Zeugnis aus. Ich habe mich denn auch standhaft geweigert, zu seiner Begleitung zu singen, obwohl mich die versammelten Damen und Herren inständig anflehten. Seine Musik freilich, seine Musik … so viel Gefühl in einem Grobian.«

{1770}

Wieder hat Taylor seine Geschichte jäh unterbrochen und mich mit meinen Fragen alleingelassen. Einerseits weiß ich es wohl zu schätzen, dass er Begegnungen mit meinesgleichen für erwähnenswert erachtet, andererseits mag ich Farinellis harten Worten über meinen geliebten Händel kaum Glauben schenken.

Sollte der Meister aus Deutschland tatsächlich ein so ungehobelter Klotz gewesen sein? Ich habe ihn mir als frohen und frommen Menschen gedacht, als ich an seinem Grab in Westminster Abbey stand. Dass er ausgerechnet in den Stunden zwischen Karfreitag und Ostersonntag verschied, war mir zudem schon immer als Zeichen erschienen – als habe der Herr einen seiner bevorzugten Söhne pünktlich zum höchsten Fest zu sich gerufen. Und klingen denn seine Werke nicht wirklich, als habe er für Momente schon das Jenseits schauen dürfen?

Ich hätte den Alten unterbrechen, ihn mit meiner Widerrede zur Korrektur auffordern müssen. Doch nun, da er schnarcht, steige ich hinab in die Galerie seiner Reisen. Die Ansichten Madrids und Sevillas kann ich ebenso ad acta legen wie Porträts von Senesino und Farinelli, die ich erst jetzt entdecke. Auch den spanischen König nehme ich von der Wand – und sinne darüber nach, wie sehr meine momentane Lage der Geschichte vom größten Kastraten aller Zeiten ähnelt.

Auch ich sitze im abgedunkelten Raum, mein Gegenüber redet sich das Dunkel von der Seele … nur singen muss ich nicht für ihn. Aber vielleicht wäre das ja sogar ein Schlüssel zu den verborgenen Räumen seines Gedächtnisses, in die ich endlich vordringen will.

{1762–1769}

Mehr als sechs Jahre konnte ich den Unterricht bei Christian genießen, ehe er unvermittelt aus Mailand abreiste, wo er zum Ärger seines älteren Bruders Carl Philipp Emanuel längst den rechten Glauben angenommen hatte und zum Organisten im Dom bestellt worden war. Nun aber erreichte ihn ein Angebot aus London: Die junge Königin Sophie Charlotte suchte einen Klavierlehrer, der ihr mit deutscher Konversation zudem die Sehnsucht nach ihrer mecklenburgischen Heimat mildern sollte.

Dass er in England wieder der falschen Konfession angehören würde, war ihm bewusst. Aber der Ruf an den Hof von Georg schien zu ehrenvoll, als dass er ihn hätte ausschlagen können – zumal seit Händels Tod dort auch eine lukrative Lücke im Opernbetrieb klaffte. Wir nahmen tränenreich Abschied, er überließ mir eine Abschrift seines wunderschönen *Misero pargoletto*, das mir als Klage über ein unglückliches Kind recht zu Herzen ging – und ich weihte ihn in mein Geheimnis ein, das mir als aufrichtiges Geschenk für den Reisenden und als gefahrloses Versprechen für einen Abwesenden schien. »Solltest Du je Hilfe benötigen, genügt ein kleines Zeichen. Meine Klinge wird immer für Dich da sein.«

Christian sah mich mit großen Augen erschrocken an: »Danke. Ich werde es mir merken.«

In der Folge riss mich die Trauer über die Trennung aus einer Trägheit, in der ich mich schon viel zu lange eingerichtet hatte. Wollte ich mein Leben lang den Galan der

Herzogin spielen, eine männliche Mätresse im goldenen Käfig des Palazzo? Ich hatte mir angewöhnt, meinen fürstlichen Lohn für die Liebesdienste als Apanage zu betrachten und in leichtsinnigen Momenten im Wirtshaus aufs Spiel zu setzen. Dennoch besaß ich genug, um für lange Zeit auf eigenen Füßen zu stehen.

Doch als ich eines Abends mein Gepäck zusammenraffte, um mich aus dem Haus zu stehlen, versperrte mir Caterina auf der Treppe den Weg: »Davonschleichen will er sich, der feine Herr! Ist dies der Dank für all die Wohltaten, all die Fürsorge und Zuwendung? Hast Du nicht erst von mir die feinen Manieren gelernt, habe ich Dir nicht jeden Wunsch von den Lippen abgelesen und mein Herz vor Deine Füße gelegt?« Ich wollte antworten, beschwichtigen, trösten, aber die Furie ließ mich nicht zu Wort kommen. »Dein Goldkehlchen, Deine kristallklare Stimme – alles nur Talmi, Urlando! Und wohin soll es nun gehen, in den Kleidern, die ich Dir gekauft habe, und mit dem Geld, das Du Dir in meinen Armen erschwindelt hast? Wem willst Du künftig vorsingen – wieder dem Pöbel auf den Plätzen oder einer anderen Dame im Boudoir?«

Rocco, der mich in meiner Kammer besucht hatte und nun auf meiner Schulter hockte, wurde von dem Gezeter zunehmend unruhig. Er schlug mit den Flügeln, krächzte bedrohlich und flog schließlich auf die Herzogin zu, die er mit seinem Schnabel direkt im rechten Auge traf. Sie verlor das Gleichgewicht und stürzte die Stufen hinab, während sich im Parterre eine Tür öffnete.

Der Hausherr blickte zunächst kalt auf seine ohnmächtige, blutende Frau und dann zu mir hinauf: »Ich habe mir immer gedacht, dass dies ein schlimmes Ende nimmt. Solange Du mir in ihrem Bett nur eine lästige Pflicht abnehmen durftest, habe ich geschwiegen. Aber nun, Du Bastard, soll Dir die Strafe auf dem Fuße folgen!« Mein Rabe wollte mich verteidigen und flatterte auf den Kaufmann zu, der aber schlug mit seinem Knotenstock nach ihm, während ich mein Messer aus dem Gürtel zog. Dank der Ablenkung brauchte es nur einen beherzten Satz, nach dem mein Widersacher tödlich getroffen zu Boden sank. Diesmal war es Selbstverteidigung gewesen – und mir blieb eine Nacht Vorsprung.

Schon vor dieser Katastrophe hatte ich mir Gedanken über ein mögliches Ziel gemacht. Der verheerende Krieg, der im sechsten Jahr wütete und an dem sich aufseiten der Franzosen, Russen und Spanier auch Parma, Neapel und Sizilien beteiligten, ließ eine Flucht in den Norden als gefährlich erscheinen. Zwar hätte ich gern Hasse in Dresden vorgesungen, von dem mir Christian so viel Gutes gesagt hatte, aber der Weg dorthin blieb mir vorläufig verwehrt. Also wandte ich mich abermals in den Süden, um in der Ewigen Stadt mein Glück zu suchen.

Das Teatro Argentina genoss dort einen hervorragenden Ruf, den ich mit meiner Anstellung zu mehren gedachte. Auch von der Capella im Vatikan, in der schon viele berühmte Kastraten wie der zierlich flatterhafte Farfallino oder der später für seine unbotmäßige Liebe zu einer verwitweten Gräfin ermordete Siface gesungen hatten, versprach ich mir einiges. In jedem Fall dürfte es den Häschern schwerer fallen, mich in der großen Stadt zu finden. Ich holte das beste Pferd aus dem Stall der Duchessa und gab ihm die Sporen. Über mir kreischte Rocco durch die Nachtluft – offenbar nicht verwundet, aber immer noch verstört.

Der Prinzipal des Argentina empfing mich einige Tage später abweisend. Überheblich musterte er meine Kleidung, die ich eben mühsam vom Staub der Straße befreit hatte, und fragte näselnd nach Namen und Begehr. Meine Antwort brachte ihn zu schallendem Gelächter: »Ein Schreihals, der ein Virtuoso sein will? Nun, das sollten wir hören!« Er lehnte sich in seinem Sessel zurück, den man ihm auf die leere Bühne gestellt hatte, und gab dem Cembalisten ein Zeichen.

Ich begann mit Porporas Arie über den dunklen Himmel, ging dann zu meinem Bravourstück aus Händels *Serse* über und endete meinen Vortrag mit Bachs *O Jesu, meins Lebens Licht*, das mir Christian für meine Stimme umgearbeitet hatte. Den allmählichen Wandel der Stimmung aus dem Düsteren zum Hellen hatte ich mir während meiner Reise zurechtgelegt, und zumindest davon schien der Direktor auch beeindruckt. »Das war, nun sagen wir, recht manierlich. Aber für unser Haus ist Ihre Stimme zu klein, Sie würden neben den anderen Sängern untergehen – und Ihr Name würde vom Publikum höchstens mit einigem Gelächter honoriert. Nichts für ungut, Urlando – aber wir haben keine Verwendung für Sie.«

Besser geriet meine Bewerbung in der Sixtinischen Kapelle, deren überbordende Pracht mir im ersten Moment den Atem raubte und die Stimme verschlug. Erst nach einiger geistiger Sammlung konnte ich hier meinen

Vortrag beginnen, für den ich in weiser Voraussicht nur geistlich unverdächtige Werke gewählt hatte. Da ich mich nun aber nicht als Solist, sondern als geeigneter Chorist vorstellen sollte, durfte ich es wagen, eine einzelne Stimme aus Palestrinas kunstvollen *Marien-Madrigalen* oder aus den *Heiligen Lektionen* des Orlando di Lasso herauszulösen, die ich aus billig erstandenen Partituren in der Herberge memoriert hatte. Der Praeceptor – ein überaus freundlicher Mann – konnte das a cappella im Kopf gewiss um die fehlenden Teile ergänzen und meine Rolle im Ganzen erahnen.

Nach meinem Vortrag klatschte er beifällig in die Hände: »Ein schöner Sopran, mein Sohn! Aber können Sie sie auch vom Blatt singen?« Er reichte mir die Noten. »Mezza voce, mein lieber Junge, ist wohl Ihre größte Begabung. Das Zarte, zu dem viele andere sich zwingen müssen, liegt Ihnen in der Kehle und wohl auch in der Seele. Wollen wir gemeinsam noch ein wenig Stabat Mater probieren? Sagen Sie mir doch noch einiges über sich, damit ich sehe, ob Sie alle Bedingungen erfüllen.«

Also erzählte ich von meiner Kindheit in einem Kloster – wobei ich tunlichst vermied, die Nonnen zu erwähnen –, von meinen Lehr- und Wanderjahren und von meiner Ausbildung am Hofe einer Mailänder Herzogin.

»Bravo!«, sagte der Mönch, »bravo! Und nun sind Sie also hier! Da Sie nicht verheiratet sind, müssen Sie nur noch die priesterlichen Weihen empfangen, um Ihren Platz in der Capella einzunehmen. Aber wir schöpfen hier ja schließlich direkt an der Quelle unseres Glaubens. Da wird solches Sakrament mit leichter Hand gespendet.«

Tatsächlich wurde mir wenig später die Tonsur geschnitten, die mir das Tor zu den niederen Weihen öffnete. Ich trauerte meiner üppigen Lockenpracht ein wenig nach, fand den Verlust im Tausch gegen eine sichere und auskömmliche Anstellung aber gerecht. Die Tage waren mit Proben und Konzerten ausgefüllt, und ich genoss die Gemeinschaft mit den anderen Sängern, von denen viele mein Schicksal teilten. Der Heilige Vater, der den Künsten mehr als den Wissenschaften zugetan war, nahm unsere Dienste oft in Anspruch und schmückte sich mit unserem Gesang gern vor Gästen. Unsere Zellen waren schlicht, aber durchaus kommod – und die Speisen aus der Küche des Papstes hätten nicht üppiger und raffinierter sein können.

Unter den vielen Werken, die wir einstudierten und vortrugen, begeisterten mich besonders die heiligen Liederbücher des Carlo Gesualdo – nicht allein wegen ihrer kühnen und feinsinnigen Klänge, sondern auch wegen des leidenschaftlichen Verbrechens dieses Fürsten von Venosa. Als er von einer Affäre seiner Gattin erfuhr, legte er sich eifersüchtig mit einigen Spießgesellen auf die Lauer und ertappte das Paar schließlich auf frischer Tat.

Seine blutige Rache traf nicht nur das Weib, sondern auch den Nebenbuhler aus dem neapolitanischen Geschlecht der Carafa, sogar ein kleines Mädchen fiel dem Dolch zum Opfer. Wenn sich eine solche Tat mit den unsterblich schönen Erfindungen seiner liturgischen Erwiderungen verbinden konnte, war wohl auch ich gerechtfertigt. Ich sah jedenfalls keinen Grund zur Beichte oder zur freiwilligen Buße.

Mit der Zeit vergingen auch meine Sorgen, dass man mich ergreifen und für meine vermeintliche Missetat anklagen könnte. Nirgendwo fühlte ich mich sicherer als hier, wo die pittoresk gekleidete Schweizergarde neben Clemens XIII. auch mich bewachte. Dass mir der Sprung auf die großen Bühnen dieser Welt nicht mehr glücken würde, hatte ich inzwischen als bedauerliches Schicksal angenommen, immerhin konnte ich mir meinen Unterhalt nun mit meinem Makel verdienen.

Mit dem Geld der Duchessa ging ich ebenso sparsam um wie mit meinen Gefühlen, obwohl mancher Chorist um meine Zuwendung geradezu bettelte. Doch von solchen sodomitischen Ansinnen hielt ich mich fern, meine höchste Befriedigung fand ich nur mehr bei Huren oder im Gesang. Mir fehlte lediglich Rocco, der bei der überstürzten Flucht in Mailand offenbar meine Spur verloren und seither nicht wiedergefunden hatte. Aber wie hätte ich ihn in unserer Klausur auch halten sollen, ohne Verdacht zu erregen? Raben sind der Bibel spätestens seit dem treulosen Verhalten nach Noahs Auftrag suspekt, der Heilige Geist offenbart sich unserem reinen Glauben nur in der reinen Taube.

An freien Abenden hatte ich es mir zur Gewohnheit werden lassen, die Gassen und Straßen der Stadt zu erkunden. Ich pilgerte über den Kreuzweg im Kolosseum, der an den Tod vieler Märtyrer gemahnen sollte und mich an meine bevorzugte Klosterlektüre erinnerte. Ich erhob meinen Blick zum Standbild des Teufelsbezwingers Michael auf der Spitze der Engelsburg, ich kniete auf den Stufen der Heiligen Treppe im Lateran und trank in vielen Tavernen.

Fast hätte man meinen können, der geistliche Stand hätte auch mein weltliches Leben in ruhigere Bahnen gelenkt, doch die blutigen Motive in den Kapellen weckten noch immer Gefühle in mir, die über das Mitleiden mit der Kreatur hinausgingen. Zudem hatte ich eine neue Leidenschaft entdeckt, die meine Sinne schärfte und neben Abwechslung auch Erkenntnis versprach.

Nachts streifte ich durch die Gänge des Vatikan und entdeckte Räume, die dem einfachen Choristen bei Tage verwehrt waren. Dabei nutzte ich jeden Winkel und jede Nische für mein Fortkommen, bewegte mich lautlos und ohne Licht. Ich lernte, wie man verriegelte Türen mit einfachem Werkzeug öffnen kann, ich schlich an den Wachen vorbei zum Passetto di Borgo und stieg in die Keller hinab. Schon bald hatte ich auch in dieser Kunst höchste Meisterschaft erlangt – ich brauchte nicht länger Schatten als Versteck, ich war selbst zum Schatten geworden. So zumindest fühlte ich mich, wenn ich müde und zufrieden in meiner Zelle lag.

Dann aber überschlugen sich die Ereignisse. Zunächst erreichte mich ein Billett meines Freundes Christian, dem ich schon vor geraumer Zeit meinen neuen Stand und Aufenthalt mitgeteilt hatte. Darin schilderte er mir umständlich vom Fortkommen seiner vielfältigen Unternehmungen in London, wobei er sich selbst als Opernkomponist ein durchwachsenes Zeugnis ausstellte: Noch immer sei der Nachruhm des unsterblichen Händel übergroß, Neid und Missgunst würden die Arbeit am Theater zusätzlich erschweren.

Im kleineren, erleseneren Rahmen aber wäre der Erfolg immens: Mit einem Landsmann, einem Gambisten namens Carl Friedrich Abel aus Köthen, habe er eine Reihe von Konzerten im Carlisle House der Italienerin Teresa Cornelys ins Leben gerufen, die sich in höchsten Kreisen außerordentlicher Beliebtheit erfreuten. Außerdem genieße er weiterhin die Gunst der Königin, der er seine Variationen über *God save the king* zugeeignet hatte – ein Werk, das die angehende Regentin selbst bei ihrer Überfahrt nach England geübt hatte, während die Mannschaft mit den Folgen der stürmischen See kämpfte. Dass Kunst nach Brot gehen müsse, schrieb Christian entschuldigend, habe er schließlich von seinem Vater und dessen *Musikalischem Opfer* für den preußischen König gelernt und in Händels *Krönungshymnen* bestätigt bekommen.

Nach dieser wortreichen und in ihren Verästelungen ein wenig ermüdenden Einleitung aber folgte eine Passage, die meine Aufmerksamkeit schlagartig zurückkehren ließ: Falls mein Versprechen immer noch gültig sei, so würde er diese Dienste jetzt gern in Anspruch nehmen, um den Tod zweier großer Männer an ihrem gemeinsamen Mörder zu rächen. Die genauen Umstände der Verbrechen dürfe er mir auf diesem Wege noch nicht schildern, da man nie wisse, in welche Hände die Nachricht gelangen könnte. Für die Kosten der Reise aber würde er vor Ort aufkommen, wenn ich es wagen sollte …

Mich erschütterten diese Zeilen in ungeahnter Weise: Auf der einen Seite versprach die Einladung ein neues Abenteuer, auf der anderen Seite aber würde ich mutmaßlich noch einmal alles aufs Spiel setzen. Ich grübelte Tag und Nacht über Vorzüge und Nachteile, war sogar im Chor unaufmerksam und handelte mir tadelnde Blicke meiner Nachbarn ein. Doch nachdem ich lange zwischen Neugier und Bequemlichkeit geschwankt hatte, nahm man mir die Entscheidung ab.

Auf einem meiner nächtlichen Streifzüge wurde mir plötzlich eine Hand von hinten auf die Lippen gelegt. Ich spürte eine Spitze im Rücken und ließ mich schicksalsergeben in eine stille Kapelle ziehen. »Leise, nur immer schön leise, mein Sohn. Das hast Du doch lange geübt, nicht wahr?« Ich spürte warmen Atem im Nacken und nickte stumm. »Wenn Du unseren Regeln folgst, wirst Du nicht nur mit Deinem Leben davonkommen, sondern auch reich belohnt werden. Falls Du aber versuchst, Dich zu wehren oder Alarm zu schlagen, dann sollst Du sehen, dass auch wir mit Waffen umgehen können. Und nun dreh Dich langsam um.«

Ich folgte dem Befehl und fand mich in einem Kreis von Männern, die ihre Gesichter trotz der Finsternis mit tief hinabgezogenen Kapuzen schützten. Der Anführer stand mir direkt gegenüber und sprach raunend weiter. »Wir beobachten Dich schon seit geraumer Zeit. Du bist nicht der Einzige, der die dunkle Seite zu schätzen weiß. Im Gegensatz zu Dir aber haben wir ein hehres Ziel, das wir nun mit Dir teilen wollen. Weißt Du, was die Gesellschaft Jesu ist?« Nur mit Mühe konnte ich mir ein lautes Lachen verkneifen. Wie konnte man im Vatikan leben, ohne vom Orden der Jesuiten gehört zu haben? Stets wieder gab es erbitterten Streit um die Brüder, die vom Heiligen Vater noch immer geschützt wurden, obwohl sie wegen der Fülle ihrer Macht vielerorts verboten waren. Überall schwirrten Legenden von unglaublichem Reichtum und skrupellosen Methoden …

»Im Namen Gottes«, fuhr die Stimme aus dem Dunkel fort, »müssen wir diesen Feinden der Welt das Handwerk legen. Es ist höchste Zeit! Doch der Weg zu einem wirksamen Verbot führt nur über die Leiche von Papst Clemens, der unter dem Bann der bösen Brüder steht. Und da kommst Du ins Spiel.«

Ich erschrak. Ausgerechnet ich sollte den Gang der Geschichte verändern und den Zorn eines mächtigen Gegners auf mich ziehen? »Aber könnt Ihr nicht selbst ...?«, stammelte ich.

Der Vermummte schüttelte entschieden den Kopf. »Jeder von uns ist als Gegner der Jesuiten bekannt, jeder wird ohnehin Verdacht auf sich ziehen. Nur wenn wir während der Tat alle an einem anderen Ort versammelt sind, können wir solchen Vorwurf entkräften. Du aber bist nur ein kleiner Chorist, dem niemand eine solche Tat zutrauen würde. Der Plan ist einfach, aber sicher: Da der Heilige Vater ein Konsistorium einberufen hat, um über die Zukunft unserer gemeinsamen Sache zu beraten, können wir vorab ganz offiziell über unsere Meinung zur Zukunft der Gesellschaft Jesu verhandeln. Zum besseren Beweis unserer Unschuld werden wir Gardisten als glaubhafte Zeugen an die Türen des Saales beordern und alle Anwesenden in einer Liste notieren. Niemand von uns wird den Raum verlassen, der Papst aber wird der Sitzung fernbleiben, weil er unsere Meinung ja kennt und verurteilt. Währenddessen hast Du Zeit, ihn in seinen Gemächern zu überraschen.«

Ich blickte in die stumme Runde und stellte fest, dass mit dem Sprecher zwölf Männer versammelt waren. Die

Stimme klang ruhig, aber duldete keinen Widerspruch. »Wenn man die Tat entdeckt, wird sich das Gerücht verbreiten, dass die Jesuiten selbst hinter dem Anschlag stecken, weil sie an der Verlässlichkeit ihres Beschützers zweifelten. Um den Verdacht zu verstärken, wirst Du diesen Dolch verwenden.« Er reichte mir die Klinge, die ich zuvor in meinem Rücken gespürt hatte und an deren Schaft ich nun ein Ornament ertasten konnte – einen Sonnenkreis, der das Kreuz und drei Nägel sowie die Buchstaben IHS umschloss. »Dein Verschwinden wird man im absehbaren Aufruhr der Ermittlungen gewiss erst später bemerken und für ein zufälliges zeitliches Zusammentreffen halten. Genügend Geld für eine schnelle Reise findest Du hier.« Er zog eine schwere Börse aus den Falten seines Gewandes. »Tag und Stunde erfährst Du auf stille und sichere Weise. Solltest Du Dich weigern, wählst Du Deinen eigenen Tod. Dann wird man Dich in Deinem Blut nachts auf den Fliesen eines Korridors finden – und neben Dir einen Mann aus unserer Runde, der Clemens gerade vor einem Attentäter gerettet hat.«

Sie waren schnell und lautlos verschwunden, ich blieb mit meiner Angst und meinen Zweifeln zurück. Das Komplott konnte ich unmöglich aufdecken, weil ich weder die Gesichter gesehen noch die Stimme erkannt hatte. Außerdem müsste ich mein eigenes Geheimnis verraten, um meine Anschuldigungen zu erhärten. Und was könnte ein einfacher Kastrat gegen eine Schar offenbar mächtiger Männer ausrichten? Ich musste mich wohl in mein selbst verursachtes Schicksal fügen – und dann Zuflucht in London suchen, wo ich vor der Inquisition halbwegs sicher sein konnte. Dass ich dort auch Christians Geheimnis lüften könnte, schien mir ein schwacher Trost in diesem Dilemma.

Die Vorbereitungen auf das Konsistorium sorgten für ungewohnte Betriebsamkeit, ließen mir aber auch genügend Raum für meine Vorbereitungen. Ich verschaffte mir einen genauen Überblick über die Kontrollgänge der Gardisten, erforschte die Mechanik der Schlösser und suchte nach einem optimalen Fluchtweg. Dabei wichen meine Skrupel zunehmend der Erregung über die Größe des Auftrags: In meine Hand war die Zukunft der Christenheit gelegt worden, zugleich durfte ich meine Verstümmelung am Stellvertreter Gottes auf Erden rächen.

Als ich schließlich den Zettel in meiner Zelle fand, war ich bereit. Zum Datum war die Nacht vor der großen Versammlung festgesetzt worden, die ich nun kaum noch erwarten konnte. Ich fand meinen Weg an den Wachen vorbei, die sich von ihrer erhöhten Aufregung ablenken ließen, und öffnete leise das Schloss der Tür …

{1770}

🗡 👁 Ich habe die Tür geöffnet, an der ich bislang achtlos vorübergegangen bin. Auf halbem Weg hinauf zum Parnass habe ich endlich mein Werkzeug aus der Tasche gezogen und das Schloss entriegelt, das schon nach kurzer Zeit nachgab. Auch hier sind die Fenster verdunkelt, aber ich ziehe die Vorhänge ohne Furcht vor Entdeckung beiseite und lasse Licht herein. Während im Parterre die Erinnerungen des Alten ausgebreitet sind, finde ich hier sein Arbeitszimmer: einen Stuhl mit ledernen Schlaufen an den Armlehnen und Beinen, die wohl zum besseren Fixieren der Leidenden dienen, sowie diverse Schautafeln, deren bloßer Anblick mir die Grausamkeit der Behandlungen vor Augen stellt und die Schmerzen der Kranken erahnen lässt, dazu ein großer Tisch mit allerlei Nadeln und Messerchen, mit einem Koffer voller Tinkturen und Salben sowie mit Stapeln von Pflastern und Verbänden.

Über allem liegt eine dicke Staubschicht, auch das achtlos auf einen Stuhl geworfene Kostüm ist vom Pulver der Vergangenheit bedeckt. Ein Stapel Bücher erregt mein Interesse: allerlei gelehrte Abhandlungen über das Auge im Allgemeinen und über Regenten als Patienten im Besonderen. Ich finde Berichte über eine Herzogin von Windisch-Graetz und einen Herzog von Mecklenburg, eine russische Hofdame namens Naryshkin und eine persische Prinzessin – und über Benedikt XIV., der vor meinem Opfer die katholische Welt regierte.

Den Wert der Werke für die Wissenschaft wage ich nicht zu beurteilen, mit seinen ausschweifenden Titeln und unterwürfigen Widmungen aber kann Taylor jedem gekrönten Poeten mühelos Paroli bieten. Erst beim Verlassen des Raumes entdecke ich ein Pult, das im Winkel hinter der Tür steht und mit einem Tuch verdeckt ist. Ich lüfte den Schleier und finde einen Folianten, der ein scheinbar anderes und doch verwandtes Thema verhandelt: »Teiresias – Der blinde Seher«.

Als ich mit meinem sensationellen Fund bei dem Alten eintreffe, ist er außerordentlich ungehalten. »Wo warst Du? Hast Du in meinen Sachen gestöbert? Da findest Du nichts, was nicht auch hier entdeckt werden kann.« Er tippt mit seinem Zeigefinger an seine Stirn. »Das da unten sind ja alles nur Äußerlichkeiten, das hat nichts mehr zu bedeuten. Die wahren Bilder bewahrt man in seinem Kopf und schaut sie mit Freuden an, wenn man nichts mehr sieht. So betrachte ich mir auch mein geliebtes Lissabon, wohin ich vor dem Krieg zwischen Spanien und England ausweichen musste.

👁 Die Deklaration hatte Robert Jenkins, ein braver Seemann und tüchtiger Kapitän, durch eine schwere Anklage und einen erdrückenden Beweis ausgelöst. Nachdem er mit seiner Brigg von der feindlichen Küstenwache aufgebracht und seiner Ladung beraubt worden war, schnitten ihm die Barbaren zu größerer Schmach auch noch ein Ohr ab. Dieses Organ präsentierte er – in Alkohol eingelegt – unserem Parlament und brachte damit das ohnehin randvolle Fass zum Überlaufen.

Fortan war ein Brite in Madrid nicht mehr willkommen, zumal man wohl fürchtete, ich würde nach der Manier des Alten Testaments Auge um Auge, Ohr um Ohr operieren … Drei heiße Sommer verbrachte ich also bei den Portugiesen, die unserem Reich von alters her verbunden sind, ehe ich mich einschiffte und zu neuerlicher Tournee durch England aufbrach. Über Holland brach ich schließlich wieder in die deutschen Lande auf und reiste nach Preußen und Sachsen. Das war, wenn ich nicht irre, im Jahr 1747 …

Eine Niederlage aus dieser Zeit muss ich erwähnen, weil sie sich zu einem Triumphzug für mich entwickelte. Nachdem ich schon so viele Patente und Empfehlungen von hohen Herrschaften gesammelt hatte, wollte ich nun auch in jenem kleinen Weinbergschloss vorstellig werden, das sich der preußische Herrscher am Rande seiner Hauptstadt errichtet hatte und das sich mir – frisch vollendet – elegant und komfortabel zeigte. Ich ließ dem König eine gedruckte Karte überbringen, die der Lakai mit sichtlichem Widerwillen entgegennahm und auf der ich neben meinen unstrittigen Verdiensten handschriftlich auch meine Bekanntschaft mit Voltaire vermerkt hatte, zu dem Friedrich angeblich ein vertrautes Verhältnis unterhielt.

Tatsächlich zeitigte meine Werbung die gewünschte Wirkung, ich wurde nach kurzem Warten vorgelassen und in ein Kabinett geführt, in dem der König sich gerade dem Flötenspiel widmete. Artig und aufmerksam lauschte ich dem Stück, das die galanten Bilder an den Wänden musikalisch grundierte, und fand dabei Zeit, den stechenden Blick und die strengen Züge des Monarchen zu studieren. Selbst in dieser intimen Runde trug er Uniform, während er die höfische Tracht seinen Begleitern überließ, die ihm nach dem letzten Triller pflichtschuldig applaudierten.

Friedrich wehrte ab: »Ja, schon gut, nicht wahr? Ein lässlicher Zeitvertreib. Und eine schöne Fingerübung meines lieben Herrn Kapellmeisters. Doch nun zu Ihnen.« Er wandte sich um. »Taylor, nicht wahr, John Taylor? Und noch dazu ein Chevalier, welche Ehre! Ich habe schon einiges von Ihnen gehört. Sie verstehen Ihr Amt also als Kämpfer für die optische Aufklärung. Aber was können wir Unerleuchteten denn dann für Euch tun?«

Die triefende Ironie in seinen Worten ließ mich stutzen, meine übliche Beredsamkeit war mit einem Schlag verschwunden. »Ich wollte …«

Friedrich unterbrach mich mit einer kurzen Bewegung, wobei er seine Flöte wie einen Degen in meine Richtung schwang. »Weiß schon, weiß schon. Voltaire hat mir genug von Ihnen erzählt. Königliche Erlaubnis für Eure

Behandlungen, ein preußisches Patent als Zeichen unserer Wertschätzung. Aber daraus wird nichts, Taylor. Wer in meinem Reich von wem aufgeklärt werden darf, bestimme immer noch ich. Zumal ich große Zweifel am Erfolg Ihrer Methoden hege. Ich werde meine Untertanen also davor schützen und Euch raten, den kürzesten Weg zu Preußens Grenzen zu suchen. Gehaben Sie sich wohl, Herr Chevalier – und verrichten Sie Ihr Blendwerk anderswo.«

Verwirrt und stumm trat ich den Rückzug an, nachdem ich mit einer leicht missglückten Verbeugung vergeblich versucht hatte, einen Teil meiner Würde zurückzugewinnen. Mit knappen Worten hatte der König die fein gesponnenen Ausführungen über das Verhältnis von Sehen und Erkennen verhindert, die ich mir für die Audienz zurechtgelegt hatte, in kaltem Ton waren meine Wünsche abgewiesen worden, noch ehe ich sie äußern durfte. Dass ich am Ende doch noch als Sieger aus der Sache hervorging, lag an meinem Talent zur Improvisation.

Da ich bereits zuvor Auftritte in Potsdam annonciert hatte, aber nun höchste Eile geboten war, bestimmte ich einen Diener, um dem Publikum abzusagen. Ich hatte noch am gleichen Tag eine kleine Rede verfasst, in der ich die misslichen und unverschuldeten Umstände begründete und die hoch geschätzten Damen und Herren einlud, meinem ersten Auftritt hinter dem Grenzstein auf kursächsischem Territorium beizuwohnen.

Kaum wollte ich meinen Augen trauen, als ich nach unruhig verschlafener Nacht aus dem Wirtshausfenster in Belzig blickte und eine Karawane sah, die dem Marktplatz zustrebte. Es waren wohl ein Dutzend Kutschen, dazu eine

Handvoll Pferde, die mir Zuschauer und Patienten für meine Darbietung zutrugen. Der König mochte in seinem Reich herrschen – aber mein Einfluss reichte über seine Grenzen hinaus!

Dass sich mein Auftreten mit der Zeit immer mehr verfeinert hatte, bedarf wohl keiner gesonderten Erwähnung. Immer wieder wurde ich von reichen Gönnern beschenkt, wenn ich ihnen die Gnade erwies, als Ehrengast auf einer ihrer Gesellschaften zu erscheinen. Man dedizierte mir mal eine goldene, mit Perlmutt besetzte Tabatiere, mal eine Brosche mit Smaragden und Rubinen oder einen prall gefüllten Proviantkorb mit erlesenen Weinen und Spezereien. Besondere Freude bereitete mir ein großer Saphir, der in der Form einer funkelnden Pupille geschliffen war und stets über meinem Herzen prangte.

Eine solche Erscheinung machte – verbunden mit meiner Eloquenz und Etikette – auch bei den Damen Eindruck, die ich gern zu privaten Visitationen empfing, bei denen wir uns nicht immer auf das Gebiet der Ophthalmologie beschränkten. Als Ehrenmann habe ich solche Affären stets schweigend genossen, Prahlereien über meine Erfolge auf amourösem Gebiet waren mir von Natur aus fremd. Aber ich kann Euch versichern, geneigte Leser, dass mich auch manche Schönheit von hohem Adel für meine Dienste fürstlich entlohnte – ohne mir freilich ein Dankesschreiben für meine Künste aufsetzen zu können, das für eine Bewerbung andernorts getaugt hätte.

In Sachsen machte ich zunächst dem Kurfürsten meine Aufwartung, den ich weit zugänglicher als den Preußen fand. Angeregt plauderte der wohlbeleibte August über

Bauten und Kunstsammlungen, mit denen er sich vom Nachruhm seines Vaters, des Starken, lösen und eigene Größe gewinnen wollte – und gab mir so Gelegenheit zu feinsinnigen Ausführungen über das Verhältnis von Pracht und Macht, das nur der Sehende wirklich zu würdigen wisse. Wenn er also in strahlendem Lichte erscheinen wolle, müsse er auch seinen blinden Untertanen Gnade erweisen und ihnen den Weg aus ihrem unverschuldeten Dunkel gestatten. So könnte ich mit meinem bescheidenen Anteil sein Ansehen buchstäblich mehren und festigen …

Er nickte beifällig und lud mich zum Dank für den Rat in sein prunkvolles Theater ein, in dem ich auch die Bordoni wiedersah, die ihrem Mann, einem Compositeur namens Hasse, nach Dresden gefolgt war. Leider hatte sie ihren Zenit schon weit überschritten und bot nur noch einen schwachen Abglanz ihrer einstigen Begabung.

Am nächsten Tag erhielt ich dann das ersehnte Patent, nachdem ich den Fürsten bei erneuter Audienz mit einer Parodie über seinen schmallippigen Nachbarn ausgiebig erheitert hatte. Der arrogante Friedrich war August ohnehin verhasst. Nur wenig später sollten sich die beiden im offenen Feld gegenüberstehen.

Für den Moment aber ließ mein treuer Kutscher unsere Rappen traben. Wir hielten uns zunächst südlich nach Prag, wo ich im Astronomischen Turm der altehrwürdigen Universität Gelegenheit fand, den nächtlichen Himmel in all seiner Schönheit zu bewundern. Sind nicht auch die fernen Sterne wie kleine goldene Pupillen, in die wir schauen dürfen, während wir uns vor dem großen Licht der Sonne geblendet abwenden müssen und der Mond in seiner Unbeständigkeit nur selten die volle Rundung erreicht?

Ich flocht einige dieser improvisierten astronomischen Betrachtungen in meine begeistert akklamierte Vorlesung ein, die ich an der Medizinischen Fakultät hielt, und überließ der von Schätzen überbordenden, um zahlreiche Globen und Chronometer ergänzten Bibliothek zum Abschied etliche meiner Schriften zu geflissentlicher Beachtung. Gern hätte ich an diesem jesuitisch streng geführten Hort des Wissens einige Semester verweilt, aber ich kämpfte die Lust auf akademischen Müßiggang nieder, nahm mich selbst in die Pflicht und setzte mein lebenslanges Studium als Reisender fort.

In Wien blieben wir immerhin einen ganzen Monat, weil die Kaiserin an meiner Gesellschaft Gefallen fand und auch ihre älteren Kinder durch mich in elementaren Fragen unterrichten lassen wollte. Beim Schachspiel beklagte Maria Theresia die schlimmen Kriege, die nach dem Tod ihres Vaters um die Erbfolge ausgebrochen waren und an deren Ende sie Schlesien an den Preußenkönig sowie drei Herzogtümer an den spanischen Infanten abtreten musste. Mir schmeichelte das Lamento der Dame, weil es mich in meinem Amt als politischer Beichtvater bestätigte: Wieder wurde ich von einer der Mächtigsten ins Vertrauen gezogen, wieder fand ich meine Abneigung gegen Preußen bestätigt!

Mit kaiserlichem Patent reisten wir hernach kreuz und quer gen Norden durchs Land, und ich erfreute mich am deutschen Duodez-Format, dem wohl ebenso wie den großen Reichen viel Herrliches zu verdanken ist. Ich sah den stolzen Dom zu Magdeburg und wandelte in Hannover durch jene blühenden Gärten, in denen unser englischer König als Kind gespielt hatte. In Zerbst machte ich dem Bruder der russischen Zarin meine Aufwartung, in Wittenberg bestaunte ich Altäre der Cranachs … ein Wirbel von Impressionen, in den ich mich willig fallen ließ, ohne darüber freilich meine Arbeit zu vernachlässigen.

Oft aber nahm ich kleine Andenken mit – hier eine meisterliche Grafik, dort ein gelehrtes Traktat … In Magdeburg, der Stadt mit dem stolzen Dom, bot man mir sogar ein besonderes Artefakt zum Kauf: Am Rande der Bühne erwartete mich nach meiner Vorstellung ein hinfällig wirkender Greis in abgewetzter scharlachroter Livree, der sich mit fuselgetränktem Atem als einstiger Gehilfe eines gewissen Doktor Eisenbarth vorstellte. Er griff – von meinem guten Homer argwöhnisch beobachtet – in seine Tasche und drückte mir ein kleines Futteral in die Hand. Ich erkannte den Inhalt sofort: altmodische und vor Schmutz starrende Starnadeln, mit denen man sich guten Gewissens keinem Auge mehr nähern durfte.

Damit, so sagte der Fremde, habe sein seliger Herr schon vor Jahrzehnten operiert. Und seine Auftritte seien viel majestätischer als mein Schauspiel gewesen: Dutzende von Akrobaten, Trommlern und Trompetern hätten den Tross begleitet, man sei mit eigenen Köchen und Knechten gereist, die prächtige Uniform mit dem silbernen Besatz wäre als stolzes Markenzeichen gegen quacksalberische Nachahmer getragen worden. Auf den Flugblättern mit den Referenzen und Privilegien sei der Fall eines Obristen vermerkt gewesen, dem der Doktor eine Kugel am linken Auge entfernt hatte, die auf der rechten Seite des Kopfes eingedrungen war. Auch hätte man dort Lobendes über die Magdeburger Manufaktur lesen können, in der Eisenbarth sein Balsam für Hirn, Herz und Magen sowie seine Universal-Medizin gegen die Unfruchtbarkeit des männlichen wie des weiblichen Schoßes anfertigen ließ.

Zum Beweis wedelte der ungehobelte Kerl mit einem speckigen Fetzen Papier vor meinen Augen, während er sich immer mehr in Rage redete und von den guten alten Zeiten krakeelte, die ja mit dem Tod seines Herrn schon vor vielen Jahren vergangen seien. Um ihn zu beruhigen, zog ich ein paar Münzen hervor und versprach, die Instrumente des Meisters in hohen Ehren zu halten. Und während er sich schimpfend entfernte, dachte ich über das Gehörte nach. Musiker und Gaukler … welch ein Scharlatan!

Mit den Jahren hatte ich gelernt, die Privilegien meiner Reisen noch bewusster zu genießen, und suchte auch an kleinen Orten nach dem Einzigartigen, in dem sich Gottes Wille und die Schöpfungskraft des Menschen offenbaren. Oft gelang es mir, das Sehenswerte direkt in meinen Sermon einzubinden und den Bedauernswerten eben dies vor ihr inneres Auge zu stellen, was sie nicht erblicken konnten. Umso bereitwilliger ließen sie sich danach auf meinem Stuhl nieder, um endlich das Naheliegende zu schauen.

Da ich all dies bereits zu solchen Anlässen bildhaft beschrieben habe, könnte ich mich auch hier und jetzt in Einzelheiten verlieren, um mein scharfes Gedächtnis unter

Beweis zu stellen. Doch mögt Ihr, hoch verehrte Leser, Euch in dieser Sache an geschwätzigere Reiseliteraten oder wohlfeil angebotene Stadtansichten halten. Ich überliefere Euch lediglich jene Memoiren, die Ihr von keinem anderen erwarten dürft. Und selbst wenn Euch die Wege dabei manchmal planlos erscheinen mögen, so waren sie doch einer strengen Agenda unterworfen. Unser Bote eilte voraus, wir folgten zielsicher und pünktlich. Also zurück zur Sache: Zwei Sommer und Winter kreuzten wir in deutschen und österreichischen Landen, schließlich erreichten wir Leipzig …

{1770}

»Leipzig?« Ich könnte mich auf die Zunge beißen, doch mein unbeherrschter Zwischenruf lässt sich nicht zurücknehmen. Wenn Taylor jetzt Verdacht schöpft, dann verliere ich ihn genau an dem Punkt, wo ich ihn eigentlich zur Rede stellen wollte. Aber der Name des Ortes, von dem mir mein Freund Christian so viel zu erzählen wusste, hat mich alle Vorsicht vergessen lassen. Eigentlich müsste der Alte jetzt stutzig werden, doch er ist offenbar so in seine selbstverliebte Schilderung versunken, dass er sich nicht aus dem Konzept bringen lässt. Er verharrt nur kurz, um dann unbeirrt fortzufahren.

{1749}

Ja, Leipzig! Eine Stadt im Sächsischen, weniger berühmt für Paläste als vielmehr für ihre Messen – ein Privileg, das die Bürger vor Jahrhunderten teuer erkauft hatten und in hohen Ehren hielten. Als wir eintrafen, hatte der Jahrmarkt eben begonnen und es fiel schwer, eine angemessene Unterkunft zu finden. Doch da ich mir den Wucherpreis, den man dort in jenen Tagen forderte, mühelos leisten konnte, überließ uns ein Wirt schließlich zwei Zimmer. Ich war mir sicher, dass ich dank guter Geschäfte ohne pekuniären Verlust aus der Sache herauskommen und den erhofften Gewinn an Reputation einheimsen würde.

Tatsächlich wurde ich schon erwartet – ein junger Bursche bat in der Herberge um Einlass, nachdem er meine Kutsche vor der Tür gesehen hatte. Es war einer jener Knaben, die in dem altehrwürdigen, aber ewig jungen Chor sangen, dessen Ruhm bereits an mein Ohr gedrungen war. Ehrfürchtig stammelnd sprach er mir von dem Kantor, der als gebeugter alter Mann kaum mehr seinen Dienst versehen könne und zudem inzwischen fast erblindet sei.

Offenbar hatte Bach von meiner baldigen Ankunft erfahren und seine Schüler ausgesandt, um nach mir zu suchen. Wie mir der Junge sagte, sei sogar eine Belohnung für den glücklichen Boten ausgesetzt – eine Summe, die ich ihm aus eigener Tasche verdoppelte, damit er mich so schnell wie möglich zu dem Patienten führe. Denn da dieser Musiker in seiner Stadt wohl ebenso berühmt war wie Händel in meiner Heimat, würde mir eine erfolgreiche Behandlung seiner Leiden gewiss zu höchster Ehre gereichen und mir viele neue Klienten zuführen.

Ich habe in solchen Angelegenheiten immer wieder festgestellt, dass die Heilung eines einzigen namhaften Mannes mehr wiegt als die erfolgreiche Operation von hundert Unbekannten, weil die Menge am Leiden der durch Glück oder eigene Tüchtigkeit Begünstigten größeren Anteil nimmt. Um einen einfachen Soldaten weint eine Mutter oder eine Witwe mit den Kindern – um einen gefallenen Feldherrn aber trauert die ganze Nation, selbst wenn ihn nur eine verirrte Kugel hinter den Linien getroffen hat. Aber hier galt es ja nicht dem schrecklichen Krieg, sondern der schönen Kunst einen ihrer großen Söhne zu erhalten … ein Unterfangen, das sich bereits bei oberflächlicher Betrachtung als schwierig erwies.

Im Hause des Kantors wurde ich von dessen Frau Anna Magdalena empfangen, hinter deren verhärmten Zügen noch immer ihre einstige Schönheit zu erahnen war. Eine kleine Tochter versteckte sich hinter ihrem Rücken, im Hintergrund konnte ich ein anderes Mädchen und einen halbwüchsigen Knaben erkennen. Schnell wurde ich zu Bach geführt, der am Cembalo extemporierte, wobei er den Kopf im Nacken und den Blick nach oben gerichtet hielt – eine Haltung, die ich oft bei Blinden beobachtet habe und die ich der verlorenen Kontrolle über ihr Gesicht zuschreibe. Der Musikus war recht groß und von kräftiger Statur, er trug eine gepuderte Stutzperücke und einen Hausrock. Trotz des zurückgelehnten Oberkörpers konnte man die Krümmung der Wirbelsäule erkennen, die wohl den Jahren am Schreibpult und auf der Orgelbank geschuldet war.

»Sebastian, Ihr sollt doch nicht …«, sagte seine Gattin beim Eintreten.

»Oh doch, meine Liebe«, antwortete ihr Gemahl im gleichen näselnden Singsang, der dieser Gegend eigen ist, »das Lied ist zwar schon alt, aber ich verstehe es jetzt erst ganz. *Komm, süßer Tod* – habe ich für Schemellis Gesangbuch geschrieben. Einfach, aber wahr!« Er unterbrach sein Spiel und wandte sich zu uns. »Aber wen hast Du mir denn da mitgebracht? Einen Bewunderer – oder einen Bittsteller?«

Ich übernahm meine Vorstellung selbst: »Gestatten: Taylor, Herr Bach, Chevalier John Taylor! Sie haben nach mir rufen lassen?«

Der Mann erhob sich schwerfällig und deutete eine Verbeugung an. »Ah, der Oculist! Willkommen, höchst willkommen! Sie sind meine letzte Hoffnung, Herr Chevalier! Seit Langem plagt mich …«

Rasch unterbrach ich ihn: »Ich weiß. Die Katarakt, der Graue Star, nicht wahr? Deswegen bin ich hier. Lassen Sie mich also genauer …« Ich weitete ihm die Lider mit Daumen und Zeigefinger und erblickte mich selbst in einem milchig trüben Spiegel. Hatte ich schon erwähnt, dass sich der Name der Pupille diesem Phänomen verdankt, dass wir uns selbst darin als Püppchen sehen, wenn wir einem Gegenüber in die Augen schauen? Im eigentlichen Sinne ist das Zertrümmern der Linse also ein Stich in das eigene Antlitz, was dem Arzt tausend Selbstverletzungen an seiner Seele zufügt. Wer heilen will, muss Opfer bringen …

Doch ich schweife ab, zurück zur Diagnose: Was ich in Bachs Augen sah, wollte mir ganz und gar nicht gefallen. Das Weiß hatte sich ins Gelbliche verfärbt und war von roten Äderchen durchzogen, der Phakos war bereits komplett geschlossen und man konnte das Grau dahinter erkennen. Der Eingriff würde angesichts der allgemeinen Hinfälligkeit riskant sein, schien mir aber nicht undurchführbar. Und hätte ich den Kantor denn in seiner ewigen Dämmerung, in seiner Nebelwelt mit schmerzendem Licht und den fehlenden Umrissen der Dinge alleinlassen sollen? Selbstredend konnte ich einen so berühmten Mann nicht auf dem Jahrmarkt behandeln, daher vereinbarte ich mit seiner Frau einen diskreten Termin für den nächsten Tag in meiner Herberge. Bis dahin wollte ich alles vorbereiten …

Auf dem Weg durch Leipzigs Gassen erstand ich in einer der zahlreichen Buden das Gesangbuch, von dem Herr Bach gesprochen hatte, und fand nach einigem Suchen auch das besagte Lied. Welche Demut, welche wirkliche Ergebung in das Gottgewollte sprach zu mir aus diesen Zeilen. Und wie nahe kam das Gedicht dem Gegenstand meiner eigenen Kunst!

Ich weiß die Worte noch immer auswendig: »Komm, süßer Tod, komm, sel'ge Ruh! / Komm, führe mich in Friede, / weil ich der Welt bin müde, / ach komm, ich wart auf dich, / komm bald und führe mich, / drück mir die Augen zu. / Komm, sel'ge Ruh! // Komm, süßer Tod, komm, sel'ge Ruh! / Im Himmel ist es besser, / da alle Lust viel größer, / drum bin ich jederzeit / schon zum Valet bereit, / ich schließ die Augen zu. / Komm, sel'ge Ruh! //

Komm, süßer Tod, komm, sel'ge Ruh! / O Welt, du Marterkammer, / ach! bleib mit deinem Jammer / auf dieser Trauerwelt, / der Himmel mir gefällt, / der Tod bringt mich darzu. / Komm, sel'ge Ruh! // Komm, süßer Tod, komm, sel'ge Ruh! / O, dass ich doch schon wäre / dort bei der Engel Heere, / aus dieser schwarzen Welt / ins blaue Sternenzelt, / hin nach dem Himmel zu. / O sel'ge Ruh! // Komm, süßer Tod, komm, sel'ge Ruh! / Ich will nun Jesum sehen / und bei den Engeln stehen. / Es ist nunmehr vollbracht, / drum, Welt, zu guter Nacht, / mein Augen sind schon zu. / Komm, sel'ge Ruh!«

Ist Euch, geneigte Leser, meine tiefe Erschütterung begreiflich? Immer wieder besingt dieses Lied, dessen Verfasser seinen Namen nicht preisgibt, die geschlossenen Augen als Abwehr einer schwarzen Welt – und den Tod als Ausweg zur wahren Himmelspforte, wo man mit neu erwachtem Blick den Herrn schauen darf. Da saß ich also im Arabischen Coffe Baum zu Leipzig und war im Innersten getroffen, während der schwarze, bittere Trank vor mir langsam erkaltete. Auch jetzt verspüre ich wieder die tiefe Rührung, die mich damals erfasste. Ich muss einen Moment ruhen.

{1770}

🗡 👁 Ist der letzte Satz des Alten noch Teil seiner Erzählung gewesen – oder hat er ihn als Entschuldigung an mich adressiert? Ich bin mir nicht sicher – weder über seine Gemütsverfassung noch über den plötzlichen Wandel seines Tonfalls. Sollte meine Unterbrechung ihn doch ermuntert haben, genau diese Episode ausführlicher als seine anderen Abenteuer zu erzählen? Oder ist dies von vornherein seine Absicht gewesen? Nimmt er in der Anspielung auf den Wert des berühmten Patienten und in der Beschreibung seines besonders schlechten Zustandes bereits das Kommende vorweg, um seine eigene Rolle zu entschuldigen?

Um mich von den Fragen abzulenken, wende ich mich wieder den Blättern von Hogarth zu, die ein zunehmend düsteres Bild vom fortschreitenden Abstieg des Wüstlings zeichnen. Wie leicht hätte auch ich einen solchen Weg nehmen können, der aus der Spielhölle über das Schuldgefängnis in ein Irrenhaus führt! Die letzten Blätter der Reihe lassen sich nur noch als mahnendes Beispiel lesen, sie sind weder Taylor noch mir eindeutig zuzuordnen – wenngleich der Alchemist im Hintergrund des Kerkers wohl auf die Strafe für einen Scharlatan hindeuten mag und die närrischen Figuren des Astronomen und des Mathematikers in den Zellen von Bedlam die Folgen der wissenschaftlichen Hybris illustrieren könnten. Diese Ausrede aber werde ich dem Chevalier nicht gestatten. So dunkel ihm die Gegenwart auch bleiben muss, so klar und deutlich erinnert er sich doch an seine Vergangenheit.

{1769}

Und auch ich habe das Einst nicht vergessen: In seinem weißen Nachtgewand sah der Heilige Vater nur allzu irdisch und verletzlich aus. Er kehrte mir kniend den Rücken zu und war in sein Nachtgebet vor dem kleinen Hausaltar vertieft, sein Haupt war lediglich mit einem einfachen Käppchen bedeckt. Es wäre ein Leichtes gewesen, ihn von hinten zu packen und einen sauberen Schnitt durch seine Kehle zu führen. Aber ich wollte den einzigartigen Moment nicht als feigen Anschlag in Erinnerung behalten. Denn wann würde ich wohl noch einmal Gelegenheit finden, einen Stellvertreter Gottes auf Erden in den Himmel zu schicken? Also räusperte ich mich leicht.

Der Papst fuhr erschrocken herum und riss die Augen auf: »Was um Christi willen …«

Während ich ihm mit der Linken den Mund verschloss, drückte ihm die Rechte den Dolch zwischen die Rippen. »Ganz ruhig, Eure Heiligkeit, ganz ruhig. Es dauert nur einen Wimpernschlag – und Ihr leidet keine Schmerzen, solange Ihr Euch nicht wehrt. Falls Ihr noch beichten oder beten wollt, so tut das jetzt und in Gedanken. Ich warte, bis Ihr mir ein Zeichen gebt.«

Doch statt eines Nickens oder einer anderen zustimmenden Geste zu meinem großzügigen Angebot verdrehte der greise Mann plötzlich die Augen und sackte in sich zusammen, sein schlaffer Körper entzog sich fallend meinem Griff. Offenbar hatte ihn vor Schreck der Schlag getroffen, meine Aufgabe hatte sich von selbst und ohne mein Zutun erledigt. Ich untersuchte ihn auf letzte

Lebenszeichen, konnte aber nichts finden – und war fast ein wenig enttäuscht, dass Gott seinen Diener so schnöde vor meinem Zugriff bewahrt hatte. Zwar war er alt und gebrechlich, niemand würde daran zweifeln, dass er eines natürlichen Todes gestorben sei. Ich aber fühlte mich als Versager, der Barmherzigkeit für einen Augenblick über den Auftrag gestellt und seinem Opfer so die Flucht in das ewige Leben gestattet hatte.

Ich hätte den Dolch nun wohl noch nachträglich in den gekrümmten Leib zu meinen Füßen stoßen können, um den gewünschten Verdacht zu erregen, aber das ging mir als bloße Schändung einer Leiche gegen die Ehre. Lieber behielt ich die Klinge bei mir, damit sie mich immer an diesen Moment falschen Zögerns gemahnte. Dem Impuls, dem Toten die Augen zu schließen, widerstand ich. Stattdessen schloss ich die Tür leise hinter mir, holte mein schon vorsorglich geschnürtes Bündel aus der Zelle und schlüpfte durch eine der geheimen Pforten, die mir von meinen Ausflügen vertraut waren, aus dem Vatikan.

Wieder zu Pferd, aber diesmal nach Norden! Selbst auf kürzestem Wege sollte es eine lange Reise werden, die ich mit Hilfe einer aus der Bibliothek des Papstes entwendeten Karte geplant hatte und die ich nun auf einem teuer erkauften Pferd antrat. Obwohl ich vor keinem Verbrechen fliehen musste, fürchtete ich doch die Rache des Femegerichts, dessen Auftrag nicht zur vollen Zufriedenheit erfüllt worden war.

Tatsächlich vernahm ich später, dass auch beim Konklave alle Versuche gescheitert seien, den Tod des Papstes mit den Jesuiten in Verbindung zu bringen. Doch als mich diese Nachricht erreichte, hatte ich längst auf kaum passierbaren Pfaden die Alpen überquert, war durch die Schweiz bis nach Frankreich gelangt und nach mehr als drei Wochen in Calais eingetroffen, wo ich ein Schiff nach London zu finden gedachte.

Meine Tonsur verbarg ich während des scharfen Rittes unter einem Barett, damit sie im Kontrast zur praktischen Reisekleidung keinen Verdacht erregte. Ich rastete nur selten, kehrte zur Nacht in einer Herberge am Wege ein und brach im Morgengrauen wieder auf. Es war Winter und bitter kalt, meinem Lichtfuchs gefror der Speichel an der Trense, und ich musste mein Gesicht mit einem Tuch vor den schneidenden Winden schützen. Zugleich aber bot mir das unwirtliche Wetter Schutz vor Wegelagerern. Zur Abwehr von Wölfen und anderen wilden Tieren führte ich ein Paar geladener Pistolen bei mir. Ich schaute weder nach links noch nach rechts, trotzte dem Schnee und trieb mein Ross unerbittlich zur Eile.

Nur einmal entdeckte ich am Wegesrand einen großen schwarzen Vogel, der Fleisch aus einem erfrorenen Reh pickte und mir misstrauisch entgegensah. Es hätte Rocco sein können, doch als ich ihn – im linken Auge eine frostig kalte Träne – beim Namen rief, flog er krächzend davon … Im Nachhinein scheint mir diese Reise wie eine läuternde Klärung, eine eiskalte Reinigung meines Kopfes und Herzens. Ich floh wohl nicht vor Verfolgern, sondern vor meinem eigenen früheren Ich, dessen Trägheit mir widerlich geworden war.

In Calais musste ich warten, weil ein Wintersturm jedes Auslaufen verhinderte. Also setzte ich mich zwischen die bärtigen Seemänner in die Schenke am Hafen, trank heißen süßen Rum mit Wasser und hörte schweigend zu, wie sie ihr Garn spannen. Gelegentlich schoben sie mir eine Scheibe gepökelten Schweinebauch oder einen gesalzenen Hering herüber, ansonsten nahmen sie meine Anwesenheit kommentarlos zur Kenntnis.

Ich fühlte mich seltsam geborgen zwischen diesen rauen Kerlen, die mich mit ihren hochgestapelten Abenteuergeschichten von fernen Inseln und wilden Meeren all die gelehrten und gezierten Gespräche meiner früheren Gesellschaft vergessen ließen. Meine Furcht, sie könnten mir Fragen stellen und an meiner Stimme meinen bleibenden Schaden erkennen, wich allmählich einer wohligen Ermattung, die durch den steifen Grog und die Wärme des Kamins gesteigert wurde, bis ich mich in einer Ecke zusammenrollte und in traumlos tiefen Schlaf sank.

Am nächsten Tag erwachte ich spät und mit schwerem Kopf, die Schankstube war leer, und durch die Fenster fiel bleiche Wintersonne. Stöhnend strich ich mir über meinen schmerzenden Bauch und entdeckte mit Schrecken, dass der Gürtel und alle Waffen fehlten. Ich war im Rausch beraubt und um mein Wichtigstes gebracht worden. Das gesparte Geld der Herzogin, der Lohn für meinen Auftrag im Vatikan – alles verloren! Lediglich meinen *Orlando* hatten die dummen Kerle verschmäht. Und mein Pferd fand ich noch im Stall. Bei einem windigen Rosshändler tauschte ich es gegen ein paar Münzen, mit denen ich die Passage bezahlen konnte. So würde ich also London erreichen: mittellos und ohne gute Klinge vor meinen Freund Christian treten.

{1770}

Der Alte schläft noch immer, offenbar hat ihn die Erzählung seiner ersten Begegnung mit Bach über das gewohnte Maß hinaus erschöpft. Ich wende mich von meinen Erinnerungen und auch von Hogarths fortschreitendem Verfall des Wüstlings ab, zumal mir dessen Verzweiflung in der Spielstube nun doch wie ein Verweis auf mein Missgeschick in der Spelunke erscheint.

Da ich in Kürze den Botenjungen erwarte, der uns den Vorrat für die kommenden Tage bringen soll, will ich einen Brief an meinen Auftraggeber vorbereiten, dem ich schon viel zu lange Nachricht schulde. Zunächst aber nehme ich mir noch das Buch vor, das ich in Taylors Labor gefunden habe. Der Name Teiresias klingt wie ein fernes Echo, ich habe ihn während meiner Stunden in der Klosterbibliothek kennengelernt.

Doch dies hier ist keine Erzählung, sondern offenbar eine umfangreiche Partitur zu einer »Opera seria«, wie ich der Prägung entnehme. Zwischen Deckel und Titel ist ein separates Libretto eingelegt, in dem ich die übrigen Dramatis personae finde: Ödipus und Iokaste, Antigone und Kreon sowie ein umfangreicher Chor werden aufgeführt, Ort der Handlung ist Theben. Zum Verfasser des Textes sind keine Angaben zu finden, es scheint aber ein geschickter Operndichter gewesen zu sein, wie ich bei einem kurzen Blick auf die Arien und Duette feststelle.

In ihrem Kern ist die Geschichte leicht verständlich. Sie berichtet von einer schrecklichen Seuche, die als Strafe für ungesühnte Blutschuld über die Stadt gekommen ist – und von der Suche nach deren Ursachen, bei der König Ödipus am Ende entsetzt seine eigene schreckliche Rolle erkennt und sich mit goldenen Nadeln aus dem Gewand seiner Gattin und Mutter Iokaste blendet. Noch abgründiger sind jedoch die Monologe, die sich Teiresias in einsamen Momenten gestattet.

Der Blinde, der dem Herrscher das schreckliche Schicksal prophezeit hat, sinnt darin über die landläufigen Legenden zur Begründung seines eigenen Gebrechens nach. Gern lässt er die Thebaner im Glauben, er musste sein Augenlicht verlieren, weil er die Göttin Athene nackt im Bade überraschte. Die Wahrheit aber, die er vor allem Volk zu verbergen sucht und sich selbst nur insgeheim eingesteht, ist sinistrer Natur.

Als Knabe hatte Teiresias am Fuße des Berges Kyllene ein Schlangenpaar bei der Paarung überrascht und im Übermut das Weibchen getötet, worauf er zur Strafe selbst in ein Mädchen verwandelt wurde. Erst nachdem er Jahre später erneut auf solche giftige Brut gestoßen war und diesmal das Männchen erschlagen hatte, kehrte sich die Metamorphose wieder um, und er gewann seine ursprüngliche Gestalt zurück.

Als Göttervater Zeus mit seiner Gattin Hera darüber in Streit geriet, welches Geschlecht mehr Freude am Liebesakt empfinde, befragten sie als Zeugen den doppelt Verwandelten. Dass sich Teiresias – Sohn eines Hirten und einer Nymphe – ganz klar für die weibliche Seite aussprach, trug ihm den Zorn der Göttin ein, die der männlichen Lust den Vorrang gegeben hatte. Wütend blendete sie den Unschuldigen, und ihr Gemahl konnte die Strafe nur mildern, indem er ihm die Gabe der Prophetie verlieh.

All dies erzählt sich Teiresias in stiller Verzweiflung selbst – und ich erkenne sofort, dass ein solches Spiel mit wechselnden Rollen in ein und derselben Stimme perfekt zum Kastraten passt. Begierig will ich nach den Noten zu dieser Passage suchen, doch als ich das Textheft beiseite lege, springen mir zwei Namen in die Augen, die ich nie gemeinsam auf einem Titelblatt vermutet hätte: Der blinde Seher ist ein Werk von Georg Friedrich Händel und Johann Sebastian Bach!

Nach dieser schockierenden Entdeckung, die mir in Verbindung mit der symbolschweren Handlung und dem Fundort zugleich einen schlagenden Beweis im Prozess gegen den Chevalier liefert, ist die Nachricht an Christian umso dringlicher. Schnell setze ich ein paar Zeilen auf, in denen ich ihm von unvorhergesehenen Entwicklungen und sensationellen Enthüllungen schreibe, ohne mich in Details zu verlieren. Zugleich bitte ich ihn um Geduld und Aufschub, versichere ihn meiner Freundschaft und stelle baldige Erfüllung des Auftrags in Aussicht. Meine Unterschrift ist kaum getrocknet, als es unten an der Tür klopft. Ich nehme die Einkäufe entgegen und drücke Ted den Brief in die Hand. Bei meiner Rückkehr in unser Verhörzimmer finde ich den Alten wach und bereit für die Fortsetzung.

{1749–1750}

Bach kam, von seiner Frau und seiner kleinen Tochter gestützt, am nächsten Tag zur vereinbarten Stunde in die Herberge. Er trug eine dunkle Brille zum Schutz gegen das Tageslicht, das ihm wie vielen seiner Leidensgenossen unerträglich geworden war, zu weiterer Schonung hielt Anna Magdalena einen Schirm über seinen Kopf. Ich fixierte ihn, wobei mir abermals die starke Krümmung seines Rückens und die offenkundigen Schmerzen beim geraden Sitzen auffielen.

Mein Assistent führte unterdessen die Gattin und ihr Kind aus dem Raum, polierte die vergoldete Nadel mit dem Diamantknauf und drückte dann die Finger auf Braue und Unterlid des Patienten, um ein Zwinkern zu verhindern. Ich punktierte zuerst die linke Seite. Die Linse gab schnell nach und ließ sich mit wenigen fingerfertigen Bewegungen von der Pupille schieben. Auch das schwierigere Gegenstück gelang mir zu vollster Zufriedenheit, in beiden Augen schien der Vorhang gelüftet und die Katarakt besiegt worden zu sein. Für die Nachbehandlung benutzte ich die erprobte Emulsion aus Taubenkot und Katzenblut, schwerer Muttererde und einem bindenden Fett.

Dann löste ich Bach, der die Behandlung regungslos erduldet hatte, die Fesseln, während Homer den Verband fest um das Haupt des Meisters schlang. All dies war schweigend geschehen, auf meine übliche Ansprache hatte ich ebenso verzichtet wie auf die ausschweifenden Dialoge mit meinem Handlanger. Erst als wir die beiden Begleiterinnen wieder in die Stube gebeten hatten, gab ich genaue Anweisungen für das weitere Vorgehen.

Mindestens acht Tage dürfe das schützende Leinen über der Wunde nicht gewechselt werden, erst danach könne man auf Abheilung hoffen. Trotz des guten Verlaufs der Behandlung wären auch spätere Verzögerungen möglich, die Augen müssten sich erst an die wiedergewonnene Kraft gewöhnen. Einstweilen aber solle man frohen Mutes sein, dem Genesenden kräftige Brühen und bei Gelegenheit Täubchen und Franzbranntwein kredenzen sowie ihm viel Ruhe gönnen. Auch das blinde Spiel am Cembalo sei einstweilen zu unterlassen …

Frau Bach beglich den Preis, den ich in Anrechnung der öffentlichen Aufmerksamkeit für diese Behandlung recht niedrig angesetzt hatte, mit überschwänglichem Dank und führte ihren Gemahl aus dem Haus. Erst im Nachhinein fiel mir auf, dass dieser während der ganzen Begegnung kein einziges Wort gesagt hatte.

Ich weiß nicht, was mich wenig später dazu bewogen hat, von meinem ehernen Gesetz abzuweichen. Man mag es einem Anflug von Eitelkeit oder einer übersteigerten Sorge zuschreiben, dass ich nach Leipzig zurückkehrte, obwohl ich mir sonst keine dieser Eigenschaften vorzuwerfen habe. Jedenfalls fand ich Bach wenige Wochen nach der Operation erneut in elender Verfassung vor. Seine Lider waren geschwollen und vereitert, er konnte die Augen kaum öffnen und klagte über heftige Schmerzen. Diesmal hatte man mich nicht herzlich, sondern äußerst misstrauisch und mit bitteren Vorwürfen empfangen. Frau

Bach forderte gar das Geld für die Behandlung zurück und drohte mit einem Prozess.

Ich wählte natürlich jenes Mittel, über das jeder gute Arzt zu seiner Verteidigung verfügt: Mit großer Geste und viel gelehrtem Latein klagte ich meinerseits den Patienten und seine Familie an, meine Weisungen offenbar falsch verstanden oder unzureichend befolgt zu haben. Zugleich erbot ich mich, einen zweiten Eingriff auf eigene Kosten durchzuführen – insgeheim auch in der Hoffnung, mir mit der Heilung des Meisters von noch schwererer Krankheit weit größere Meriten zu erwerben.

Ist Euch, geneigte Leser, die alte Geschichte vom Gevatter Tod vertraut, der seinem Patenkind die Kunst des Heilens zeigt und dem Arzte stets am Bett des Kranken erscheint? Steht er neben dem Kopf, so wird der Patient von seinem Leiden genesen, zeigt er sich aber zu dessen Füßen, ist alle Hoffnung umsonst. Ich hatte das Ammenmärchen nie auf mich bezogen, zumal ich meine Klienten ja stets im Sitzen behandelte.

Nun aber, während ich einen reinigenden Aderlass vorbereitete und der Hausherrin Anweisung für eine kräftigende Suppe aus Bier, Rahm und Dotter mit eingebrocktem Brot gab, erinnerte ich mich daran. In der Historie dreht der Heiler den kranken König auf seinem Lager um und straft so seinen Paten Lügen – wird bei der Wiederholung aber selbst mit dem Tode bestraft. Dass er buchstäblich dabei zusehen muss, wie sein eigenes Lebenslicht erlischt, kann man wohl auch als eine kunstvolle Metapher für ein endgültiges, unumkehrbares Erblinden verstehen …

Sollte es mir nun gelingen, den moribunden Bach gewissermaßen umzuwenden und dem Gevatter zu entreißen? Bei genauerer Untersuchung erkannte ich, dass der Fehler tatsächlich nicht bei mir gelegen hatte. Die zertrümmerten Linsen waren unter dem Verband wieder an ihren angestammten Platz gewandert und sorgten nun als Scherben für eine besondere Form der Katarakt.

Hier schien Eile geboten, selbst wenn der Eiter an den Lidern den erneuten Eingriff erschweren und zusätzliche Qualen verursachen würde. Da Bach nach dem Aderlass und trotz der Stärkung ohnehin zu schwach für heftige Reaktionen schien, verzichtete ich auf meinen Behandlungsstuhl und geleitete ihn stattdessen zu einem bequemen Sessel. Als Assistentin musste mir Frau Bach beistehen, weil Homer in der Herberge geblieben war, als ich zur Visite aufbrach. Und obwohl sie ihr Amt aus begreiflichen Gründen eher zaghaft als zupackend verrichtete, glückte mir auch der zweite Versuch auf beiden Seiten. Mein kleines Besteck, das ich für den Notfall immer bei mir führte, erwies sich als tauglich. Das Zittern meiner Hände hatte sich nach einem Schluck aus der Taschenflasche gelegt.

Den Rest der glücklichen Genesung konnte ich nur aus der Ferne verfolgen. Diesmal hatten es die Pfleger wohl zu gut gemeint und die Binden fast einen Monat auf den Augen gelassen. Als man sie schließlich abnahm, erblickte Bach – O Wunder! – wieder das Licht der Welt. Dass ihn am gleichen Tag der Schlag traf, ist nicht mir anzulasten. Er starb als ein Geheilter, sehenden Auges! Und ich konnte mich rühmen, ihm zu diesem sanften und seligen Schlummer verholfen zu haben.

{1770}

🗡 👁 Jetzt schweigt der Alte schon lange – und ich sitze betroffen am Pult. Ich habe das umfassende Geständnis, das er in den Beweis seiner Unschuld umwidmen wollte, wieder und wieder gelesen. Jetzt habe ich alles Schwarz auf Weiß, jetzt könnte ich das Urteil nach bestem Wissen und Gewissen fällen und vollstrecken, um aus dieser Klause endlich in die Welt zurückzukehren.

Aber mir bleibt das Gefühl, dass noch nicht alles ausgesprochen, das letzte Wort noch nicht gesagt ist. Wie kommt das Buch des Teiresias in den Besitz des Chevaliers? Wohl weiß ich, dass er auch Händel an der Katarakt behandelt hat. Auch davon soll er noch beichten. Aber den Chronisten seiner weitschweifigen Memoiren will ich dabei nicht mehr spielen, als strenger Inquisitor werde ich Taylor befragen!

{1769}

In London fragte ich zunächst nach dem Carlisle House, das mir Christian in seinem Brief als Treffpunkt genannt hatte. Da er selbst aus pekuniären Gründen offenbar ein eher unstetes Leben führte und gelegentlich die Wohnung wechseln musste, sollte ich dort bei einer Freundin auf ihn warten.

Und tatsächlich schien Donna Teresa nicht verwundert, mich zu sehen. »Signor Urlando? Der Virtuoso? Ihr seid genauso hübsch, wie man Euch beschrieben hat, wenngleich ein wenig abgerissen, wie mir scheinen will.« Sie sprach mit unverkennbar venezianischem Dialekt und war – um das Kompliment zurückzugeben – selbst schon ein wenig vom Zahn der Zeit benagt, was sie aber durch Puder und Schminke geschickt zu verbergen wusste.

Mrs Cornelys betrieb in ihren luxuriösen Räumen, die sie erst unlängst im chinesischen Stil tapeziert und möbliert hatte, einen aufwendigen und diskreten Salon, in dem nur höchste Kreise verkehrten. Die Konzerte, bei denen auch Christian und sein Landsmann Abel auftraten, dienten vor allem der Umrahmung und Verschleierung des Glücksspiels, bei dem gewaltige Summen auch aus den Kassen der königlichen Familie den Besitzer wechselten. Auch getanzt wurde nach der neuesten Mode, wobei einzelne Herren stets willige Partnerinnen fanden.

Im Mittelpunkt des Geschehens aber stand die Gastgeberin, die selbst auf eine große Karriere als Sängerin und Operndirektrice gehofft hatte – vor allem aber als Geliebte berühmter Männer wie des Markgrafen von Bayreuth und des galanten Giacomo Casanova Bekanntheit erlangte. Obwohl sie mich mit ihrem exaltierten Auftreten und ihrem überschäumenden Temperament ein wenig befremdete, schätzte ich doch ihre Generosität und ihren Humor.

Schon am ersten Abend ließ sie ein üppiges Mahl servieren und einen Schneider kommen, der meine tatsächlich lädierte Erscheinung durch ein neues Kostüm auffrischen sollte. In den folgenden Tagen überbot sie sich selbst immer wieder mit gewagten Kleidern und extravaganten Perücken, während sie die Dienerschaft mit Aufträgen für ihre Soireen in Atem hielt und auch mich ganz selbstverständlich vereinnahmte.

Als Lohn der Arbeit, die meist im Arrangieren von üppigen Bouquets sowie im Polieren von Silber und Kristall bestand, unterhielt sie uns mit Anekdoten aus ihrem abenteuerlichen Leben zwischen Bühne und Boudoir: von ihrem Debüt in Verona, wo sie mit nur achtzehn Jahren die Cleopatra in Händels Oper *Giulio Cesare* geben durfte. Von ihrer Zeit in den Niederlanden, wo sie selbst zwei Theater betrieb und schließlich den Gläubigern ihren Sohn als Pfand überlassen musste, bis Casanova ihn auslöste. Und von ihren frühen Jahren in London, in denen sie adlige Gönnerinnen fand, ohne selbst einen Brocken Englisch zu sprechen.

Sie war im schönsten Sinne schamlos und begleitete noch die Schilderung vergangener Katastrophen mit schallendem Gelächter, das in den Nächten auf ihre Gäste übersprang. Oft kam ich erst im Morgengrauen in mein Bett – aber auch dann ließ mich Teresa meist nicht schlafen. In ihren Armen entdeckte ich das Vergnügen wieder, das ich als keuscher Sänger im päpstlichen Chor fast vergessen hatte. Und was ihr an Jugend fehlte, machte Erfahrung mehr als wett.

Christian sah ich erst nach zwei Monaten wieder, als er von einer Konzertreise aus Dublin zurückkehrte. Er hatte Erfolge gefeiert, war aber dennoch missmutig, weil sich alle Musik in Irland noch immer an Händels *Messiah* messen lassen musste, der dort vor beinahe drei Jahrzehnten uraufgeführt worden war – gegen den Widerstand von Jonathan Swift, der als Dekan der Kathedrale seinen Chorsängern zunächst jede Mitwirkung untersagt hatte, weil geistliche Texte über Tod und Auferstehung unseres Herrn in einem weltlichen Rahmen erklingen sollten. Doch da der Meister die Einnahmen für Gefangene und Kranke stiftete, musste der griesgrämige Gulliver-Dichter schließlich einwilligen – und gestattete so einen Siegeszug, der bis in unsere Tage anhält.

»Dagegen«, sagte Christian mit kaum verhohlenem Neid, »ist kein Kraut gewachsen.« Er saß mit mir in einem der Salons bei einem Glas Wein, das uns Teresa anlässlich unseres Wiedersehens spendiert hatte. Äußerlich hatte er sich kaum verändert, doch die Niederlagen seiner Opern und Oratorien hatten seinen einst so umgänglichen Geist verdüstert. »Wir können alle nur kleine Pasticcios backen, während man sich aus dem *Messiah* für jeden Anlass das passende Stück herausschneiden darf. Selbst die Londoner Waisenkinder in Coram's Hospital werden alljährlich mit dem Erlös gefüttert, als wären die Münzen Oblaten aus dem Leib Christi. Dann doch lieber Konzerte, am besten auf dem Pianoforte, das beim Publikum jetzt so beliebt ist. Daneben nimmt sich Abels Gambe fast altmodisch aus – so wie ich neben dem kleinen Wunderknaben, mit dem ich vor einigen Jahren spielen durfte. Wolfgang Mozart heißt er, reist mit seinem Vater durch die Welt und beschämt jeden geübten Musiker, der sich auf einen Wettstreit einlässt. Ich glaube, der wird uns alle überwinden, selbst – Gott hab ihn selig – Händel!«

Ich hatte seinem Lamento schweigend zugehört, nun aber wollte ich ihn auf andere Gedanken bringen. Von meiner überstürzten Abreise aus Mailand hatte er bereits gehört, auch vom tragischen Ende der Duchessa und ihres Gatten. Ausführlich berichtete ich ihm daher von meinem Leben im Vatikan, von den alltäglichen Pflichten und meinen heimlichen Ausflügen – und schließlich beichtete ich auch von meiner Verurteilung durch das Femegericht sowie vom Scheitern meiner Sühne.

Christian unterbrach mich: »Aber wie kannst Du denn da von Misslingen sprechen, wo ein Höherer die Hand im Spiel hat? Du kannst doch lediglich dort Gerechtigkeit schaffen, wo Gott sie uns verweigert. Und eben darum bist Du jetzt ja hier.« Ich blickte ihn fragend an, er hob sein Glas und trank mir zu. »Erinnerst Du Dich an das tragische Ende meines Vaters? An die Geschichte, die ich Dir damals im Palazzo anvertraut habe? Nun, offenbar hat der Missetäter seine Karriere beendet und sich hier in London zur Ruhe gesetzt. In einem Stall habe ich seine alte Kutsche gesehen, diese Monstrosität mit den Augenbildern und dem zynischen Wahlspruch. Sie steht dort zum Verkauf, sagte man mir, ohne die Adresse des Anbieters nennen zu können. Das war schon im vergangenen Jahr, seither suche ich vergeblich – und darum habe ich Dich zu Hilfe gerufen. Ich kann Dich nur schlecht bezahlen, aber da Du mir ja Deine Dienste als Freund angeboten hast ...«

Während ich über seinen Wunsch nachdachte, erzählte ich ihm meine Geschichte zu Ende – von der Winterreise durch verschneite Lande bis nach Calais. »Ich habe weder Geld noch Waffen! Die Donna hält mich aus, aber sie bezahlt mich nicht.«

Christian lächelte: »Das ist Dein altes Leiden, Urlando – dass Du Dich immer mit dem Nächstliegenden begnügst. Das war auch schon in Mailand so, als die Herzogin mich für Deinen Unterricht entlohnte, aber damit eigentlich nur ihr eigenes Vergnügen bezahlte. Und nun bist Du schon seit Wochen in Teresas Haus, ohne mit Deiner wahren Kunst um ihre Gunst zu werben. Ein sattes Vögelchen, das im goldenen Käfig das Singen verlernt hat.«

Ich wollte ihm widersprechen, musste ihm aber insgeheim Recht geben. Tatsächlich war es mir nach dem herzlichen Empfang und angesichts der leichten Dienste für den verschwenderischen Liebeslohn gar nicht in den Sinn gekommen, mich als Künstler in das glanzvolle Treiben am Soho Square zu mischen.

Mein Freund fuhr mit ruhiger Stimme fort: »Unsere Suche nach Taylor müssen wir nicht übereilen. Der Missetäter ist inzwischen hochbetagt – und wenn er seine geliebte Kutsche veräußern muss, wohl auch nicht gut bei Kasse. Das Einzige, was meine Rache noch verhindern könnte, wäre sein verfrühter Tod. Aber damit hast Du ja Erfahrung.«

Nachdem wir übereingekommen waren, dass ich die Stadt tagsüber systematisch durchkämmen und abends meine Börse im Carlisle House aufbessern sollte, um mir eine neue Waffe und ein wenig Erspartes zuzulegen, sprach ich mit Teresa. »Singen willst Du? Ich habe schon gedacht, Du würdest nie fragen – und wäre auch damit zufrieden gewesen, ohne die Gründe zu kennen. Denn wenn Du in meinem Haus als Künstler anfängst, endet zugleich Deine Rolle als Geliebter. So können wir beide vielleicht etwas gewinnen, müssen aber auch einen Verlust in Kauf nehmen. Ich habe es mir zur Regel gemacht, Gefühl und Geschäft strikt zu trennen, weil auf beiden Feldern verschiedene Währungen gelten.«

Falls ich sie durch meine Entscheidung für die Seite der Kunst beleidigt haben sollte, wusste sie dies gut zu verbergen. Lächelnd ließ sie mich vorsingen, während mich Christian begleitete, lächelnd auch applaudierte sie meinen Arien und legte mir einen Kontrakt vor, der das Erwartbare bei Weitem übertraf. »Du wirst es brauchen. London ist eine teure Stadt. Und hier im Haus kannst Du ja nun nicht mehr bleiben.« Offenbar war sie doch nicht ganz frei von Gefühlen …

{1770}

Ich habe Dresden ausradiert und Prag, Wien und Leipzig – doch noch immer hängen zu viele Bilder in Taylors Galerie. Kopenhagen und Stockholm, Warschau und Moskau, Rom und Neapel ... ich muss das Verfahren beschleunigen und den Prozess abkürzen, um in den mäandernden Geschichten des Alten meinen roten Faden nicht zu verlieren. Statt seiner Aperçus, mit denen er sich als staunender Gelehrter inszeniert, will ich endlich ein umfängliches Geständnis.

Ich reiße ihn unsanft aus dem Schlaf, in den er immer häufiger und länger flüchtet. »Chevalier, es wird Zeit ... das nächste Kapitel! Lassen Sie uns gleich nach England zurückkehren – und bei den Meistern bleiben. Was hatten Sie mit Händel zu schaffen? Und woher stammt die Partitur des Teiresias?«

»Ah, Du hast das Buch gefunden. Damit musste ich wohl rechnen. Nun gut ... Aber soll ich nicht erst von meinen schönen Gesprächen mit der Zarin erzählen, die mich nach ihrer deutschen Heimat befragte, während ihr Gemahl gerade seinen Frieden mit dem Preußenkönig machte? Von meiner Begegnung mit dem Heiligen Vater, mit dem ich bei einem Abendessen angeregt darüber sinnierte, warum der Kirchenlehrer Augustinus unseren Geist als Auge der Seele beschreibt? Vom Besuch im Hause Goldonis, wo ich nach einer Gondelfahrt mit dem britischen Konsul Smith eine Lesung aus dem neuen Stück *Il filosofo inglese* genoss? Darf ich nicht noch einige Kapitel aus dem älteren Konvolut meiner Erinnerungen vortragen – gelehrte Ausführungen über die Schönheit und die Zärtlichkeit, die Kunst des Duellierens und den kräftigenden Einfluss des Tanzes auf den Charakter? Lass mich wenigstens noch von den Folgen der Enthaltsamkeit und der platonischen Liebe sprechen, von den Sitten im Serail und der Anbetung morscher Knochen in Klöstern. Ich weiß die Passagen auswendig …«

Ich unterbreche ihn ungeduldig. »Das können wir später einfügen, falls uns die Zeit noch bleibt. Jetzt aber will ich von Händel hören. Wo und wann haben Sie den Deutschen getroffen?«

»Wohlan, konzentrieren wir uns auf diesen wichtigen Punkt. Tatsächlich spüre ich, dass meine Kräfte schwinden und ich mich dem Wesentlichen widmen sollte, um dem geneigten Leser das Bedeutsamste zu hinterlassen. Doch zunächst sei noch eine Abschweifung gestattet, die uns jedoch zum Kern der Sache führen wird.«

{1751}

Auf der Heimreise aus Deutschland führte ich ein Büchlein bei mir, das eben erst erschienen war und sofort mein Interesse geweckt hatte. Der *Brief über die Blinden zum Gebrauch für die Sehenden* stammte von einem gewissen Diderot, der sich gerade anschickte, mit dem Gelehrten d'Alembert ein monumentales Wörterbuch der Wissenschaften, Künste und Handwerke herauszugeben – ein aberwitziges Unterfangen, das meines Wissens bis heute unvollendet ist und bei dem ich vergeblich auf Beteiligung gehofft habe. Zwölf Dutzend Enzyklopädisten und unter ihnen kein Chevalier Taylor … aber breiten wir den Mantel des Schweigens über dieses unerfreuliche Detail.

Der Brief jedenfalls, den der Franzose an eine frühere Geliebte gerichtet hatte, schien direkt an mich adressiert: In einer Art Dreisatz vereinte er verschiedene Beobachtungen, aus denen man eigene Lehren ziehen kann. Zunächst wurde ein Blinder vorgestellt, dem der Autor in einer kleinen Stadt namens Puisaux begegnet war und der das Fehlende durch die verfeinerte Schulung von Gehör und Gefühl in den Fingerspitzen ausgeglichen hatte.

Der Verfasser berichtete hier recht anschaulich von den Symmetrien und vom Relief der Dinge, die sein Zeuge gut zu begreifen wüsste, ohne freilich ihre Schönheit jenseits des Brauchbaren zu erkennen. In einer Passage über die Spiegel, die seinem Gegenüber naturgemäß nutzlos erscheinen mussten, stellte dieser sonderbare Fragen: Ob wohl ein Mikroskop nur für die Augen des Naturforschers, ein Teleskop nur für den Astronomen gemacht sei? Ob die Maschine, welche Dinge vergrößern könne, auch in den Dimensionen verschieden zu ihrem Gegenstück wäre? Und ob man ein kürzeres Gerät brauche, um Gegenstände heranzuholen und ein längeres, um sich von ihnen zu entfernen?

Erschüttert las ich kurz darauf seine Antwort auf die Erkundigung, was denn nach seiner Meinung Augen seien: »Das ist ein Organ, auf das die Luft ebenso wirkt wie mein Stock auf meine Hand. Ja, wahrhftig, wenn ich meine Hand zwischen Ihre Augen und einen Gegenstand halte, dann ist die Hand noch für Sie vorhanden, der Gegenstand aber verschwunden. Ebenso geht es mir, wenn ich mit meinem Stock etwas suche und auf etwas anderes stoße.« Eine Fülle von neuen Einsichten stürzte hier auf mich ein und machte mich sprachlos.

Im zweiten Teil des Buches begegnete man Nicholas Saunderson, der trotz seines verlorenen Augenlichts ein geachteter Mathematiker in Cambridge wurde und sogar eine Rechenmaschine für seine Leidensgenossen entwarf. Und schließlich gab Diderot seine Antwort auf jenes Problem des Iren Molyneux, mit dem mich einst Voltaire konfrontiert hatte – eine kluge Erwiderung, die von neuerlicher Blendung des Probanden durch das plötzliche Erwachen des Blicks im allzu gleißenden Schein ausging und die Methoden der folgenden Befragung kritisierte. Der Hinweis auf die mangelnde Gewöhnung des Auges und auf die Sensationslust der Zuschauer ließ meinen alten Lehrer Cheselden, der das Experiment ja durchgeführt und beschrieben hatte, in buchstäblich schlechtem

Licht erscheinen. Mir aber leuchtete sie – nicht minder wörtlich – ein.

Was aber war als vierter Schluss aus dieser Règle de trois zu gewinnen? Dass der Verlust der Sehkraft andere Sinne stärken könne, hatte ich an meinen Patienten selbst oft beobachtet. Diderots Folgerung für die Moral und die Metaphysik der Blinden aber gab mir zu denken: Mangelte es ihnen wirklich am Verständnis für Schönheit, selbst wenn sie die Formen und Symmetrien, die Größe und Oberfläche der Dinge tastend begreifen konnten? Kam mit dem Gesichtssinn auch die Scham abhanden, die sich in Gesellschaft durch die Konventionen von Kleidung und Auftreten zeigt? Und war ein blinder Denker leichter in der Lage, abstrakte Ideen zu erkennen, weil er vom Anblick der konkreten Figuren nicht abgelenkt wurde? Hätte er mithin auch einen anderen Begriff von Gott?

Während Homer meine Rappen über die Landstraßen trieb, versuchte ich diese Fragen auf meine jüngste Begegnung mit Bach anzuwenden. Zwar war ich vom Erfolg meiner Behandlung überzeugt, zugleich kamen mir nun aber erstmals Zweifel an ihrer Berechtigung. War es ein höherer Wille, der dem großen Künstler die Blindheit aufzwang, um ihn noch tiefer in seine Musik zu verweisen? Wollte Gott vor seinem inneren Auge erscheinen, nachdem er ihn aus allem Äußerlichen herausgelöst hatte? Wäre es also denkbar, dass ich durch mein kleines Werk ein größeres, absoluteres verhindert hätte? Ich fand keinen Ausweg aus dem Dilemma, über das ich heute mehr denn je grüble.

{1770}

»Zur Sache, Herr Taylor, wenn's beliebt, zur Sache! Wir sind in Eurer knappen Zeit schon weit vorangeschritten, aber noch keinen Schritt weitergekommen. Ich kann nicht erkennen, was Eure Einlassungen mit meiner Frage zu tun haben sollten?« In meiner Wut auf den Alten möchte ich das eben Notierte am liebsten zerreißen, doch er hebt beschwichtigend die Hand. »Nun, falls Du es jetzt noch nicht sehen kannst, so wirst Du es bald erkennen. Aber zunächst bitte ich um einen Kelch mit Wein, um meine Zunge zu lockern. Nach dieser langen Rede klebt sie mir trocken am Gaumen.«

{1756}

👁 Als ich Jahre später nach Bath gerufen wurde, wo sich Händel in heißen Quellen von den Strapazen seiner Arbeit erholte, besann ich mich wieder auf den Brief des Diderot. Sollte ich den Leidenden von seiner Krankheit erlösen und damit zugleich eine Quelle seines Schaffens austrocknen? Bei unserem Kennenlernen verglich ich ihn unwillkürlich mit seinem Landsmann Bach, dem er große Bewunderung zollte, obwohl er ihm selbst wohl nie begegnet war. Dass ich in meinen früheren Memoiren behauptet hatte, die beiden seien zusammen aufgezogen worden, war der missglückte Versuch einer Erklärung … doch dazu später.

Zunächst trat ich einem wuchtigen Mann gegenüber, der mir aus leeren Augen entgegenstarrte, während ich ihn meiner höchsten Bewunderung versicherte. Händel bot selbst im maladen Zustand einen eindrucksvolleren Anblick als der Leipziger Kantor, er war prächtig, wenn auch ein wenig altmodisch gekleidet und faltete beim Sprechen seine wulstigen Finger vor dem gewaltigen Bauch. Nach ersten Komplimenten kam ich bald auf seine Katarakt und die Möglichkeiten wie die Risiken ihrer Heilung zu sprechen. Vorsichtig flocht ich dabei auch meine Skrupel ein, dass ihm mit der Rückkehr in die Welt der Sehenden das innere Auge abhandenkommen könne …

Er schüttelte den Kopf so energisch, dass ihm die Locken seiner Perücke um das feiste Gesicht flogen. »Ich habe schon über Blindheit geschrieben, als ich sie noch nicht aus eigener Erfahrung kannte. Nehmen Sie nur meinen *Samson*, den ich unmittelbar auf den *Messiah* folgen ließ. Da beklagte mein Librettist, der gute Hamilton, die heimtückische Blendung des Helden: ›Vollkomm'nes Schwarz! Nicht Sonn' noch Mond / Mit Finsternis bin ich belohnt / Oh herrlich Licht! Kein goldner Strahl / Erfreut mein Aug' im Jammertal! / Welch schwere Strafe uns'res Herrn / Schwarz sind mir Sonne, Mond und Stern!‹ Wie hätte ich damals ahnen können, dass mir einst dasselbe Schicksal drohen würde? Zwar dringt noch Licht zu mir herein, aber es bringt mir keine Bilder mehr. Dieses Verschwinden bemerkte ich Jahre später zum ersten Mal beim *Jephtha*, wo ich ausgerechnet im Chor ›Wie dunkel, Herr, ist dein Beschluss‹ die Feder für Tage aus der Hand legen musste, weil mir mein linkes Auge seinen Dienst verweigerte. Das folgende Bekenntnis ›Was immer ist, ist recht!‹ fiel mir hernach schwer. Und nun kommen Sie, verehrter Chevalier, und wollen mir mein Vertrauen in Ihre Kunst ausreden?«

Konnte ich mich dieser innigen Bitte verschließen, die Händel aus seinen eigenen Werken herleitete? Hatte er die Blendung nicht selbst als Geißel Gottes beschrieben und zugleich Ergebung in jedweden Ausgang der Behandlung beschworen? Nach einer ausführlichen Untersuchung, bei der das linke Auge tatsächlich stärkere Schädigung gezeigt hatte, erklärte ich das weitere Vorgehen: Ich würde ihn zunächst zur Ader lassen und strenges Fasten verordnen, damit sich sein schwerer Leib auf die Strapazen des Eingriffs vorbereiten könne.

Die Aussicht auf dauernden Hunger schien dem Meister unbehaglich: »Aber bevor wir beginnen, darf ich Sie heute noch zum Souper einladen. Wir speisen in meiner

Herberge, für guten Wein ist gesorgt. Und einen Kapaun wird der Wirt wohl auch auftreiben.«

Es wurde ein wunderbarer Abend, bei dem sich der Gastgeber als glänzender Unterhalter erwies, um sich wohl vor allem von seinem eigenen Kummer abzulenken. Während er mit der Gabel verzweifelt auf dem Teller stocherte, bis er das Fleisch schließlich mit beiden Händen packte und mit den Zähnen zerriss, erzählte er von seinen frühen Jahren in Halle, von den Studien in Italien und von seinen Triumphen in London. Dabei flocht er immer wieder Bonmots über ungebildete Mäzene und dumme Sängerinnen, betrügerische Direktoren und neidische Dichter ein.

Größte Erheiterung bereitete mir vor allem die Hamburger Episode mit dem aufbrausenden Konkurrenten Mattheson, dem Händel bei einer Aufführung den Platz des Maestro al Cembalo verweigert hatte – ausgerechnet in dessen *Cleopatra*, in der er eben noch den Bühnentod gestorben war und deren Finale er nun selbst leiten wollte. Das anschließende Duell auf offener Straße hatte der junge Musikus nur dank eines Knopfes überlebt, an dem der Degen des Gegners abgebrochen war – ein wildes Gefecht, nach dem sich die Heißblüter bald wieder versöhnt hatten.

Auch von seinem Freund Telemann sprach mir Händel beim Mahle – von dem älteren Gefährten, der als Musikdirektor der großen Kirchen und der Oper in Hamburg einst doppelt so viele Pflichten wie Bach und er selbst zu erfüllen hatte – und der dennoch kurz vor dem Bankrott stand, weil sein spielsüchtiges Weib das ganze Vermögen durchgebracht hatte. Er hatte ihn aus der Ferne immer wieder mit deutschen Noten versorgt, wofür sich der

Londoner Weltmann mit seltenen Pflanzen revanchierte, die Herr Telemann in seinem Garten züchtete.

Und schließlich kam der Gourmand mit seinen vor Fett triefenden Lippen über Umwege – auf denen ich ihm nur schweigend folgen musste – auch wieder auf seine Krankheit und die erhoffte Genesung zu sprechen: »In Italien habe ich für eine herzogliche Hochzeit einmal eine Serenata geschrieben, in der ein böser Riese mit seiner Gier nach einer Nymphe deren unschuldige Liebe zerstört. Um den finsteren Gesellen noch schrecklicher erscheinen zu lassen, gaben wir ihm die Gestalt des Zyklopen Polyphem, den wir von den Fahrten des Odysseus kennen. Nun fühle ich mich selbst wie dieser Einäugige, ohne mir freilich seine Schuld geben zu müssen … Seinen Namen mag ich noch auf mich beziehen, weil er übersetzt ja der Vielgerühmte heißt. Dass er sich als Schafhirte aber von den Gefährten des Griechen ernährte, finde ich degoutant. Ich fresse Kapaune ja auch nur im übertragenen Sinne.«

{1770}

🗡 👁 Wieder der gleiche böse Scherz, wieder aus Taylors Mund! »Wollen Sie mir meinen Favoriten schlechtreden, Chevalier! Sie sollen endlich die volle Wahrheit sprechen! Was hat es mit dem Buch auf sich?«

{1748}

👁 Ach ja, verzeih, das Buch! Nach dem üppigen Mahl lehnte sich Händel zurück und schenkte sich erneut ein, wobei er mit der Linken den Rand seines Glases ertastete und die Bouteille behutsam neigte. Dann setzte er zu einer neuen Erzählung an: »Sehen Sie, werter Taylor, ich habe mich in letzten lichten Momenten mit einem Stoff befasst, der auch aus den Quellen der alten Griechen geschöpft und von meinem eigenen Zustand geprägt ist. Sie haben bei unserer ersten Begegnung doch gemutmaßt, man könne eine gewöhnliche Gabe gegen ein größeres Geschenk eintauschen. So dachte ich auch – und fand in der Geschichte des Teiresias eine scheinbar geeignete Vorlage. Daraus wollte ich mir ein Pasticcio backen, das die seherische Kraft mit der Kraft des Sehens vergleicht und dem ich neben eigenen Zutaten auch fremde Gewürze vom verehrten Bach einkneten würde.

So sollte ein Werk zu vier Händen entstehen, das uns beiden zum Denkmal gereicht hätte und das ich Telemann als Drittem im Bunde widmen wollte. Doch je länger ich mich in die Historie vertiefte, desto fragwürdiger erschien mir meine Wahl: Hatte der blinde Seher nicht dem König prophezeit, dass er sich dereinst selbst die Augen ausstechen würde? War diese Vorhersage nicht in Erfüllung gegangen? Und bewahrheitete sich damit nicht auch das Gleichnis aus der Bibel, dass kein Blinder einen Blinden leiten solle, weil sonst beide in eine Grube fallen? Kehrte sich so das Geschenk der Götter in sein Gegenteil? Da ich keinen Dichter für das Vorhaben begeistern konnte, musste ich mich mit meinen Fähigkeiten begnügen. Und als die Zweifel überhandnahmen, war ich in der Sache bereits zu weit fortgeschritten ... Mit einem Wort«, er erhob sich und zog einen Folianten zwischen den Kleidern in seinem Schrank hervor, »hier ist das Werk – und ich möchte Sie bitten, es bis zu meinem Tod zu treuen Händen aufzubewahren. Ich weiß nicht, wie es zu meinen Lebzeiten aufgenommen würde und möchte die beabsichtigte Wirkung nicht durch Verweis auf mein allseits bekanntes Leiden schmälern. Posthum aber mögen Sie es bitte dem Coram's Waisenhaus in London überreichen, dem ich bereits meinen *Messiah* zugeeignet habe. Die Kinder dort sind mir ans Herz gewachsen, weil Gott mir keine eigenen vergönnt hat. Wollen Sie mir das versprechen? Dann nehmen Sie, nehmen Sie schon!« Ehrfürchtig griff ich nach dem Buch, das sich wie eine Bürde anfühlte. Der Meister stand noch immer vor mir und legte mir sanft seine schwere Hand auf die Schulter. »Und nun gute Nacht!«

Der Rest ist schnell erzählt: In den folgenden Tagen überwachte ich Händels Diät, während er sich mit Bädern und ein paar Übungen am Cembalo von dieser allmählichen Ausnüchterung abzulenken suchte. Dreimal ließ ich ihn zur Ader, gelegentlich stieg auch ich in die heißen Quellen oder flanierte im Circus und am Queens Square. Abends studierte ich immer wieder den Text seiner Oper. Einige der Verse schienen recht holprig, wenn sich etwa erblicken auf erquicken oder besehen auf ergehen reimte, andere Paare stifteten – wie beispielsweise erkennen und benennen – tieferen Sinn. Generell aber sprach aus den

Zeilen eine düstere Stimmung, in die auch der Meister jetzt immer stärker verfiel.

Er zeigte Anflüge von Jähzorn und offenbarte all jene schlechten Eigenschaften, vor denen man mich gewarnt hatte. Vom eloquenten Erzähler des ersten Abends schien nichts mehr übrig. Zu allem Überfluss aber war ich mit dem missmutigen Mann nun mehr oder minder allein. Homer hatte ich mit der Kutsche zurück nach London geschickt, um weiteres Aufsehen zu vermeiden. Als Assistent sollte mir der kräftige Sohn des Wirts zur Seite stehen.

Schließlich entschied ich mich zu handeln: Händel, der angesichts der bevorstehenden Operation überraschenderweise wieder gut gelaunt schien und lediglich nach einem stärkenden Trunk verlangte, ließ sich willig fixieren und riss seine Lider so weit auf, dass mein Helfer seinen Griff bequem ansetzen konnte. Ich wandte mich zunächst dem linken, schlechteren Auge zu … und musste nach dem erfolgreichen Entfernen der Katarakt entsetzt feststellen, dass meine Mühe hier vergeblich war. Hinter der Linse hatte sich eine andere, tiefer gehende Erkrankung verborgen, von der die ganze Pupille befallen war – ein einfarbig grauer, ungestalter Klumpen, der nichts mehr mit der strahlenden Form des gesunden Organs gemein hatte.

Um meinen Schreck zu verbergen und den Patienten nicht zu beunruhigen, wechselte ich schnell die Seite und stach den Star mit Erfolg auch dort, salbte die Wunden, legte die Binden an und nahm die Fesseln ab. Händel, der das Unglück nicht bemerkt haben konnte, dankte mir überschwänglich und wollte mich fürstlich entlohnen, ich aber sprach ein paar Floskeln über die große Ehre seines Vertrauens in meine Fertigkeiten, verließ den Raum und reiste auf schnellstem Wege nach London zurück. In meiner früheren Chronik habe ich den Zeitpunkt verschleiert, um die Spur zu verwischen.

{1770}

👁 🗡 Wieder ist er abrupt verstummt und hat damit auch mich zum Schweigen gebracht. Natürlich könnte ich ihn am Schlaf hindern, könnte ihn packen und rütteln und nach seinem gebrochenen Versprechen fragen. Wie hatte er es wagen können, Händels Vermächtnis nicht zu erfüllen und das Buch den Waisenkindern vorzuenthalten?

Wer wüsste besser als ich, wie einsam und verlassen man sich in solcher Lage fühlt – und wie tröstlich die Macht der Musik auf ein trauriges Gemüt wirken kann. Eigentlich hatte ich die Partitur Christian als Beweis meines erfüllten Auftrags schenken wollen, nun aber änderte ich meinen Plan: Ich werde eine Kopie anfertigen und das Original in Coram's Hospital abgeben, nachdem ich Ted bei seinem nächsten Besuch über die dortigen Verhältnisse befragt habe.

{1769–1770}

Meine Suche nach dem Chevalier nahm viel Zeit in Anspruch, auch weil mir die wichtigsten Stunden der Nacht dafür fehlten. Im Carlisle House war ich zu einem Star avanciert, als Teresa anlässlich des Geburtstages von König Georg ein gewaltiges Fest ausrichten wollte und für die Inszenierung eigens den legendären Kastraten Guadagni aus Italien berief. Er war ebenso berühmt für seinen eleganten Gesang wie für seine lüsternen Triebe – eine perfekte Mischung für die sublime Orgie, die er nun vorbereitete. Neben halbnackten Tänzerinnen und Raubtier-Käfigen, mannshohen Etageren voller Früchte und Konfekt sowie weinsprudelnden Fontänen waren Musiker und Gaukler in kleinen Gruppen oder als Solisten über die Säle verteilt. Man wandelte also aus dem einen verwehenden Klang in die nächste anschwellende Pièce.

Mich platzierte Gaëtano, wie er sich vertrauensvoll nennen ließ, am Fuße der chinesischen Brücke, die der Architekt Chippendale erst vor Kurzem zwischen zwei Teile des Gebäudes gespannt hatte. An meiner Seite saß Christian, ich hatte ein schweres Pult voller Noten vor mir und sang den ganzen Abend, ohne mich zu wiederholen. Das Repertoire war bunt gemischt, neben Opernarien von Vivaldi und Purcell, Veracini und Keiser hatte der ketzerische Maître de Plaisir auch geistliche Musik in das Programm gemischt – darunter Stücke aus dem *Messiah*, die er einst selbst gesungen und die von ihm nun eigenhändig für meine höhere Stimme transponiert worden waren.

Spektakulärer als mein Gesang aber war meine Erscheinung – ein hautenges weißes Kostüm mit einer weit ausladenden Federkrone voll irisierender Pfauenaugen, dazu eine geflochtene Corona aus roten und weißen Rosen. Meine Lippen leuchteten purpurfarben aus dem gepuderten Gesicht, die Lider waren schwarz umrandet ... eine Attraktion, die vor allem bei den Damen der Gesellschaft sichtliche Wirkung zeigte.

Guadagni, dem man eigentlich Missgunst und Neid gegenüber seinesgleichen nachsagte, hatte mir einen großen Dienst erwiesen. Und er wurde dafür noch hart bestraft, weil die Theater durch das Fest ihre Rechte verletzt sahen. Er musste Bußgeld zahlen, wurde gar mit Gefängnis bedroht – und verließ das Land, um nie zurückzukehren.

Während ich mich also in den Nächten feiern und für gelegentlich erwiesene Liebesdienste auch beschenken ließ, streifte ich am Tage durch die Stadt. Ich hatte mir eine Legende entworfen, die jeden Verdacht entkräften konnte: Mein Vater sei kurz vor dem Erblinden und setze seine ganze Hoffnung in einen Chevalier namens Taylor, von dessen heilenden Kräften er schon viel gehört habe. Dies wiederholte ich in Schenken und an den Ständen auf dem Markt, als würde ich einen Rosenkranz mit immer neuen Variationen beten. Ich war von meinem melodramatischen Talent bei besonders geglückter Tonlage selbst so gerührt, dass mir eine Träne aus dem linken Auge floss.

Nach Monaten endlich wurde ich fündig: In einer Wirtschaft namens Ye Olde Mitre saß mir ein gedrungener

Mann gegenüber, der stumm in sein Bier starrte und keine Neigung zum Gespräch zeigte. Als er meine Stimme hörte, hob er jedoch erstaunt den Kopf – und als ich ihm ohne Rücksicht auf seine üble Laune meine Geschichte vortrug, sah er mich ungläubig an. »Der Chevalier? Den kenne ich besser als jeder andere. Bin jahrelang sein Kutscher gewesen – und sein Assistent. Hat mich Homer genannt, der feine Herr. Jetzt bin ich wieder Conrad, weil er sich schon vor Ewigkeiten zur Ruhe gesetzt hat. Seither habe ich nichts mehr von ihm gehört. Will ich auch gar nicht, weil er mich so herzlos entlassen hat. Aber es waren schöne Jahre, das will ich meinen.«

Er leerte seinen Krug in einem Zug, ich spendierte ihm aufgeregt einen neuen und trank ihm zu. »Aber der Chevalier ist meine letzte Hoffnung, werter Herr. Vielleicht macht er in unserem Fall eine Ausnahme und übt sich noch ein letztes Mal in seiner Kunst. Können Sie mir denn nicht wenigstens sagen, wo ich ihn finde?«

Conrad rülpste und schüttelte den Kopf. »Wenn Sie nur auf den noch hoffen können, dann sind Sie schon verloren. Bei dem musste schon zu besten Zeiten viel Glück im Spiel sein, mit Können allein war es da nicht getan. Der Meister hat zwar immer gesagt, wir dürften uns keine Ruhe gönnen, weil überall so viele Menschen auf seine Hilfe warten. Aber in Wahrheit haben wir ständig die Orte gewechselt, weil wir auf der Flucht vor all den Armen waren, denen wir nicht helfen konnten.«

Ich insistierte, wollte dem Verbitterten mehr entlocken. »Aber habt Ihr nicht auch berühmten Männern geholfen – wie diesem deutschen Musikus, dem Herrn Bach?«

Der Kutscher schnaubte verächtlich. »Beim ersten Mal habe ich noch seinen Kopf justiert, bei der zweiten Behandlung hatte mich der Chevalier in der Herberge zurückgelassen. Und wie man später hörte, ist wohl auch sie gescheitert … Nein, verlasst Euch nicht auf den Starstecher. Er soll wohl inzwischen auch recht gebrechlich und einsam geworden sein.«

Auf direktem Wege kam ich offenbar nicht weiter. Also trank ich Conrad zu und befragte ihn ausführlich nach seinen Abenteuern, während er einen Krug nach dem anderen auf meine Kosten leerte. Mit immer schwererer Zunge und in schmuckloser Manier erzählte er von flüchtigen Amouren am Wegesrand sowie von den kleinen Freuden des Bediensteten, die er sich als Brosamen von den Tischen der Reichen und Mächtigen genommen hatte.

Meine gut gespielte Bewunderung schien ihm zu schmeicheln, das Bier zu schmecken – und so sehnte er sich wohl noch einmal auf den Bock der schwarzen Kutsche zurück, den Blick über die Rücken der Rappen hinaus in die Weite gerichtet, sich der eigenen Bedeutung als Diener seines berühmten Herrn bewusst. Kurz bevor sein Kopf auf die Platte des Tisches sank, fragte ich noch einmal nach Taylors Verbleib – und diesmal gab mir der Trunkene lallend Antwort. Ich beglich die Zeche und eilte zu meinem Freund.

{1770}

🗡 👁 Während der Alte schläft, hat Ted an die Tür geklopft – und diesmal habe ich ihn nicht im Flur abgefertigt, sondern in Taylors Galerie gezogen. Ein wenig ängstlich, aber auch neugierig sieht sich der Junge um, während ich die bestellten Vorräte sortiere und ihm das Geld in die Hand zähle. Eher beiläufig komme ich dabei auf sein Heim zu sprechen …

»Coram's Waisenhaus? Kein guter Ort für einen wie mich, werter Herr! Dort hat man wohl immer genug zu essen und ein eigenes Bett, aber der Preis dafür ist hoch. Arbeiten und lernen, beten und arbeiten – das ist was für Mädchen und kleine Jungen, aber nichts für einen echten Kerl wie mich. Um die Wahrheit zu sagen, bin ich schon vor Wochen davongelaufen, um mir meinen eigenen Platz zu suchen. Das Einzige, was mir fehlt, ist die Musik in der Kapelle, sind die Klänge von Händels Orgel, umgeben von Hogarths Bildern mit der Auffindung des kleinen Moses im Weidenkorb oder den armen Kindern vor Jesus … Die Meister haben es immer gut mit den Waisen gemeint, weil sie keine eigenen Söhne hatten.«

Ich muss schlucken, um meine Rührung zu verbergen. »Aber wie willst Du denn überleben – allein, da draußen in der großen Stadt?«

Ted greift in sein Hemd und zieht ein Lederband hervor, an dem eine durchbohrte Münze hängt. »So etwas trägt fast jedes Findelkind – ein Token, ein Zeichen seiner Herkunft. Damit werde ich meine Mutter suchen. Wenn ich sie erst gefunden habe, will ich für sie arbeiten.

Schließlich bin ich stark und geschickt zu vielerlei Diensten. Und gegen Feinde kann man sich ja wehren.« Er holt ein Messer aus der Tasche und präsentiert es stolz.

Auf einen Schlag ist meine sentimentale Regung verflogen, anstelle meines Amuletts würde ich diesem jüngeren Ebenbild meiner selbst lieber meine Klinge zeigen. Stattdessen frage ich kühl nach einer Antwort auf meinen Brief, die er verlegen aus der anderen Hosentasche zieht. »Hatte ich fast vergessen. Ich soll Euch grüßen, werter Herr!« Noch einmal suche ich nach Geld, dann schiebe ich Ted zur Tür und sage ihm, dass es für ihn hier künftig nichts mehr zu tun gebe. Der Chevalier wolle die Stadt verlassen und sich auf dem Land zur Ruhe setzen, ich würde ihn begleiten … eine aus dem Stegreif erfundene Lüge, die zugleich vollendete Tatsachen schafft. Um den Jungen ist mir unterdessen gar nicht bange.

Christians Billett ist kurz gehalten, aus den Zeilen spricht neben Verwunderung auch ein erster Anflug von Enttäuschung. Als ich mit der Nachricht zu ihm kam, ich hätte Taylors Quartier ausfindig gemacht, ohne freilich – in weiser Voraussicht – die genaue Adresse zu nennen, war er vor Begeisterung kaum zu halten gewesen. Er hatte zu einer Eile gedrängt, von der er in dieser Sache zuvor gar nichts wissen wollte. Am liebsten hätte er sich meiner Mission sogar angeschlossen, was ich ihm mit Hinweis auf seine Verbindung zu einem prominenten Opfer und dem daraus resultierenden Verdacht ausreden konnte.

Aber es war unverkennbar, dass mit dem Auffinden des Starstechers auch der Schmerz über den Verlust seines

Vaters und die Wut über die Kunstfehler des Arztes erneut aufgeflammt waren. Nun fragt er in dürren Worten nach meiner Säumigkeit, tadelt meine Geheimniskrämerei und fordert mich zu sofortigem Vollzug auf. Diese Mahnung ist überflüssig, ausgerechnet Teds kindlicher Stolz und sein unbekümmerter Mut haben meine Gedanken wieder auf das Ziel des Anschlages gelenkt. Ich werde Taylor ein paar letzte Fragen stellen, ohne weitere Ausflüchte zu gestatten. Und danach will ich dem tapferen Knaben hinaus in die Freiheit folgen.

Der Chevalier steht mitten im Raum, beidhändig auf einen Gehstock gestützt und mit erhobenem Kopf. »Nun, Urlando, was meinst Du? Hast Du Dein Urteil schon gefällt? Deshalb bist Du doch hier, nicht wahr? Als mein Richter und mein Henker … Ich habe es nicht sofort begriffen, aber Deine Fragen haben mir allmählich gezeigt, dass Dich kein Zufall vor meine Tür geführt hat. Wen willst Du rächen? Einen Einzigen? Oder gleich alle, die durch mich zu Schaden gekommen sind? Letztlich ist es egal, da ich selbst nur ein Leben habe, mit dem ich sühnen könnte. Und das alte Auge um Auge … nun, Herr Sekretarius, das können Sie ohnehin nicht vollstrecken, wie Sie sehen! Da hat ein Höherer bereits Hand angelegt. Ist es nicht eine bittere Ironie, dass mich ausgerechnet jene Krankheit ereilt hat, gegen die ich mein Leben lang gekämpft habe? Und dass ich die Frage des Herrn Molyneux nun zumindest in die Gegenrichtung beantworten kann – nur noch ertastend, was ich sonst mit eigenen Augen gesehen habe! Es ist eine seltsame Form von Anschauung, zu der mich Gott oder die Natur verdammt hat – von innen heraus zu erkennen, was ich so oft von außen angeschaut habe. Dabei hat der Herr seinen Schafen die Welt doch eigentlich als Augenweide bestellt. Doch nun? Ich lese es als Metapher: Sehr viele Menschen sind ihr ganzes Leben blind, nun, Taylor, werde Du's am Ende … Sei's drum: Ich habe mein Gewissen erleichtert, all die toten Augen blicken mir nicht mehr länger in die Seele – und ich habe mein Leben gelebt. Wie soll ich büßen? Wollt Ihr mich erdrosseln? Oder mit dem Messer richten? Evviva il coltellino, Signor? Aber steht mir nicht noch eine letzte Mahlzeit zu?«

Ich habe ihm mit wachsender Verwunderung zugehört, nun will ich ihm zustimmen, doch ich bringe nur ein trockenes Krächzen zustande. Ist er wirklich so abgeklärt, dass er sich willig meinem Urteil unterwirft? Oder verbirgt sich dahinter eine List, mit der er seinen Kopf in letzter Minute aus der Schlinge ziehen will?

Taylor lächelt, soweit ich das im spärlichen Licht erkennen kann. »Habt Ihr Euch nie gefragt, worauf die kleinen Vögel dort in ihrem Käfig warten? Ich halte sie nicht zu meinem Vergnügen – jedenfalls nicht in dem Sinne, in dem sich andere Menschen so einen gefiederten Sänger als Zierrat in die Stube stellen. Es sind Gartenammern, die man hierzulande nur mit äußerster Mühe findet. Als Delikatesse besonderer Art aber sind sie so eng mit meiner Kunst verbunden, dass ich diese seltenen Exemplare erworben und mir für einen besonderen Anlass aufgespart habe. Erstmals genoss ich den Ortolan in Frankreich, bei Voltaire, Ihr erinnert Euch? In jenen heiteren Tagen hat mir Émilie auch das Rezept verraten, das ich seither in meinem Gedächtnis hüte. Das Wichtigste an der Zubereitung ist Geduld: Man muss die kleinen Vögel mästen, damit sie sich genügend Fett anfressen, um später gehörig Geschmack zu geben. Damit sich das unverständige Federvieh aber ganz dieser Aufgabe widmet, greift man zu einem Mittel, das ich in anderer Absicht tausendfach angewendet habe. Man sticht den Tieren die Augen aus, so dass sie Tag nicht mehr von Nacht unterscheiden können und ohne Unterlass fressen. Das mag man grausam finden – aber ist es schrecklicher als das, was man halbwüchsigen Knaben antut, damit sie ihre engelsgleiche Stimme bewahren, Urlando? Die Verfeinerung des Genusses geht oft mit Verlust einher … Und in diesem speziellen Falle ist die höchste Steigerung noch gar nicht erreicht: Wenn der Ammer die Flügel zu schwach für das eigene Gewicht geworden sind, ertränkt man sie in Armagnac und serviert sie gegart in heißem Fett. Gegessen werden die Vögel im Ganzen, man nimmt sie mit Kopf und Knochen auf einmal in den Mund und zerkaut den triefenden Leib mit äußerster Sorgfalt, damit sich beim Schlucken kein Teil des feinen Skeletts in der Kehle verkantet. Es ist ein metaphysisches Gefühl, das weit über das bloße Aroma hinausgeht – sich ein vollständiges Lebewesen einzuverleiben, das nur für seinen unschuldigen Gesang in die Welt geschlüpft war. Nun, da es an der Zeit ist, will ich dies noch einmal genießen. Würdest Du, würden Sie als mein Richter das Gericht für mich zubereiten? Eine gute Flasche französischen Branntweins habe ich zu diesem feierlichen Zweck ebenfalls aufbewahrt.«

Was für eine äußerste Perversion, die der Chevalier mir da abverlangt – und die er zudem auf verschlungene Art mit meinem eigenen Schicksal verknüpft. Es wäre ein Leichtes, ihm den Gefallen zu verweigern und das Messer aus dem Gürtel zu ziehen. Selbst wenn er sich wehren und mit seinem Gehstock nach mir schlagen würde, hätte er längst keine Chance mehr. Zu vertraut ist mir inzwischen der Raum, zu gut habe ich bei den seltenen Gelegenheiten seine Bewegungen studiert.

Dennoch zögere ich: Warum sollte ich dem Alten einen finalen Genuss verweigern? Ist es nicht edler, einem Menschen einen letzten Wunsch zu erfüllen, anstatt ihn schnöde zu meucheln? Nur den grausamen Tod will ich den kleinen Vögeln abkürzen, ich werde sie nicht im heißen Armagnac ertränken, sondern vorher von ihrem Leiden erlösen. Meine Klinge freilich ist viel zu grob für diese kleinen Körper, ich muss in Taylors Labor ein feineres Werkzeug finden.

Unter dem Vorwand, nach geeignetem Kochgeschirr Ausschau halten zu wollen, verlasse ich den Raum, an dessen Odeur ich inzwischen längst gewöhnt bin, und suche auf dem Tisch mit den Instrumenten nach einer geeigneten Nadel. Als ich sie aus der Unordnung unter der Staubschicht hervorziehe, entdecke ich am Knauf den kleinen Diamanten. Dies also ist der spitze Dorn, der sich wohl auch in Händels, ganz gewiss aber in Bachs Augen gebohrt hatte. Ich werde ihn meinem Freund Christian schenken!

Taylor hat sich wieder in seinen Winkel zurückgezogen, ist aber hellwach. Während ich den Herd anheize und den Topf säubere, in dem der Alte sonst seine Brühe aus fettigem Fleisch und welkem Gemüse simmern lässt, sinniert er vor sich hin: »Kennst Du den alten Glauben, Urlando, dass sich im Moment des Sterbens das letzte Bild unauslöschlich in die Pupille brennt? Ich habe oft in die Augen von Leichen geschaut, aber diese Behauptung nie bestätigt gefunden. Was man dort vielmehr zu sehen bekommt, ist das erste Bild aus der anderen Welt, in die der Tote nun schaut – die Leere, das Nichts! Wie aber ergeht es all jenen, die ihr Augenlicht nur allmählich verlieren? Nun, ich will es Dir aus eigener Erfahrung sagen: Der schleichende Übergang kommt dem Vergessen gleich, bei dem uns erst das Unwichtige aus dem Blick gerät, bis wir schließlich selbst bei äußerster Anstrengung auch das Wesentliche nicht mehr erkennen. So jedenfalls habe ich es erlebt – man fällt aus der Welt!«

Ehe er mein Mitleid erregen kann, lenke ich das Gespräch auf ein anderes Thema. »Warum habt Ihr das Testament des Herrn Händel nicht vollstreckt, Taylor? Warum den letzten Willen eines Mannes nicht erfüllt, dem Ihr so viel Leid angetan habt?«

Er wechselt aus dem Lamento in die Verteidigung: »Anfangs war das wirklich meine Absicht, doch als ich nach der missglückten Behandlung ja zunächst wieder auf Reisen gehen musste, hielt ich es für das Beste, das kostbare Buch bei mir zu führen. Außerdem hatte Händel ja selbst verfügt, dass es erst nach seinem Tod übergeben werden sollte. Und später leitete mich der Gedanke, dass der *Teiresias* in Wahrheit wohl mir zugeeignet war. Was sollten die Findelkinder mit den Klagegesängen eines Blinden und mit der schrecklichen Geschichte eines Mannes, der ihr Schicksal teilt und unwissentlich zunächst den Vater erschlägt und hernach die Mutter heiratet? Schließlich besaßen sie ja bereits den *Messiah*, das majestätische Werk …«

Ich greife mir die erste Ammer aus dem Käfig und bohre ihr die Nadel dort in den kleinen, bebenden Leib, wo ich das Herz vermute. Der Vogel lässt noch ein letztes klägliches Psip vernehmen, dann fällt sein kleiner Kopf mit den leeren Augenhöhlen zur Seite. Leise summe ich Almirenas *Augeletti,* um meinen Schmerz und meine Scham zu betäuben.

»Aber das ist falsch!«, protestiert der Alte. »Ich kann den Armagnac noch nicht riechen. Und die Ortolane müssen lebendigen Leibes …«

Ein weiterer kläglicher Ton kündet von neuerlichem Tod. »Wir machen es auf meine Art oder gar nicht! Man muss die Qualen nicht ohne Not auf die Spitze treiben. Und dass ich die armen Kreaturen mit Eurer eigenen Nadel schlachte, dürfte Euren kranken Fantasien doch entgegenkommen.«

Taylor nickt erst bedächtig, dann schüttelt er energisch den Kopf. »Nein, das ist eine Unterstellung. Ich habe Schmerzen nie aus purer Lust und ohne Grund zugefügt – anders als der böse Tom Nero, den der gute Hogarth in einem Zyklus über die Stufen der Grausamkeit schickt, bis er schließlich selbst als Gehenkter in der Anatomie landet. Dort werden ihm die Gedärme herausgerissen und die Augen ausgebohrt … Aber lassen wir das, kehren wir zu Erfreulicherem zurück. Weißt Du eigentlich, dass es noch einen anderen Zusammenhang zwischen der

Katarakt und dem Reich der Vögel gibt? Die Deutschen kennen die Krankheit auch als Grauen Star – und nennen so zugleich den Vogel, den wir Engländer als Starling und ihr Italiener als Storno bezeichnen. Zwar leitet sich der medizinische Begriff von jenem starren Blick ab, der den Kranken eigen ist, aber du siehst, dass in Gottes weiter Welt vieles mit allem zusammenhängt. Ah, und jetzt kann ich den Duft des Armagnac riechen!«

Wenig später liegen die vier kleinen Leiber im Topf, das Fett unter dem Federkleid leuchtet golden und wird vom dunklen Branntwein umspült. Es dürfte nicht lange dauern, bis diese kleinen Happen gar sind, also stelle ich das Tablett bereit und lege Messer und Gabel neben den Teller.

Taylor hört das Klappern. »Nein, ein Besteck brauche ich nicht! Nur ein Tuch, um es mir über den Kopf zu legen. Das steigert den Genuss und ist ein Gebot des Anstands, weil die Gerüche für den Schmausenden paradiesisch sind, das Knacken der Knöchlein auf empfindsame Gemüter aber infernalisch wirken kann.«

Ich hebe die Ortolane behutsam aus dem Sud und überschöpfe sie noch einmal damit, dann serviere ich sie dem Chevalier, der ungeduldig wartet. »Wunderbar, dieses Aroma!« Er nimmt die Platte in den Schoß, beugt sich über den Teller und breitet die Decke über Kopf und Arme.

Dann höre ich tatsächlich ein Knirschen und Schmatzen, das von wohligem Stöhnen begleitet wird. Jeder Bissen dauert eine gefühlte Ewigkeit, während derer mir immer übler wird. Falls es noch eines Beweises bedurft hätte, dass dieses Monstrum den Tod verdient, dann wäre er hier und jetzt zu finden.

Als der Alte endlich das Tuch vom Haupt nimmt, liegt auf seinen glänzenden Lippen ein seliges Lächeln. »Jetzt magst Du tun, was Du tun musst, Urlando. Aber Du brauchst auch nur noch ein wenig zu warten. Ich habe Dir Deine schwere Arbeit nämlich schon abgenommen.« Er winkt mit seiner Rechten, in der er ein Fläschchen hält. »Belladonna, der Saft der schwarzen Tollkirsche. Dem Arzt dient sie zur Erweiterung und damit zur besseren Untersuchung der Pupillen – eine Wirkung, die sich einst auch italienische Frauen zunutze machten, um ihre Augen eindrucksvoller erscheinen zu lassen. Daher hat die Tinktur ihren Namen beim Volke, die Gelehrten aber nennen die Gattung Atropa – nach jener Göttin der alten Griechen, die zusammen mit ihren Schwestern Klotho und Lachesis den Schicksalsfaden in Händen hält. Die Moiren sind Töchter der Nacht – doch während die erste spinnt und die zweite misst, schneidet Atropos, die Unabwendbare, das Ende ab. Ja, mein Junge, das starke Gift ist unumkehrbar tödlich, die passende Würze zum überirdischen Ortolan. Du kannst seine Wirkung zwar beschleunigen, aber Du kannst meinen Entschluss auch einfach akzeptieren.«

Wir sitzen schweigend, ich halte den Dolch unschlüssig in meinen Händen, und Taylor betastet die Phiole. »Eine letzte Frage müsst Ihr mir noch beantworten, ehe Ihr mich verlasst, Chevalier. Warum tropfen mir die Tränen nur aus meinem linken Auge, wenn ich weinen muss?«

Er hebt den Kopf, als wolle er vor großem Auditorium sprechen. »Wohlan, ein letzter Befund: Das mag sich aus mangelnder Balance zwischen den Drüsen ergeben, die uns den sichtbaren Ausfluss unserer Gefühle schenken und die als Glandula lacrimalis auf beiden Seiten des Gesichtes sitzen. Dies führt entweder zum Überfluss, der Epiphora, oder zum trockenen Auge, der Keratoconjunctivitis sicca. Vielleicht liegt es in Deinem Fall aber auch daran, dass Dein empfindlicheres Auge dem Herzen näher ist, Urlando. Aber Du wirst damit leben können, dieser kleine Defekt ist nicht bedrohlich.« Wieder bleibt nur Stille.

»Siehst Du den Gevatter zu meinen Füßen? Ich kann ihn sehen! Ich kann plötzlich wieder sehen …« Er hat sich mit letzter Kraft noch einmal emporgestemmt und ist dann mit weit aufgerissenen Augen in sich zusammengesunken.

Ich fühle mich leer und auf seltsame Art traurig, als ich zu ihm hinübergehe und ihm sanft über die Lider streiche. Ich rücke ihm auch seine Kleider zurecht, wenn man den Leichnam irgendwann finden sollte, muss er einen würdigen Eindruck machen.

Einstweilen aber wird wohl niemand nach dem Chevalier John Taylor, dem Weitgereisten und Hochgeehrten, dem Hoffärtigen und Ruhmredigen, dem Arzt und Scharlatan suchen. Und mein Auftrag hat sich erfüllt, wenngleich abermals von selbst. Anscheinend fehlt mir doch mein Antrieb aus Wut und Schmerz, wenn ich nicht im eigenen Interesse handle. Und vielleicht ist dies ja auch die Lektion, die ich an diesem Ort lernen sollte – hier, wo es nun nichts mehr zu tun gibt.

Beschmutzt und angewidert raffe ich die Sachen zusammen, die ich mir selbst als Lohn für meine Arbeit als Sekretär zugedacht habe: die Nadel, die Partitur des Teiresias – und Hogarths Blätter, die mich an den drohenden Abstieg des Unmoralischen gemahnen sollen. Ich will Christian meine Aufwartung machen und zugleich Abschied von ihm nehmen, meine Pflicht bei Coram's Hospital erfüllen und schließlich London den Rücken kehren, um in Italien nach meiner Mutter zu suchen. Sie ist mir noch etwas schuldig … und mein Amulett soll mich führen.

Als ich aus dem Haus in den Tag trete, hockt ihm Rinnsteig ein Vogel und blickt mir mit schief gelegtem Kopf neugierig entgegen. Sein Gefieder glänzt in der Sonne. Schwarz.

Panoptikum

Abel, Carl Friedrich (1723–1787) stammte aus dem anhaltischen Köthen und wirkte zunächst als »Kammermusiker des Königs von Polen« bei → Johann Adolph Hasse in Dresden. Nachdem bereits sein Vater in der Köthener Hofkapelle unter → Johann Sebastian Bach musiziert hatte, gründete Abel mit dessen Sohn → Johann Christian Bach 1762 in London die überaus erfolgreichen »Bach-Abel-Concerts« im Haus von → Teresa Cornelys.

Acis ist ein antiker Hirte, der als Liebhaber der Nymphe Galatea und als einer der Titelhelden in einer italienischen Serenata sowie einer englischen Masque von → Georg Friedrich Händel berühmt wurde. Die Geschichte ist den *Metamorphosen* des → Ovid entnommen und wurde in der englischen Fassung auf ein Libretto von → John Gay komponiert, in der Londoner Uraufführung 1732 sang der Kastrat → Senesino die Partie.

Alcina verdankt ihren Ruf als böse Magierin dem *Orlando Furioso* des Ludovico Ariost sowie vor allem der gleichnamigen Oper von → Georg Friedrich Händel, die 1735 an der Covent Garden Opera unter dem Prinzipal → John Rich uraufgeführt wurde. In ihrer Neigung, ihre abgelegten Geliebten in wilde Tiere oder andere Geschöpfe zu verwandeln, ist die zauberische Herrin einer Insel der → Kirke aus der *Odyssee* des → Homer nicht unähnlich.

Almirena hatte als Geliebte des christlichen Ritters → Rinaldo in der nach ihm benannten Oper 1711 großen Anteil am erfolgreichen Londoner Debüt des eben erst aus Deutschland angereisten Komponisten → Georg Friedrich Händel. Als Kronzeugin des Kreuzzuges nach Jerusalem eroberte die Tochter eines Feldherrn vom Queen's Theatre aus zunächst das Hamburger Opernhaus – und in einer zweiten Fassung 1731 auch das King's Theatre London.

ANDREAS soll wie sein Bruder Simon Petrus als Fischer am See Gennesaret gelebt haben, bis er sich als »der Erstberufene« zu → Jesus Christus bekehrte und einer seiner Apostel wurde. Laut mehrerer Überlieferungen wurde er zur Zeit des Kaisers Nero in Patras hingerichtet, weil er die Frau des Statthalters geheilt und zur Keuschheit überredet habe. Das Zeichen des Heiligen ist das X-förmige Andreaskreuz, an dem er den Märtyrertod starb.

ANTIGONE betritt in der gleichnamigen Tragödie des Sophokles ca. 442 v. Chr. als Tochter des → Ödipus und der → Iokaste die Bühne der Geschichte. Im Streit um den Leichnam ihres Bruders Polyneikes, der im Kampf um Theben gefallen ist, widersetzt sie sich dem Urteil des Herrschers → Kreon und bestattet den Toten. Zur Strafe wird sie selbst lebendig begraben, als → Teiresias vor den Folgen warnt, ist es zu spät … Antigone hat sich entleibt.

ARIODANTE ist gewissermaßen ein Zwillingsbruder der → Alcina, weil er wie sie 1735 das Licht der Welt erblickte – als Titelgestalt einer Oper von → Georg Friedrich Händel in der Covent Garden Opera London. Auch die frühere Erwähnung im *Orlando Furioso* teilt der schottische Held mit der Zauberin, die Choreografie beider Uraufführungen übernahm → Maria Sallé. Ariodantes berühmtes »Scherza infida« sang zuerst der Kastrat Giovanni Carestini.

ARTASERSE zog als persischer Feldherr 1734 für die Londoner Adelsoper in die Schlacht gegen → Georg Friedrich Händel – in einem Pasticcio, das Riccardo Broschi, Bruder des Kastraten → Farinelli, gemeinsam mit → Johann Adolph Hasse nach mehreren Vorbildern komponiert hatte. Das historische Vorbild des Helden war der achämenidische Großkönig Artaxerxes I., der von 465 bis 424 v. Chr. regierte und als gutherziger König galt.

ATHENE ist als olympische Göttin der Weisheit und des Kampfes, des Handwerks und der Kunst eine echte Kopfgeburt. Nachdem ihr Vater → Zeus ihre Mutter Metis verschlungen hatte, wurde sie vom Schmiedegott Hephaistos aus dessen Stirn herausgeschlagen. Die »Eulenäugige« trug stets volle Rüstung und ging nie eine Liebesbeziehung ein – behütete aber ihren Schützling → Odysseus im Kampf um Troja und auf seinen Irrfahrten.

Atropos bildet zusammen mit ihren Schwestern → Klotho und → Lachesis das Dreigestirn der griechischen Schicksalsgöttinnen. Sie ist die älteste, ihr Name bedeutet übersetzt »die Unabwendbare« – und verweist auf ihre Funktion, den menschlichen Lebensfaden zu durchschneiden und damit Art und Zeit des Todes zu bestimmen. Bei Platon erscheint Atropos als göttliche Prophetin, die in Harmonie mit den → Sirenen von Zukunft singt.

August III. (1696–1763) wurde nach dem Tod seines Übervaters – der legendäre August der Starke – 1733 zunächst Kurfürst von Sachsen und ein Jahr später auch König von Polen und Großherzog von Litauen. Er erwarb sich Verdienste als Förderer der Oper um → Johann Adolph Hasse sowie als Kunstsammler und barocker Bauherr. Auf dem Schlachtfeld hatte er weniger Glück – und zählte im Siebenjährigen Krieg zu den Verlierern gegen Preußen.

Avicenna (ca. 980–1037) ist unter seinem latinisierten Kurznamen in die Medizingeschichte eingegangen, die arabische Ursprungsform Abū ʿAlī al-Ḥusain bin ʿAbd Allāh ibn Sīnā hätte wohl viele seiner abendländischen Bewunderer überfordert. Der Universalgelehrte soll insgesamt 456 Titel zu Philosophie und Astronomie, Geometrie und Poesie verfasst haben, als sein wirkmächtigstes Werk gilt die fünfbändige Enzyklopädie *Kanon der Medizin*.

Bach, Anna Magdalena (1701–1760) war die zweite Ehefrau von → Johann Sebastian Bach und die Mutter von 13 Kindern. Die Tochter des weißenfelsischen Hof- und Feldtrompeters Johann Kaspar Wilcke kam 1721 als Sopranistin nach Köthen, wo ihr späterer Mann bereits als Kapellmeister wirkte. Ihre hoch geschätzte Gesangskunst musste später hinter die Rolle als Hausfrau zurücktreten, Nachruhm sichern ihr vor allem die Notenbüchlein in ihrem Namen.

Bach, Carl Philipp Emanuel (1714–1788) wurde als Sohn von → Johann Sebastian Bach und dessen erster Ehefrau Maria Barbara in Weimar geboren. Einer seiner Taufpaten war → Georg Philipp Telemann. Seinen Beinamen »Berliner Bach« verdankt der bedeutende Clavierist und Komponist der 28-jährigen Tätigkeit am Hofe von → Friedrich II., die Alternative »Hamburger Bach« verweist auf die Nachfolge seines Paten, die er 1758 antrat.

Bach, Johann Christian (1735–1782) war der weltläufigste unter den Söhnen von → Johann Sebastian Bach. Geboren in Leipzig, ging er 1750 zunächst nach Berlin zu seinem Bruder → Carl Philipp Emanuel Bach, um 1754 in den Dienst des Grafen Litta in Mailand zu treten, wo er als Konvertit sechs Jahre später auch Domorganist werden durfte. Dass er ab 1762 mit wechselndem Erfolg in London wirkte, ist gesichert – seine Begegnung mit Urlando nicht.

Bach, Johann Sebastian (1685–1750) wird bis heute von vielen als bedeutendster Komponist der Musikgeschichte geschätzt. Sein Werkverzeichnis umfasst mehr als 1000 Einträge, darunter neben Instrumental- und Vokalmusik bedeutende Passionen und Oratorien – aber keine Oper. Nach Stationen u. a. in Arnstadt, Weimar und Köthen fand Bach seine Bestimmung 1723 als Thomaskantor in Leipzig. Hier geriet er in die Hände von John Taylor.

Bach, Wilhelm Friedemann (1710–1784) war der älteste Sohn von → Johann Sebastian Bach. Nach dem Besuch der Leipziger Thomasschule und dem Studium von Jura, Philosophie und Mathematik wurde er 1723 Organist in Dresden, 1726 wechselte er in gleicher Funktion an die Stadtkirche Halle, an deren Orgel bereits → Georg Friedrich Händel unterrichtet worden sein soll. Von 1764 bis zu seinem Tod wirkte Bach mit mäßigem Erfolg als freier Musiker.

Benedikt XIV. (1675–1758) wurde als Prospero Lorenzo Lambertini geboren und wählte seinen Papstnamen für sein Pontifikat, in das er 1740 nach schwierigem Konklave gewählt wurde. Er erneuerte die Mönchsorden und das Sakramentsrecht, war ein Gegner der Jesuiten und ein Förderer der Bibliotheken und Künste. Als anerkannter Intellektueller und Politiker hob er den Bann gegen Kopernikus auf, verschärfte aber zugleich Strafen gegen Freimaurer.

Bidloo, Govard (1649–1731) betätigte sich neben seinem Hauptberuf als Anatom und Chirurg auch als Opernlibrettist. Bleibenden Ruhm aber sicherte sich der Sohn eines Amsterdamer Apothekers durch den Atlas *Anatomia Humani Corporis*, der 13 Jahre nach dem Erscheinen 1698 von → William Cowper schamlos kopiert wurde. Bidloo, der als niederländischer Leibarzt des Königs einst hohes Ansehen genossen hatte, starb blind und verarmt in Leiden.

Boccaccio, Giovanni (1313–1375) sollte eigentlich Kaufmann werden, fühlte sich aber zur Dichtkunst berufen. Wie sein späterer Freund Francesco Petrarca erschuf er sich eine ideale Geliebte, die er Fiametta nannte und in Versen und Prosa anbetete. Sein Hauptwerk aber ist das *Decamerone*, das unter dem Eindruck der Pest in Florenz 1348 entstand – eine Sammlung von 100 Novellen, die im frivolen wie zarten, tragischen wie komischen Ton das Leben feiert.

Bononcini, Giovanni Battista (1670–1747) schlug jenen Weg ein, der ihm als Sohn eines Kirchenmusikers vorgezeichnet war. Bereits als junger Mann feierte er mit seinen Opern Erfolge, 1702 wurde sein Werk über den Zyklopen → Polyphem in Berlin uraufgeführt. 1720 wurde er zugleich mit → Georg Friedrich Händel nach London engagiert, 1727 kam es dort in seiner Oper *Astianatte* zum Streit zwischen → Faustina Bordoni und → Francesca Cuzzoni.

Bordoni, Faustina (1697–1781), Tochter aus vornehmem venezianischen Hause, feierte als 19-Jährige ihr Debüt in Pollarolos Version von → *Ariodante* und stieg in der Folge neben ihrer Rivalin

→ Francesca Cuzzoni zur Primadonna auf. Ab 1726 sang sie als Favoritin von → Georg Friedrich Händel in London, danach ging sie auf Tourneen durch halb Europa. 1730 heiratete die Mezzosopranistin → Johann Adolph Hasse und folgte ihm an die Dresdner Oper.

Brisseau, Michel (1676–1743) musste als Oberarzt im Königlichen Hospital von Tournai um seine Entdeckung kämpfen, dass der Graue Star ursächlich durch die Trübung der Augenlinse verursacht würde. Der Mediziner war zufällig in den Besitz von Starnadeln gelangt, die einem Scharlatan abgenommen worden waren, und hatte sie an einem toten Soldaten erprobt. Doch die Pariser Wissenschaftsakademie verweigerte 1705 die Veröffentlichung seines Berichts.

Carlos II. (1661–1700) wurde bereits als Vierjähriger König des spanischen Weltreichs, war aber bis zu seinem frühen Tod praktisch nicht regierungsfähig. Aufgrund der inzestuösen Heiratspolitik der Habsburger litt er an körperlichen und geistigen Behinderungen, die ihm den Beinamen »Der Verhexte« eintrugen. Die Macht im Reich wurde zunächst von seiner Mutter, später von seiner zweiten Ehefrau ausgeübt. Carlos hinterließ keine Nachkommen.

Casanova, Giacomo (1725–1798) hat sich der Nachwelt vor allem als Inbegriff des amourösen Abenteurers eingeprägt. Dabei war der Venezianer viel mehr: Nachdem er schon → Benedikt XIV. begegnet war, wurde er von → Clemens XIII. zum »Ritter des goldenen Sporns« ernannt – ein echter Chevalier! Nach seiner Flucht aus den Bleikammern reiste er durch Europa, seine Memoiren schrieb er in Böhmen und erzählte darin auch Indiskretes von → Teresa Cornelys.

Charybdis wird in der griechischen Mythologie zusammen mit → Skylla als Ungeheuer an einer Meerenge verortet. Bei → Homer muss sich → Odysseus dem verhängnisvollen Sog des Monsters stellen, das alle Schiffe verschlingt und in regelmäßigen Abständen wieder ausspeit. Er entkommt, indem er sich an einem Feigenbaum festklammert, bis die Trümmer seines Schiffes wieder auftauchen, und löst so das Dilemma »zwischen Skylla und Charybdis«.

Châtelet, Émilie du (1706–1749) erwarb sich als Frau in ihrer Zeit ungewöhnliche Verdienste: Sie arbeitete als Mathematikerin, Philosophin und Übersetzerin, verband Ideen von Newton und Leibniz – und lebte als emanzipierte Denkerin getrennt von ihrem Mann zwischen 1734 und 1748 in wilder Ehe mit → Voltaire, meist in Cirey-sur-Blaise. Ihr einziges Kind aus einer anderen Affäre brachte sie am Schreibtisch zur Welt, wenige Tage später starb sie.

Cheselden, William (1688–1752) begann sein Studium der Anatomie als 15-Jähriger bei → William Cowper in London und durfte schon bald selbstständig Vorlesungen halten. 1713 erschien seine *Anatomy of the Human Body*, fünf Jahre später ging er als Chirurg an das St. Thomas', später an das St. George's Hospital. Er beteiligte sich aktiv an der von → William Molyneux ausgelösten Diskussion über Blindheit und war nachweislich John Taylors Lehrer.

Chicoyneau, François (1672–1752) erblickte das Licht der Welt in Montpellier – und durfte erst nach dem Tod seiner beiden Brüder Medizin studieren. Als königlicher Leibarzt wurde er zum Staatsrat ernannt und gewann so auch politischen Einfluss. Dass dies verheerende Folgen haben sollte, zeigte sich bei der Pest in Marseille 1720, als er mit anderen Kollegen die Übertragbarkeit der Krankheit bestritt und von schneller und strenger Isolation abriet.

Chippendale, Thomas (1718–1779) legte erst nach langen Lehrjahren 1754 seinen Katalog *The Gentleman and Cabinet Maker's Director* vor, der seinen Ruf als stilbildender Möbeltischler des georgianischen Zeitalters begründete. Er suchte den Anschluss an die übermächtige Konkurrenz aus Frankreich und beriet seine Kunden auch in Fragen der Inneneinrichtung und Farbgestaltung – so wie etwa → Teresa Cornelys am Soho Square.

Clemens XIII. (1693–1769), der ursprünglich Carlo Rezzonico hieß, krönte seine lange klerikale Karriere mit der Wahl zum Papst 1758. Als Förderer der Jesuiten geriet er schnell in Konflikt mit weltlichen Herrschern, als Feind der Aufklärung setzte er die *Encyclopédie* von → Jean-Baptiste le Rond d'Alembert und → Denis Diderot auf den Index. Er starb in der Nacht vor einem Konsistorium überraschend – vermutlich an einem Schlaganfall.

Cleopatra (69–30 v. Chr.) sicherte ihre Macht als Pharaonin sowohl durch politisches als auch erotisches Geschick, immerhin war sie sowohl mit Gaius Julius Caesar als auch mit seinem Nachfolger Markus Antonius liiert. Nach dessen Tod suchte die ägyptische Verführerin, die in der Oper *Giulio Cesare in Egitto* von → Georg Friedrich Händel 1724 durch → Francesca Cuzzoni verkörpert wurde, ihre Erlösung angeblich im Selbstmord durch Schlangengift.

Cornelys, Teresa (1723–1797) debütierte angeblich schon als 18-Jährige in Venedig – und zwar als → Cleopatra. Unter dem Namen ihres ersten Ehemanns Pompeati wurde sie in Bayreuth engagiert, wohl auch als Mätresse des Markgrafen → Friedrich III. Über die Niederlande kam sie schließlich nach London, wo sie ihren mondänen Salon am Soho Square eröffnete – und sich damit trotz der erfolgreichen »Bach-Abel-Concerts« heillos verschuldete.

Corona (ca. 160–177) – oder in anderen Überlieferungen auch Stephana – zahlte für ihren christlichen Glauben einen hohen Preis. Weil sie einen Soldaten, der unter dem Namen von Siena später ebenfalls heiliggesprochen wurde, während seines Martyriums tröstete, soll die junge Frau den Legenden zufolge zwischen zwei herabgebogene Palmen gebunden und beim Emporschnellen der beiden Bäume zerrissen worden sein. Sie gilt als Patronin des Geldes.

Cowper, William (1666–1709) verfasste nach seiner chirurgischen Ausbildung in London mehrere Bücher zu anatomischen Fragen, darunter die viel beachtete *Myotomia Reformata* über das menschliche Muskelsystem. Für einen Skandal sorgte sein 1698 erschienener Atlas *The Anatomy of the Human Bodies*, in dem er unerlaubt mehr als 100 Kupferstiche aus dem Werk des Niederländers → Govard Bidloo kopierte, was für heftigen Plagiats-Streit sorgte.

Crusoe, Robinson verfügt als fiktionale Gestalt zwar über keine gesicherten Lebensdaten, wurde eigenen Angaben zufolge aber 1632 geboren. Als Seemann früh von Piraten versklavt, bricht er nach seiner Flucht und erfolgreichen Geschäften in Brasilien erneut zu einer Reise auf, bei der er 1659 Schiffbruch erleidet – und 28 Jahre auf einer einsamen Insel ausharren muss. Erzählt wurden Crusoes Abenteuer erstmals 1719 im Roman von → Daniel Defoe.

Cuzzoni, Francesca (1696–1778) hatte in ihrer italienischen Heimat bereits einen fulminanten Ruf erworben, als sie 1722 von → Georg Friedrich Händel nach London engagiert wurde. Obwohl er elf Partien speziell für sie schrieb, war das Verhältnis des Komponisten zu seiner extravaganten Favoritin angespannt. Legendär wurde Cuzzonis Streit mit ihrer Rivalin → Faustina Bordoni auf offener Bühne. Die einstige Primadonna starb verarmt in Bologna.

D'Alembert, Jean-Baptiste le Rond (1717–1783) wurde als uneheliches Kind auf den Stufen von Notre-Dame in Paris ausgesetzt. Dank einer Adoption erhielt er dennoch eine umfassende Ausbildung und erwarb sich große Kenntnisse der Mathematik und Physik, die in zahlreiche Publikationen Eingang fanden. Bleibenden Ruhm aber sicherte ihm die *Encyclopédie*, die er mit Unterstützung von → Voltaire gemeinsam mit → Denis Diderot 1751 bis 1780 herausgab.

Dante (1265–1321) ist auch ohne den Zunamen Alighieri ein Fixstern der Literaturgeschichte. Dies verdankt der Politiker und Poet, der seine Mitgliedschaft im Priorat von Florenz mit jahrelangem Exil büßen musste, weniger seiner Gedichtsammlung *Rime* oder dem *Vita Nova*, sondern vor allem der *Commedia*, an der er von 1307 bis 1320 arbeitete. Auf der Reise von der Hölle zum Paradies wird der Erzähler darin vom römischen Dichter → Vergil begleitet.

Defoe, Daniel (1660–1731) gab seinem ursprünglichen Nachnamen Foe durch die Vorsilbe De einen aristokratischen Klang, der ihm wohl auch im Hauptgeschäft als Kaufmann helfen sollte. Erfolgreicher als sein 1692 vorübergehend bankrottes Unternehmen waren aber seine Romane, zu denen neben *The Life and Strange Surprizing of* → *Robinson Crusoe* auch *The Fortunes and Misfortunes of the Famous Moll Flanders* über die Bekehrung einer Hure zählt.

Demofoonte bescherte → Pietro Metastasio einen seiner größten Erfolge. Mehr als 70 Vertonungen erzählen die Geschichte des thrakischen Königs, der das jährliche Jungfrauen-Opfer für den Gott Apoll per Los bestimmen will und damit beinahe eine Katstrophe auslöst. Für die Oper von → Giovanni Battista Ferrandini schrieb → Johann Christian Bach die Einlegearie *Misero pargoletto*, auch → Wolfgang Amadeus Mozart arbeitete an dem Stoff.

Diderot, Denis (1713–1784) beglaubigte mit rund 6000 eigenen Beiträgen zu der mit → Jean-Baptiste le Rond d'Alembert herausgegebenen *Encyclopédie* sein »pantophiles« Wissen, das ihm → Voltaire bescheinigte. Der französische Aufklärer war Kunstagent der russischen Zarin, Dramatiker, Romancier, Kritiker und begnadeter Netzwerker. 1749 veröffentlichte er seinen *Lettre sur les aveugles* als philosophische Betrachtung über die Blindheit.

Don Quixote wurde von seinem geistigen Vater Miguel de Cervantes 1605 als *El ingenioso hidalgo Don Quixote de la Mancha* auf seine abenteuerlichen Feldzüge geschickt, die stets im Fiasko enden. Begleitet wird der Ritter von der traurigen Gestalt, der die Fiktionen in den von ihm geliebten Romanen für Wirklichkeit und Windmühlen für Riesen hält, von seinem Knappen → Sancho Pansa – und immer zieht er für seine Angebetete Dulcinea in den Kampf.

Elia (9. Jh. v. Chr.) war ein Prophet, dessen Geschichte im alttestamentlichen Buch der Könige überliefert ist. Im Auftrag Gottes sagt er eine lange Dürre als Strafe für König Ahab voraus, der mit seinem Volk Baal anbetet. Auf dem Höhepunkt der Plage, während der Elia von Raben ernährt wird, kommt es zur Machtprobe auf dem Berg Karmel, die Ahab verliert. Am Ende seines Lebens stirbt der Prophet nicht, sondern wird in den Himmel entrückt.

Farfallino (1692–1739) verdankt seinen Künstlernamen, der übersetzt »Kleiner Schmetterling« bedeutet, sowohl seinem zierlichen Wuchs als auch seinen elegant flatternden Koloraturen. Geboren wurde der Sopran-Kastrat als Giacinto Fontana, nach künstlerischen Anfängen in seiner Heimatstadt Perugia ging er nach Rom, wurde zeitweise Mitglied im Päpstlichen Chor der Sixtinischen Kapelle und feierte große Erfolge in zahlreichen Paraderollen der Oper.

Farinelli (1705–1782), eigentlich Carlo Broschi, gilt bis heute als berühmtester aller Kastraten, obwohl er sich relativ früh von der öffentlichen Bühne zurückzog. Seine Karriere begann in Neapel, Rom, Venedig und Wien, 1734 ging er nach London, um die Opera of the Nobility im Kampf gegen → Georg Friedrich Händel zu stärken. 1737 folgte er einem Ruf nach Madrid, wo sein Gesang den spanischen König → Philipp V. von Depressionen heilen sollte.

Fenton, Lavinia (1708–1760) glückte der unglaubliche Aufstieg aus der Londoner Gosse in den britischen Adel. Angeblich soll sie sich als Kind prostituiert und als Kellnerin gearbeitet haben. 1726 wurde sie für das Theater entdeckt und feierte zwei Jahre später als Polly in der *Beggar's Opera* Triumphe. Als Zuschauer verliebte sich der Duke of Bolton in sie. Nach vielen Jahren als Mätresse nahm er sie 1751 zur Frau. Ihre Schwester war → Sally Mapp.

Ferrandini, Giovanni Battista (ca. 1710–1791) wurde nach erster Ausbildung in seiner Heimatstadt Venedig als Zwölfjähriger Oboist der Hofkapelle in München, wo er sich schon bald als Komponist profilierte. Er schrieb neben Instrumentalmusik zahlreiche Opern, vor allem auf Libretti von Metastasio, darunter → *Artaserse* und → *Demofoonte*. 1771 besuchten ihn → Wolfgang Amadeus Mozart und dessen Vater in seiner Wahlheimat Padua.

Fielding, Henry (1707–1754) amüsierte sich gern auf Kosten anderer Dichter: Schon sein erster Roman-Erfolg *Shamela* nahm 1742 auf Samuel Richardsons *Pamela* Bezug, zuvor hatte er für das Theater Satiren wie *The Author's Farce* oder *The Historical Register for 1736* geliefert. Dauerhaften Erfolg sicherte ihm neben seinem Findelkind-Roman *Tom Jones* auch *The History of the Life of the late Mr. → Jonathan Wild* – das Porträt eines Verbrechers.

Friedrich II. (1712–1786) regierte ab 1740 als König in, ab 1772 als König von Preußen. Als »erster Diener des Staates« dehnte er seinen Machtbereich militärisch und diplomatisch aus, vor allem durch den Sieg über Österreich und Sachsen im Siebenjährigen Krieg. Auf Schloss Sanssouci umgab er sich mit erlesener (oft homoerotischer) Kunst, korrespondierte mit Intellektuellen wie → Voltaire und musizierte als Flötist mit → Carl Philipp Emanuel Bach.

Friedrich III. (1711–1763) von Brandenburg-Bayreuth entstammte einer Nebenlinie der fränkischen Hohenzollern und war durch seine Ehe mit Wilhelmine von Preußen der Schwager von → Friedrich II. Als Herrscher von den Regierungsgeschäften überfordert, wandte er sich den Künsten zu und gründete neben einer Universität auch das Markgräfliche Opernhaus in Bayreuth, wo zeitweise auch → Teresa Cornelys engagiert war.

Galenos von Pergamon (ca. 128/131–199/216) dominierte mit seiner Lehre, die im Hauptwerk *Methodus medendi* niedergelegt ist, anderthalb Jahrtausende die abendländische Medizin. Die umfassende Theorie ordnet den Menschen als Leib-Seele-Einheit in die Vier-Elemente-Lehre ein, die mit den Körpersäften Blut, Schleim, gelbe und schwarze Galle sowie deren Qualitäten korrespondiert. Als Sportarzt betreute Galen Gladiatoren und olympische Athleten.

Gay, John (1685–1732) begann seine literarische Laufbahn 1714 mit *The Shepherd's Week* – einem Zyklus, dessen lyrischer Ton noch weit von seinem größten Erfolg entfernt war. Erst in der *Beggar's Opera*, die er mit → Johann Christoph Pepusch 1728 für die Bühne des → John Rich schrieb, erwarb er sich nachhaltigen Ruhm. Das Werk nahm auch → Georg Friedrich Händel aufs Korn, für den Gay 1718 den Text zu *Acis and Galatea* geschrieben hatte.

Georg II. August (1683–1760) war ab 1727 König von Großbritannien und Irland. Er stammte aus dem Hause Hannover und wurde in Herrenhausen geboren, für seine Krönung in London komponierte → Georg Friedrich Händel die *Coronation Anthems*. Georgs Herrschaftszeit, die anfangs durch Premierminister → Robert Walpole geprägt wurde, war überschattet von Kriegen und Aufständen. Ein Biograf nannte ihn »keinen großen, aber geeigneten Herrscher«.

Gesualdo, Carlo (1566–1613) schrieb als Fürst von Venosa Musik- und Kriminalgeschichte: Als Komponist verfasste er geistliche Responsorien und Motetten sowie zahlreiche Madrigale im manieristischen Stil der späten Renaissance. 1590 aber tötete er seine Frau Maria d'Avalos wegen Ehebruchs zusammen mit ihrem Liebhaber. Obwohl der Ehrenmord unter Adligen ungesühnt blieb, versteckte Gesualdo sich jahrelang aus Furcht vor Rache der Familien.

Goldoni, Carlo (1707–1793) schwankte zwischen seinem Beruf als Jurist und seiner Liebe zum Theater: Er praktizierte als Rechtsanwalt, aber auch als Komödiendichter und Librettist und konnte nach langen Mühen schließlich von seiner literarischen Arbeit leben. Zu seinen berühmtesten Stücken zählt *Il servatore di dui padroni (Der Diener zweier Herren). Il filosofo inglese (Der englische Philosoph)* widmete er dem britischen Konsul → Joseph Smith.

Guadagni, Gaëtano (1728–1792) trat als Mezzo-Kastrat 1746 ans Licht und feierte zwei Jahre später erste Erfolge in London, wo → Georg Friedrich Händel einige Arien aus dem *Messiah* eigens seiner Stimme anpasste und ihm die Rolle des Didymus in *Theodora* widmete. Nach Jahren in Italien und Österreich kehrte der gefeierte Sänger 1769 noch einmal nach London zurück. Hier wurde er in eine Opern-Affäre im Umfeld von → Teresa Cornelys verwickelt.

Gulliver, Lemuel wurde vom Dichter → Jonathan Swift 1726 auf Reisen geschickt. Nachdem der schiffbrüchige Arzt zunächst in Liliput Abenteuer mit den winzigen Einwohnern bestehen musste – und dabei nur knapp einer Blendung entkam –, trifft er später in Brobdingnag auf Riesen, auf weiteren Fahrten begegnet er Zauberern, Magiern und vernunftbegabten Tieren. Der Roman ist weit über seine Beliebtheit als Jugendbuch hinaus ein Meisterwerk der Satire.

Haller, Albrecht von (1708–1777) versammelte in seinem Werk *Elementa physiologiae corporis humani* das anatomische Wissen seiner Zeit, zu dem er vor allem durch die Erforschung von Adern und Knochen selbst entscheidend beitrug. Er war Leibarzt von → Georg II. August, an dessen Göttinger Universität er lange wirkte. Haller verfasste mehr als 200 Beiträge zur *Encyclopédie*, aber auch einen *Versuch Schweizerischer Gedichte*.

Hamilton, Newburgh (1691–1761) wurde am Trinity College in Dublin ausgebildet, das er jedoch ohne Abschluss verließ. Der Nachwelt bekannt ist er als Librettist des *Occasional Oratorio*, des *Alexander's Feast* sowie des *Samson* von Georg Friedrich Händel. Für letzteres Werk wählte sich Hamilton John Miltons *Samson Agonistes* zum Vorbild. Seine Komödien wie *The Petticoat-Plotter* oder *The Doating Lovers* hatten hingegen geringere Halbwertzeit.

Händel, Georg Friedrich (1685–1759) hat sich vor allem mit 42 Opern und 25 Oratorien einen exzellenten Ruf als Barockmeister erworben. Der gebürtige Hallenser verbrachte nach Lehrjahren in Hamburg und Italien die längste Zeit seines Lebens ab 1710 in London. Händel war als musikalischer Leiter an mehreren Opern-Unternehmen beteiligt, hatte großes Gespür für Gesangsstimmen und dramatische Stoffe … aber nicht für das Blendwerk von John Taylor.

Hasse, Johann Adolph (1699–1783) wandelte am Beginn seiner Karriere in den Spuren von → Georg Friedrich Händel, weil er zunächst an der Hamburger Gänsemarkt-Oper und danach in Italien reüssierte. 1730 heiratete er → Faustina Bordoni, 1733 trat er unter → August III. sein Amt als Hofkapellmeister in Dresden an. Nachdem er die sächsische Oper zu ungeahntem Glanz geführt hatte, beendete der Siebenjährige Krieg seine Karriere. Er starb in Venedig.

Hera ist als Gattin und Schwester des griechischen Göttervaters → Zeus die Schutzherrin der Ehe und der Geburt. Entsprechend eifersüchtig verfolgt sie die Affären ihres notorisch untreuen Gatten und rächt sich oft an den Nachkommen, die bei diesen Seitensprüngen gezeugt wurden. Ob sie Zeus neben Ares, Hebe und Eileithyia auch Hephaistos geboren hat, ist umstritten – ebenso wie die Rolle, die sie bei der Blendung des → Teiresias spielte.

Hesiod lebte vermutlich um 700 v. Chr. in Böotien als Bauer und Viehzüchter, fand aber dennoch die Zeit, in seinem Epos *Theogonie* die Grundlagen der griechischen Mythologie zu überliefern und in seinem Lehrgedicht *Werke und Tage* die vier Weltzeitalter – vom goldenen bis zum eisernen – auszuschreiten. Neben dem Mythos von der Büchse der Pandora berichtet Hesiod auch den Streit zwischen → Zeus und → Hera, den → Teiresias schlichten soll.

Hippokrates von Kos (ca. 460–370 v. Chr.) wird als Begründer der wissenschaftlichen Medizin angesehen, obwohl seine Lehre im *Codex Hippocraticum* von vielen Autoren zusammengetragen wurde und keine der Schriften eindeutig seiner Hand zuzuordnen ist. Mit seiner Lehre von den Körpersäften legte er das Fundament für Ärzte wie → Galenos von Pergamon, bis heute gilt der Hippokratische Eid als ethische Grundlage der Mediziner.

Hogarth, William (1697–1764) wurde dank seiner moralischen, oft karikierenden Kupferstiche im georgianischen Zeitalter so populär, dass der Maler und Zeichner ein nach ihm benanntes Gesetz (»Hogarth Act«) gegen die zahlreichen Raubkopien durchsetzen musste. Neben Zyklen wie *A Rake's Progress* schuf er u. a. auch Bilder zur *Beggar's Opera*. Hogarth, der ein Patron des Foundling Hospital war, stellte sich selbst gern in Gesellschaft seines Mopses Trump dar.

Homer sind keine gesicherten Lebensdaten zuzuordnen, als bedeutendster Dichter der Antike bleibt er unsterblich. Mit seinen Epen *Ilias* und *Odyssee*, die den Kampf um Troja sowie die daran anschließenden Irrfahrten des → Odysseus schildern, schuf er die ersten großen Schriftzeugnisse der griechischen Literatur. Die Darstellung des Autors als blinder Wandersänger geht auf einen *Apollon-Hymnus* zurück, der vermutlich nicht von ihm stammt.

Iokaste, die u. a. bei → Homer abweichend Epikaste genannt wird, spielt eine tragische Rolle in der Geschichte des → Ödipus. Nachdem sie ihrem ersten Mann Laios einen Sohn geboren hat, lässt dieser den Säugling wegen einer düsteren Prophezeiung aussetzen. Jahre später tötet Ödipus unwissentlich den Vater und heiratet die eigene Mutter. Ob aus dieser inzestuösen Ehe die Kinder → Antigone, Ismene, Polyneikes und Eteokles stammen, ist unsicher.

Jenkins, Robert (nachw. 1731–1745) gab 1739 Anlass für den »Jenkins' Ear War« zwischen England und Spanien. Nachdem die spanische Küstenwache 1731 das Schiff des englischen Handelskapitäns geentert und ihm ein Ohr abgeschnitten hatten, forderte er im gleichen Jahr von → Georg II. Genugtuung. Doch erst als er das in Alkohol eingelegte Corpus Delicti 1738 einem Ausschuss im Unterhaus präsentierte, sorgte dies für den Ausbruch des Kolonialkriegs.

Jephtha, der als Anführer der Gileaditer im alttestamentlichen *Buch der Richter* geführt wird, verdankt seine literarische Beliebtheit einem grausamen Versprechen: Falls er den Sieg über die Ammoniter erringt, wolle er Gott das opfern, was ihm bei der Heimkehr zuerst begegnet. Es ist seine Tochter … In seinem gleichnamigen Oratorium spürte → Georg Friedrich Händel 1752 ausgerechnet im Chor *How dark, o Lord, are thy decrees* das Schwinden der Sehkraft.

Jesus von Nazareth (ca. 7–4 v.–31–33 n. Chr.) war ein jüdischer Wanderprediger, dessen religionsstiftendes Wirken als Sohn Gottes lediglich durch seine Jünger, vor allem in den Evangelien, überliefert ist. Zwischen Weihnachten als dem Fest seiner Geburt und Ostern als dem Fest seiner Kreuzigung und Auferstehung liegt die christliche Heilslehre begründet, die in der Erlösung aller sündigen Menschen durch den Tod eines Einzelnen gipfelt.

Johannes soll nicht nur der Lieblingsjünger des → Jesus von Nazareth gewesen sein, sondern neben dem *Johannes-Evangelium* auch *Die Offenbarung des Johannes* verfasst haben – eine Theorie, die ebenso umstritten ist wie die Autorschaft des *Zweiten* und *Dritten Johannesbriefs*. Über die Lebenszeit des Apostels, der sich Jesus mit seinem Bruder Jakobus anschloss, ist wenig bekannt – ob John Taylor eines seiner Rosse nach ihm benannte, bleibt fraglich.

Katharina II. (1729–1796), ab 1762 Zarin von Russland, wuchs als Prinzessin Sophie Auguste Friederike von Anhalt-Zerbst auf und wurde auf Betreiben von → Friedrich II. 1745 mit dem russischen Thronfolger Peter Fjodorowitsch verheiratet. Nach dem Tod ihrer Schwiegermutter wiegelte sie das Militär gegen ihren Mann auf und übernahm nach dessen Ermordung selbst die Macht. Unter ihrer aufgeklärten Herrschaft entwickelte sich Russland zur Großmacht.

KATHARINA VON ALEXANDRIEN (3./4. Jh. n. Chr.) soll dem Kaiser Maxentius entgegengetreten sein, als dieser Christen zum Tod verurteilte. Dass sie danach sowohl Gelehrte als auch die Kaiserin Faustina zu ihrem Glauben (und damit zum Sterben) bekehrte, rettete sie nicht vor eigenem Martyrium: Nach Geißelung und Haft, bei der eine Taube ihr Nahrung brachte, sollte sie gerädert werden, doch ein Engel zerbrach das Foltergerät. Daraufhin wurde sie enthauptet.

KEISER, REINHARD (1674–1739) fristet mit seinen Opern heute eher ein Schattendasein, obwohl er als musikalischer Direktor der Hamburger Gänsemarkt-Oper ab 1703 auch jüngeren Zeitgenossen wie → Georg Friedrich Händel und → Johann Mattheson zu Erfolgen verhalf. Nach Aufenthalten u. a. in Stuttgart und Kopenhagen ließ er sich endgültig in Hamburg nieder und arbeitete eng mit → Georg Philipp Telemann zusammen – auch als Kantor am Dom.

KIRKE verdankte ihre Zauberkraft dem göttlichen Stammbaum: Die Tochter des Sonnengottes Helios und der Okeanide Perse lebt auf einer Insel, umringt von Löwen und Wölfen, in die sie ihre Gäste zu verwandeln pflegt. Als die Gefährten des → Odysseus bei ihr vorstellig werden, müssen sie zunächst die Gestalt von Schweinen annehmen. Erst mit Hilfe des Gottes Hermes gelingt es dem Helden, die Männer zu befreien – und Ratschläge für seine Reise zu erhalten.

KLOTHO spinnt als erste der drei Schicksalsgöttinnen, die als Töchter von Zeus und Themis oder als Kinder der Nyx von den alten Griechen als Moiren verehrt wurden, den menschlichen Lebensfaden, ehe dieser von ihrer Schwester → Lachesis zugemessen und von → Atropos schließlich abgeschnitten wird. In der römischen Überlieferung kennt man sie als Nona, »die Neunte« – eine Göttin, deren Hilfe im neunten Monat der Schwangerschaft erfleht wird.

KREON spielt als mehrfacher König von Theben eine verwirrende Rolle im Mythos um → Ödipus: Erst beerbt er seinen Schwager

Laios nach dessen Tod, dann muss er seinem Neffen nach dessen Sieg über die Sphinx seine verwitwete Schwester als Gattin überlassen – und nach der schrecklichen Entdeckung des Inzests das Todesurteil über Antigone verhängen, die eigentlich seinem Sohn Haimon versprochen war. Nur → Teiresias hatte es vorhergesehen …

Lachesis misst als mittlere der griechischen Schicksalsgöttinnen den Lebensfaden zu, den sie von ihrer Schwester → Klotho empfangen hat und an → Atropos weiterreicht. Zwischen der »Spinnerin« und der »Unabwendbaren« gilt sie als die »Zuteilerin«, die laut Hesiod entweder von → Zeus mit Uranos-Tochter Themis gezeugt wurde oder alternativ ein Kind der Nachtgöttin Nyx war. Bei den Römern kannte man Lachesis als Decima, »die Zehnte«.

Lairesse, Gerard (1640/41–1711) entstammte einer niederländischen Künstlerfamilie und erhielt ersten Unterricht bei seinem Vater. Seine Vorliebe für allegorische und mythologische Motive teilte der 1690 erblindete Künstler mit einer Gruppe von Gleichgesinnten, sein Sohn gab die Lehren nach Vaters Tod als *Het groot Schilderboek* heraus. Für den anatomischen Atlas von → Govard Bidloo steuerte de Lairesse mehr als 100 Bildtafeln bei.

Lasso, Orlando di (1532–1594) wurde als Chorknabe wegen seiner Stimme angeblich zweimal entführt, ehe er in den Dienst des sizilianischen Vizekönigs Ferante I. Gonzaga trat und mit ihm durch Europa reiste. Als Diener vieler Herren wurde der Kosmopolit zum berühmtesten Komponisten seiner Zeit, neben 60 Messen und 500 Motetten sind allein 110 Madrigale und 146 Chansons erhalten. Di Lasso starb in München, wo er die Hofkapelle geleitet hatte.

Laurentius ist nur durch sein Martyrium am 10. August 258 datierbar, das er erlitt, weil er als verantwortlicher Diakon den Kirchenschatz des von den Römern enthaupteten Papstes Sixtus II. nicht herausgeben wollte. Stattdessen verteilte er das Geld an Arme und Kranke, Witwen und Waisen und bezeichnete diese Bedürftigen als den wahren Schatz der Kirche. Daraufhin wurde er mehrfach gefoltert und schließlich auf einem glühenden Eisenrost hingerichtet.

Leszczyńska, Maria (1703–1768) wurde durch die Heirat mit → Louis XV. 1725 Königin von Frankreich. Als Tochter des entmachteten polnischen Königs Stanislaus Leszczyński verlebte sie ihre Kindheit im Exil, mit ihrer Wahl zur Braut folgte man in Frankreich vor allem politischem Kalkül. Obwohl sie in den ersten zwölf Jahren ihrer Ehe zehn Kinder gebar, verlor sie ihren Gatten schon bald an Mätressen, vor allem an Madame de Pompadour.

Locke, John (1632–1704) verknüpfte sein medizinisches Interesse mit philosophischen Ambitionen und legte mit seinem *Essay concerning Humane Understanding* 1690 einen Meilenstein der Erkenntnistheorie vor, in dem er den Zusammenhang zwischen Sinnen und Verstand sowie Ideen und Erfahrung diskutiert. Als Vordenker der Aufklärung beeinflusste er mit seiner Lehre u. a. die Unabhängigkeitserklärung der USA und Frankreichs Verfassung.

Louis Ferdinand de Bourbon (1729–1765) sollte als Dauphin eigentlich seinem Vater → Louis XV. auf den französischen Thron folgen, war aber eher an christlich-religiösen Fragen als an Politik interessiert, weshalb ihn seine Schwestern für den idealen christlichen Prinzen hielten. Als der große Unterstützer der Jesuiten mit nur 36 Jahren an Tuberkulose starb, hinterließ er immerhin sechs Kinder aus seiner zweiten Ehe mit Maria Josepha von Polen und Sachsen.

Louis XV. (1710–1774) schaffte es, seinen Beinamen »Der Vielgeliebte« während seiner Zeit als französischer König in »Der Ungeliebte« zu verwandeln. Bereits als Fünfjähriger kam er durch den Tod seines Urgroßvaters nominell an die Macht, als 16-Jähriger übernahm er die Regierung. Als er starb, war die koloniale Macht Frankreichs in

Amerika und Indien erheblich geschwächt, aber das Verhältnis zu Österreich gebessert – und das Land heillos überschuldet.

LUKAS soll der Überlieferung nach als Bischof von Theben um das Jahr 63 gestorben sein. Wenn er zu diesem Zeitpunkt wirklich 84 Jahre alt war, kann der Evangelist als Zeitgenosse Jesu gelten, obwohl er selbst bescheiden einräumt, kein Augenzeuge für das Leben Christi zu sein. Ob er als Begleiter des Paulus auch die *Apostelgeschichte* schrieb, ist fraglich – ebenso wie John Taylors Behauptung, ein Pferd in seinem Gespann Luke getauft zu haben.

MAÎTRE-JAN, ANTOINE (1650–1730) bestärkte seinen Kollegen → Michel Brisseau in dessen Ansichten über die Ursachen der Katarakt. In seinem Lehrbuch *Traité des maladies de l'œil* diskutierte 1707 der Chirurg neben anderen Krankheiten auch den Grauen Star, den er nach eigenen Versuchen als Trübung der Augenlinse identifizierte. Entdeckt hatte er dies bei einem missglückten Starstich, bei dem sich die Linse nach kurzer Zeit wieder vor die Pupille schob.

MAPP, SARAH (1706–1737) war als Bonesetter eine der bekanntesten Erscheinungen im Zeitalter der Quacksalber. Sie lernte das Handwerk des Knochensetzens von ihrem Vater und praktizierte erfolgreich in London, ihre Kutsche war mit den Krücken geheilter Patienten dekoriert. Später fiel die allgemein als hässlich und trunksüchtig beschriebene »Crazy Sally« auf einen Heiratsschwindler herein und starb verarmt. Ihre Schwester war → Lavinia Fenton.

MARIA THERESIA (1717–1780) regierte ab 1740 als Erzherzogin von Österreich und Königin u. a. von Ungarn und Böhmen. Ihr größter Coup aber gelang ihr, als sie 1745 die Wahl ihres Gatten Franz I. Stephan zum römisch-deutschen Kaiser durchsetzte. Die Regierung ihres Reiches nahm die resolute Herrscherin und Mutter von 16 Kindern hinfort in ihre eigene Hand – im Dauerzwist mit den Preußen, aber mit Reformen in Staat, Justiz, Bildung und Wirtschaft.

Markus hat seine Identität als Verfasser des nach ihm benannten Evangeliums im Neuen Testament so gut verschleiert, dass nicht einmal sein Name als gesichert gelten kann. Man vermutet ihn wie → Lukas als Mitarbeiter des Apostels Paulus, andererseits gilt er auch als Übersetzer und Schüler des Petrus. In späteren Schriften wird vom Märtyrertod eines Markus in Alexandria im Jahr 68 berichtet. John Taylor will eines seiner Pferde Marc genannt haben.

Matteuccio (1667–1737) kam als Matteo Sassano in San Severo zur Welt und wurde nach seiner Kastration zunächst in Neapel zum Chorknaben ausgebildet. Schon bald feierte er Triumphe als Opernsänger, entwickelte als »Divo« Allüren und brüskierte selbst Adlige. 1698 wurde er an den spanischen Hof gerufen, wo er den König → Philipp V. mit seinem Gesang von Depressionen heilen sollte – so wie Jahrzehnte später auch → Farinelli dessen Nachfolger.

Matthäus wird im Neuen Testament als einer der zwölf Jünger Jesu genannt, der seinen Beruf als Zöllner aufgab, um Christus zu folgen. Ob er damit auch als der Verfasser des ersten Evangeliums gelten darf, ist ebenso unsicher wie bei →Johannes, → Lukas und → Markus. Einige Quellen sprechen vom natürlichen Tod des Matthäus, andere von Martyrien an verschiedenen Orten – und John Taylor behauptete, dass er ein Pferd namens Matthew besaß.

Mattheson, Johann (1681–1764) hätte beinahe unrühmliche Musikgeschichte geschrieben, als er sich nach einer Hamburger Aufführung seiner Oper → *Cleopatra* mit seinem Freund und Rivalen → Georg Friedrich Händel duellierte. Während er als Komponist immer im Schatten dieses Titanen stehen musste, erwarb er sich später große Verdienste als Musikschriftsteller – etwa durch die *Grundlage einer Ehren-Pforte*, die Biografien von 149 Musikern versammelte.

Metastasio, Pietro (1698–1782) machte dem Pseudonym, das aus der griechischen Version des italienischen Familiennamens entstand, alle Ehre: Als »Überschreiter« von Standesschranken stieg er dank einflussreicher Förderer zum gefragtesten Librettisten des 18. Jahrhunderts auf, dessen Wirkung durch die meist vielfache, oft formal veränderte Vertonung seiner Opern und Serenaten ebenso wie durch zahlreiche Übersetzungen kaum hoch genug zu bewerten ist.

Michael trägt einen hebräischen Namen, der übersetzt etwa »Wer ist wie Gott?« bedeutet. Seine wichtigste Rolle kommt dem Erzengel in der *Offenbarung des Johannes* zu, wo er den Satan überwindet, der ihm in Gestalt eines Drachens gegenübertritt. In jüdischer und christlicher Tradition werden Michael viele verschiedene Funktionen zugewiesen – vom Wächter an der Pforte zum Paradies bis zum »Seelenwäger« am Tag des Jüngsten Gerichts.

Molyneux, William (1656–1698) stellte die großen Denker seiner Zeit vor ein grundlegendes Problem: In einem Brief an →John Locke reagierte er 1690 auf dessen *Essay concerning Humane Understanding* und verknüpfte die Frage nach der Erkenntnis mit der Wahrnehmung von Blinden, die plötzlich sehend werden. An der folgenden Diskussion beteiligten sich neben → William Cheselden und → Voltaire auch → Denis Diderot im *Lettre sur les aveugles*.

Mozart, Wolfgang Amadeus (1756–1791) ging mit seiner Schwester und seinem Vater bereits als Kind auf Konzertreisen, wobei er u. a. → Johann Christian Bach und auch → Farinelli begegnete. Als Komponist hat sich der Meister der Wiener Klassik mit Werken »alle art und styl« Unsterblichkeit erworben. Dabei trägt zur Popularität seiner Opern, Messen, Sinfonien und Konzerte auch das Wissen um sein Schicksal vom Wunderkind bis zum frühen Tod bei.

Newton, Sir Isaac (1642/43–1726/27) legte die Basis für seine wichtigsten Werke nach eigener Auskunft in der Pest-Quarantäne 1665–1667. Als er danach an das Trinity College in Cambridge zurückkehrte, trug er die Grundlagen der Gravitationstheorie, der Theorie des Lichts und der Infinitesimalrechnung im Gepäck. Dank seiner Erkenntnisse auf diesen und anderen Gebieten gilt der Universalgelehrte als einer der größten Wissenschaftler aller Zeiten.

NICOLINO (1673–1732) durchlief in seiner langen Karriere Stimmregister vom Sopran über Mezzosopran bis zum Alt. Nach großen Erfolgen in seiner Heimat trat er 1708 als erster Kastrat in London auf und verhalf zwei Jahre später → Georg Friedrich Händel im → *Rinaldo* zu dessen Durchbruch in England. Auch später, als er nicht als »primo huomo« konkurrieren konnte, behauptete sich Nicolino dank seines Schauspieltalents sogar neben → Farinelli.

NOAH wird im Buch Genesis des Alten Testaments von seinem Gott beauftragt, eine Arche zu bauen und darin die Sintflut zu überstehen. Zusammen mit seiner Familie sammelt er auf dem Schiff Tierpaare aller Arten und rettet so die Schöpfung, als die sündige Menschheit von der Erde gespült wird. Als die Flut sinkt, sendet Noah als Kundschafter zunächst einen Raben aus, der aber nicht zurückkehrt. Erst eine Taube bringt mit einem frischen Ölzweig Hoffnung.

ÖDIPUS war seinem Vater Laios bereits vor der Geburt als kommender Mörder angekündigt und löste diese Vorhersage unwissentlich ein. Nachdem er die Stadt Theben von der Sphinx befreit hatte, wurde er zu deren König berufen und heiratete die Witwe → Iokaste, die seine Mutter war. Als schließlich eine strafende Seuche über die Thebaner kam, lüftete → Teiresias das dunkle Geheimnis der Familie. Iokaste erhängte sich, Ödipus stach sich die Augen aus.

ODYSSEUS wird als Herrscher der Ionischen Insel Ithaka vom Dichter → Homer zunächst in den Trojanischen Krieg und dann auf eine zehnjährige Irrfahrt geschickt. Dabei entkommt der Listenreiche nicht nur der Zauberin → Kirke und dem Lockgesang der

→ Sirenen, sondern überwindet auch die Ungeheuer → Skylla und → Charybdis und blendet den Zyklopen → Polyphem. Im Hades befragte er zudem den blinden Seher → Teiresias nach der Zukunft.

ORLANDO ist der Titelheld des Mammutwerks *Orlando furioso* des Ludovico Ariost, das erstmals 1516 erschien und in letzter Fassung 38 576 Verse umfasst. Die Geschichte des Ritters Roland spielt vor dem Hintergrund der Kriege zwischen Karl dem Großen und den Sarazenen, neben Rittern und Königen gehören auch Zauberinnen und Fabeltiere zum Personal. Das Epos bildete die Basis für zahlreiche Opern wie → *Ariodante* und → *Alcina*.

OVID (43 v. Chr.–20 n. Chr.), eigentlich Publius Ovidius Naso, wandte sich nach erotischen Dichtungen wie den *Amores* und der *Ars amatoria* – einer Art römischem Kamasutra – der antiken Mythologie zu und erzählte die Überlieferungen der alten Griechen neu. Seine *Metamorphosen* sind ein schier unerschöpflicher Quell, aus dem Dichter über Jahrhunderte geschöpft haben. Zwischen Göttern, Helden und Liebenden findet sich hier auch → Teiresias.

PALESTRINA, GIOVANNI PIERLUIGI DA (ca. 1525–1594) hat mit dem Anhang zu seinem Namen seinem Geburtsort zum Ruhm verholfen. Palestrina erwarb als Chorknabe erste Kenntnisse der Musik, die er ab 1551 als Singmeister der Peterskirche in Rom und – als Nachfolger von → Orlando di Lasso – auch in San Giovanni in Laterano vertiefte. Sein umfangreiches geistliches Oeuvre bestimmte das Repertoire der Sixtinischen Kapelle bis ins 19. Jahrhundert.

SANCHO PANSA folgt seinem Herrn → Don Quixote auf Schritt und Tritt, ohne diesen freilich von seinen närrischen Abenteuern abhalten zu können. Der Bauer, den sich der Ritter von der traurigen Gestalt zum Schildknappen erkoren hat und dessen Nachname auf das spanische Wort für Wanst (panza) verweist, ist klein und ängstlich, aber auch schlau. Dennoch glaubt er daran, einst Statthalter über eine Insel zu werden, wie ihm sein Herr versprochen hat.

Paracelsus (1493/94–1541) verwandelte seinen ursprünglichen Namen durch Latinisierung des letzten Wortes, obwohl Theophrastus Bombast von Hohenheim eigentlich auch eindrucksvoll klang. Der unermüdlich reisende Arzt und Alchemist, Philosoph und Theologe stellte sich mit seiner medizinischen Theorie gegen die Vier-Säfte-Lehre des → Galenos und ging stattdessen von den »Drei Prinzipien« Schwefel, Quecksilber und Salz als Grundsubstanzen aus.

Pepusch, Johann Christoph (1667–1752), Pfarrerssohn aus Berlin, quittierte seinen Dienst am preußischen Hof, nachdem ein Offizier ohne Gerichtsverfahren vor seinen Augen hingerichtet worden war. Er ging nach London, wo er zu den Mitbegründern der Academy of Ancient Music zählte. Unter seinen zahlreichen Kompositionen ragt *The Beggar's Opera* heraus, die er 1728 mit → John Gay schrieb – allerdings geschmückt mit Stücken aus fremden Federn.

Philipp V. (1683–1746) regierte ab 1700 als König von Spanien, ab 1713 auch von Sardinien, Sizilien und Neapel. Schon seine Proklamation mündete in einen Erbfolgekrieg, auch später löste er Konflikte häufig – und nicht immer erfolgreich – mit militärischen Mitteln. Auch seine Abdankung wegen wachsender Depressionen scheiterte 1524, weil sein Sohn im selben Jahr starb. Als Medizin während der zweiten Amtszeit half ihm der Gesang von → Farinelli.

Piacere ist eine allegorische Figur, die → Georg Friedrich Händel erstmals 1707 in seinem Oratorium *Il Trionfo del Tempo e del Disinganno* auftreten lässt. In seiner späteren englischen Fassung *The Triumph of Time and Truth* erscheint sie unter dem Namen Pleasure, in beiden Fällen stellt sie das Vergnügen dar. Piacere durfte eine der schönsten Melodien Händels aus seiner *Almira* übernehmen und an → *Rinaldo* weiterreichen: *Lascia la spina …*

Polyphem, Sohn des Meeresgottes Poseidon und der Nymphe Thoosa, bezahlte seine Gier auf Menschenfleisch teuer: Nachdem der einäugige Zyklop zwei Gefährten des → Odysseus gefressen hatte, wurde er von den Überlebenden mit einem glühenden Pfahl geblendet. So entkommt der Grieche zwar dem Monster, erregt aber den Zorn des Vaters. Auch in *Aci, Galatea e Polifemo* von → Georg Friedrich Händel ist der Zyklop der böse Dritte im Bunde.

Porpora, Nicola Antonio (1686–1768) debütierte als Opernkomponist 1708 mit *Agrippina* in Neapel und erwarb sich einen exzellenten Ruf als Gesangslehrer für Kastraten wie Cafarelli und → Farinelli. Letzterer stand ihm in London bei, wo er ab 1733 die Opera of the Nobility gegen → Georg Friedrich Händel aufrüstete. Das Experiment endete unentschieden im Ruin. Später stritt sich Porpora in Dresden mit → Johann Adolph Hasse um den Rang bei Hofe.

Principe di Melfi ist als Adelstitel nicht eindeutig zuzuordnen, verweist aber vermutlich auf den Genueser Admiral Andrea Doria (1466–1560). Der begnadete Feldherr und Politiker kämpfte bis ins hohe Alter auf wechselnden Seiten gegen Osmanen und Franzosen, Piraten und Verschwörer. Er war faktisch der Machthaber in seiner Heimat, den Adelstitel samt zugehöriger Ländereien verlieh ihm Kaiser Karl V. für seine Verdienste im Jahr 1531.

Purcell, Henry (1659–1695) erfreute sich schon zu seinen Lebzeiten des Ehrentitels Orpheus britannicus. Den er sich vor allem durch sein musikdramatisches Schaffen verdient hatte. Der Sohn eines königlichen Choristen wirkte als Organist an der Westminster Abbey und legte vermutlich 1689 sein Debüt *Dido and Aeneas* vor. In seinen Semi-Opern mischte er Gesang und Schauspiel – so etwa in *King Arthur, The Fairy Queen* oder *Timon of Athens*.

Rameau, Jean-Philippe (1683–1764) feierte erst als 50-Jähriger sein Operndebüt mit *Hippolyte et Aricie*, nachdem er zuvor vor allem als Organist gewirkt hatte. Danach schrieb er bis zu seinem Tod gefeierte Tragödien und Komödien im lyrischen Stil, Einakter und

Pastoralen. Berühmt sind auch seine Ballettopern wie *Les Indes Galantes* sowie theoretische Schriften. Der Sohn seines Bruders ist der Titelheld des Romans *Rameaus Neffe* von → Denis Diderot.

RICH, JOHN (1692–1761) war als Direktor des Lincoln's Inn Fields Theatre mit der *Beggar's Opera* von → Johann Christoph Pepusch und → John Gay 1728 so erfolgreich, dass er sich vom Gewinn den Bau des Theatre Royal in Covent Garden leisten konnte. Dort kam 1735 auch die *Alcina* von → Georg Friedrich Händel zur Uraufführung. Rich stand auch selbst auf der Bühne – als stummer Harlekin, weil seine Stimme einen unangenehmen Klang hatte.

RINALDO eroberte als christlicher Kreuzritter 1711 die Bühne des Queen's Theatre in London für → Georg Friedrich Händel. Er war der Held der ersten Oper, die der Komponist nach seinem Abschied aus Deutschland schrieb – basierend auf einem Libretto, das der Prinzipal Aaron Hill nach Torquato Tassos Epos *Gerusalemme Liberata* entworfen und der Dichter Giacomo Rossi geschrieben hatte. Zur spektakulären Ausstattung zählten lebende Sperlinge.

ROCCO ist der italienische Name des Heiligen Rochus von Montpellier, der zwischen 1295 und 1370 gelebt haben soll und als Schutzpatron gegen die Pest angerufen wird. Der Franziskaner pflegte auf seiner Pilgerfahrt nach Rom selbstlos Kranke. Als er sich auf dem Rückweg jedoch auch infizierte, kam ihm niemand zu Hilfe. Wegen der Verunstaltungen durch die Pest wurde er in seiner Heimat als Spion in den Kerker geworfen, wo er nach fünf Jahren starb.

SALLÉ, MARIA (ca. 1707–1756) wuchs im Milieu der Pariser Jahrmärkte auf, wo ihr Vater als Tänzer und Akrobat arbeitete. Nach einem ersten Aufenthalt in London, wo sie u. a. Tänze aus dem → *Rinaldo* von Georg Friedrich Händel aufführte, wurde sie 1727 an die Pariser Oper engagiert, wo sie in Werken von → Jean-Philippe Rameau auftrat. 1735 zeichnete sie für Choreografie und Tanz in Händels → *Alcina* und → *Ariodante* verantwortlich.

Salomo ist als dritter König Israels und als Erbauer des ersten jüdischen Tempels in Jerusalem in die alttestamentliche Geschichte eingegangen. Als friedlicher Herrscher setzte er auf Handel, religiöse Toleranz und Kultur. Er gilt als Verfasser, mindestens aber als Auftraggeber und Sammler der biblischen Schriften *Buch der Sprichwörter, Kohelet, Hoheslied* und *Buch der Weisheit*. Berühmt ist der König auch für sein sprichwörtliches »salomonisches Urteil«.

Samson war als Auserwählter Gottes für seine Feinde unbesiegbar, solange er sein Haar ungeschoren trug. Wie das *Buch der Richter* überliefert, verriet seine Frau Dalila dieses Geheimnis den Philistern, die ihn daraufhin seiner Kraft beraubten und blendeten. In seinem gleichnamigen Oratorium hat → Georg Friedrich Händel dem tragischen Helden, der am Ende sterbend triumphiert, ein Denkmal gesetzt – auch mit der dunklen Arie *Total Eclipse*.

Saunderson, Nicholas (1682–1739) erkrankte als Einjähriger an Pocken und erblindete in der Folge nicht nur, sondern verlor auch seine Augen. Dennoch wurde er dank guter Lehrer ein exzellenter Mathematiker und Musiker, der in Cambridge Karriere machte und sogar → Isaac Newton begegnete. Saunderson, der über Algebra forschte und eine Rechenmaschine für Blinde erfand, ist Teil eines fiktiven Dialogs im *Lettre sur les aveugles* von → Denis Diderot.

Scarlatti, Domenico (1685–1757) musste sich als sechster Sohn des berühmten Komponisten Allessandro Scarlatti an den Opern seines Vaters messen lassen – und verlegte sich vor allem auf Werke für Cembalo, die bis heute unerreicht sind. Legendär ist seine Freundschaft mit → Georg Friedrich Händel, mit dem er sich einen – unentschiedenen – Virtuosen-Wettstreit geliefert haben soll. Später wirkte Scarlatti am portugiesischen, dann am spanischen Hof.

Schemelli, Georg Christian (ca. 1676/80–1762) hätte als Leipziger Thomasschüler sowie als Kantor in Treuenbrietzen und Zeitz wohl kaum bleibende Spuren hinterlassen, wenn er für sein 954 Nummern umfassendes *Musicalisches Gesang-Buch* 1736 nicht einen prominenten Autor gewonnen hätte. Zwar ist umstritten, wie viele der 69 ihm zugeschriebenen Lieder tatsächlich von → Johann Sebastian Bach stammen. Schemelli aber gereicht es zur Ehre.

Sebastian zählt zu jenen Heiligen, denen man dank eines halbwegs gesicherten Todesdatums reale Existenz zuweisen kann. Der römische Soldat, der sich als Offizier der kaiserlichen Leibgarde zum christlichen Glauben bekannte und daher von Diokletian zum Tode verurteilt wurde, soll sein doppeltes Martyrium um 288 in Rom erlitten haben. Nachdem er die Pfeile der numidischen Bogenschützen überlebt hatte, wurde er schließlich mit Keulen erschlagen.

Senesino (1686–1758) brauchte wie seine berühmten Kollegen → Farinelli oder → Nicolino nur einen Künstlernamen, um unverwechselbar zu sein. Getauft als Francesco Bernardi, kam er nach Anfängen in Italien nach Dresden, wo ihn → Georg Friedrich Händel 1719 für seine Londoner Opernakademie abwarb. Als Star der Truppe sang Senesino bis zu deren Ruin 1728 zahlreiche Titelpartien, nach dem Neustart desertierte er 1733 zur Opera of the Nobility.

Serse entspricht als Titelheld einer Oper von → Georg Friedrich Händel der historischen Gestalt des persischen Großkönigs und ägyptischen Pharaos Xerxes I., der von 486 bis 465 v. Chr. regierte. Im Londoner King's Theatre ging das Verwirrspiel um Amastre und Arsamene, Ariodata und Atalanta erstmals 1738 über die Bühne. Serses berühmtes Largo »Ombra maì fu«, das bald zu Händels berühmtesten Stücken zählen sollte, sang der Kastrat Caffarelli.

Shandy, Tristram ist chronologisch schwer zu fassen: Soll man seine Geburt den Jahren zwischen 1759 und 1767 zuordnen, in denen der neunbändige Fortsetzungsroman *The Life and Opinions of Tristram Shandy, Gentleman* von Laurence Sterne erschien? Oder vom Eintritt des Helden in die Armee 1689 herleiten? Das Werk, das mit Sprüngen der Zeiten und Perspektiven zugleich verwirrt und unterhält, ist seiner eigenen Zeit jedenfalls weit voraus.

Sheppard, Jack (1702–1724) war die schiefe Bahn wohl vorgezeichnet: Er verbrachte seine Kindheit in einem Londoner Arbeitshaus und lernte dort das Schreinern, was ihm später bei seinen Ein- und Ausbrüchen zupasskam. 1724 floh »Gentleman Jack« gleich dreimal aus dem Highgate-Gefängnis, ehe man ihn – mit Hilfe von → Jonathan Wild – endgültig fasste und hängte. Seine letzte Verhaftung in einem Bordell wird in *The Beggar's Opera* parodiert.

Siface (1653–1697) entlieh sich seinen Künstlernamen von einer Figur aus Francesco Cavallis *Scipione africano*, die er als 18-Jähriger gesungen hatte. Geboren als Giovanni Francesco Grossi, legte der Alt-Kastrat eine steile Karriere in Rom, Venedig und Neapel hin, ließ sich in London von → Henry Purcell mit dem Cembalo-Stück *Sefauchis Farewell* feiern und fiel schließlich Mördern zum Opfer, weil er eine Affäre mit einer verwitweten Gräfin hatte.

Sirenen müssen das schreckliche Aussehen, das ihnen in der griechsischen Mythologie zugeschrieben wird, durch ihren betörenden Gesang kompensieren: Die weiblichen, oft bärtigen Mischwesen aus Mensch und Vogel oder Fisch locken mit ihren Stimmen Seeleute an ihr Gestade, um sie zu töten. → Odysseus entrinnt ihrem Zauber, indem er den Gefährten die Ohren mit Wachs verschließt und sich selbst an den Mast des Schiffes binden lässt.

Skylla ist im Gegensatz zu ihrem Pendant → Charybdis nicht körperlos, sondern von monströser Gestalt: Der nackte Oberkörper einer jungen Frau wird von sechs Hunden getragen, was angeblich auf einen Zauber der eifersüchtigen → Kirke zurückgeht. Bei → Homer hilft diese Magierin allerdings → Odysseus mit ihrem Rat, das Ungeheuer zu überwinden. Sechs Gefährten des Helden aus Ithaka aber fallen der Skylla zum Opfer.

Smith, Joseph (1674/82–1770) wurde in Venedig bereits als britischer Konsul betrachtet, als er das Amt noch längst nicht innehatte. Erst 44 Jahre nach seiner Ankunft in Italien durfte sich der Unternehmer, den → Robert Walpole als »Kaufmann von Venedig« verhöhnte, mit dem Titel schmücken. Zu diesem Zeitpunkt hatte er sich längst große Verdienste als Kunstsammler und Verleger von Büchern – etwa von → Voltaire oder → Giovanni Boccaccio – erworben.

Sophie Charlotte (1744–1818), Herzogin von Mecklenburg-Strelitz, wurde durch Heirat mit Georg III. 1761 zur Königin von Großbritannien und Irland. Die Herrscherin, die im Laufe der Zeit 15 Kindern das Leben schenkte, war vielseitig begabt: Als Musiklehrer verpflichtete sie → Johann Christian Bach, ihr Einsatz für die königlichen Kew Gardens brachte ihr den Beinamen »Queen of Botany« ein. Zuletzt pflegte sie ihren dementen und blinden Gatten.

Sophokles (497/96–406/05 v. Chr.) zählt neben Aischylos und Euripides zum Triumvirat der bedeutendsten griechischen Tragödiendichter der Antike. Obwohl 132 Titel überliefert sind, haben sich nur wenige seiner Stücke erhalten – darunter die *Thebanische Trilogie*, die in den Teilen *Antigone, König Ödipus* und *Ödipus auf Kolonos* den Sagenkreis um Vatermord und Inzest, Schuld und Sühne ausschreitet. Dabei tritt auch der blinde Seher → Teiresias auf.

Strata, Maria Vittoria De Fornari (1562–1617) beschloss nach dem Tod ihres Mannes, als sechsfache Mutter ein keusches Leben zu führen, zu dem sie sich von der Jungfrau Maria in einer Vision aufgefordert fühlte. Auch ihre Söhne und Töchter gab sie in Klöster, sie selbst legte 1605 mit zehn anderen Frauen ihr Gelübde ab und erwarb ein Haus, das sie als Oberin des Ordens Santissima Annunziata – wegen der blauen Tracht auch Coelestinerinnen – leitete.

Swift, Jonathan (1667–1745) versteckte sich als scharfer Satiriker hinter vielen Pseudonymen, weil er ungeachtet der oft lästerlichen

Texte auf eine Karriere in Kirche oder Politik hoffte. Sein berühmtestes Werk *The travels into several remote nations of the world by Lemuel Gulliver* erschien 1726 unter seinem Klarnamen. Weniger erfolgreich als dieser Roman war Swifts Versuch, als Dekan in Dublin die Uraufführung des »Messiah« zu verhindern.

TEIRESIAS, der blinde Seher, bringt in der Antike selten Gutes: Er enthüllt → Ödipus das schreckliche Geheimnis seiner Familie, warnt → Kreon vor der Hinrichtung von → Antigone und erscheint → Odysseus in der Unterwelt ebenso wie → Dante in der *Commedia*. Einzig seinen Tod durch das Wasser der Tilphussa-Quelle sah er nicht voraus. Die gleichnamige Oper von → Johann Sebastian Bach und → Georg Friedrich Händel ist unauffindbar.

TELEMANN, GEORG PHILIPP (1681–1767) gründete bereits als Jurastudent in Leipzig ein Orchester, leitete Opernaufführungen und wurde Musikdirektor der Universitätskirche. Nach einem längeren Aufenthalt in Frankfurt am Main wurde er 1721 Musikdirektor in Hamburg und übernahm bald auch die Leitung der dortigen Oper. Telemann war als unglaublich produktiver Komponist auf allen Gebieten zudem geschäftstüchtig im Verkauf seiner Werke.

VERACINI, FRANCESCO MARIA (1690–1768) wuchs als Sohn eines Apothekers in Florenz auf und kam als Geiger erstmals 1714 nach London, wo er → Georg Friedrich Händel kennenlernte. Der exzentrische Musiker wirkte in Italien, Dresden (wo er im Streit mit → Senesino aus einem Fenster im zweiten Stock sprang) und ab 1733 wieder in London. Hier feierte seine Oper *Adriano in Siria* 1735 in derselben Saison wie → Alcina und → Ariodante Premiere.

VERGIL (70–19 v. Chr.) gilt als wichtigster Vertreter der klassisch-römischen Literatur und erschuf mit der *Aeneis* in Anlehnung an die *Ilias* und die *Odyssee* des → Homer den Gründungsmythos der Stadt Rom. Der Autor, der die lateinische Sprache auch mit seinen Gedichtzyklen *Bucolica* und *Georgica* zu ungeahnter Blüte führte, ist von vielen Legenden umrankt. Seinen Nachruhm bezeugt nicht zuletzt der Auftritt in der *Commedia* von → Dante.

Vesalius, Andreas (1514–1564) begründete mit *De humanis corporis fabrica libri septem* 1543 die neuzeitliche Anatomie und übte zugleich Kritik an → Galenos von Pergamon, der seine Erkenntnisse nur aus der Sektion von Tierkadavern gewonnen hatte. Vesalius, der 1544 zum Leibarzt von Karl V. in Pisa und später von Philipp II. in Madrid berufen wurde, hatte für sein Werk ausgiebig Menschenleiber seziert – meist Verbrecher, manchmal öffentlich.

Vitus soll um 304 unter Diokletian als Märtyrer in Süditalien gestorben sein. Der Junge wurde von seiner Amme und deren Mann im christlichen Glauben erzogen. Von der Flucht seiner Zieheltern vor dem erzürnten leiblichen Vater hörte der Kaiser, der Vitus zu sich rief, um seinen eigenen Sohn von schwerer Krankheit zu heilen. Obwohl dies gelang, wurde der Christ den Löwen vorgeworfen, die ihn aber verschonten. Daraufhin starb er in siedendem Öl.

Vivaldi, Antonio (1678–1741) zeigte früh seine Begabung für die Violine und empfing schon mit 15 Jahren die niederen Weihen. Seine Entscheidung gegen das Priesteramt ermöglichte ihm die Arbeit als Musiklehrer im Ospedale della Pietà, einem venezianischen Waisenhaus für Mädchen. Parallel zu den dort entstandenen Instrumentalwerken wie *Le quattro stagioni* schrieb Vivaldi erfolgreich Opern, die er meist in Venedig und Mantua uraufführen ließ.

Voltaire (1694–1778) hat dem 18. Jahrhundert vor allem in Frankreich den Beinamen »le siecle de Voltaire« aufgeprägt. Geboren als François-Marie Arouet, entwickelte er sich zum einflussreichsten Dichter und Philosophen der französischen Aufklärung, der mit → Friedrich II. und → Katharina II. korrespondierte, beförderte die Arbeit an der *Encyclopédie* und geriet dank seiner fortschrittlichen Ansichten immer wieder in Konflikte. Als sein bestes Werk gilt *Candide.*

Walpole, Robert (1676–1745) war von 1730 bis zu seinem Rücktritt 1742 der erste Premierminister Großbritanniens. Der Whig-Politiker hatte das Amt faktisch bereits neun Jahre früher inne, wurde aber erst nach dem Spekulationsskandal um die »Südseeblase« von Georg I. ernannt. Walpole galt als extrem machtbewusst und lavierte zwischen Königshaus und Parlament. Der Bettlerkönig Peachum in der *Beggar's Opera* ist eine Karikatur auf ihn.

Ward, Joshua (1685–1761) wird auf einem satirischen Kupferstich von → William Hogarth zu Recht in die Riege der Quacksalber eingereiht. Der Chemiker verkaufte Pillen als angebliche Allheilmittel, die in Wahrheit giftige Schwermetalle enthielten und im schlimmsten Fall zum Tode führen konnten. An Arme wurden diese Medikamente in eigens erworbenen Häusern verabreicht. Ward genoss die Gunst von → Georg II., nachdem er ihm einen Finger eingerenkt hatte.

Wild, Jonathan (1683–1725) praktizierte als Verbrecher ein einträgliches Geschäftsmodell: Einerseits war er Anführer einer Bande von Dieben und Hehlern, andererseits beschaffte er den Bestohlenen gegen Gebühr die Ware zurück und betätigte sich als »Thief Taker«, der sich bei der Polizei Belohnung für Hinweise auf Rivalen holte. Das doppelte Spiel, das ihn schließlich an den Galgen brachte, praktiziert auch Captain Macheath in der *Beggar's Opera*.

Zeus, Göttervater im Olymp der griechischen Antike, ist mächtiger als seine Geschwister wie Hades als Gott der Unterwelt oder Poseidon als Gott der Meere. Nachdem er die Generation seiner Eltern, die Titanen, besiegt hat, herrscht er mit ihnen und seinen Kindern über die Welt. Notorisch ist sein erotischer Appetit, den er in wechselnder Gestalt mit vielen Frauen stillt.

Zinn, Johann Gottfried (1727–1759) legte mit seiner 1755 erschienenen *Descriptio anatomica oculi humani* die erste und vollständige anatomische Beschreibung des menschlichen Auges vor. Der

Wissenschaftler, der hauptberuflich als Direktor des Botanischen Gartens an der Universität Göttingen arbeitete, war bei → Albrecht von Haller promoviert worden, mit dem er nun den Platz im Namen des Gefäßkranzes *Circulus arteriosus sclerae (Zinn-Haller)* teilt.

Paralipomenon

Taylor, John (1703–1770/72) war ein englischer Augenarzt und einer der Protagonisten des englischen »Age of Quacks« – also des Zeitalters der Quacksalber. Geboren in Norwich, lernte er sein Handwerk am St. Thomas' Hospital London bei → William Cheselden, dem er auch sein 1727 veröffentlichtes Werk *An Account of the Mechanism of the Eye* widmete. Nach seiner Ausbildung ging Taylor mit einer werbewirksam mit Augenmotiven bemalten Kutsche auf Reisen, praktizierte öffentlich und suchte gezielt Kontakt zu weltlichen und geistlichen Herrschern, um Patente und Titel einzusammeln. Der Rang eines Chevalier, den er in der Öffentlichkeit führte, lässt sich nicht näher zuordnen, vermutlich hat er ihn sich selbst verliehen. In seinen 1762 erschienenen Memoiren *The History of the Journeys and Adventures of Chevalier John Taylor …* hat er sowohl einen umfassenden Katalog seiner Schriften – samt karrierefördernden Widmungen – als auch eine Chronik seiner Reisen vorgelegt. Dabei zählt er neben den diversen britischen Regionen auch Fahrten durch Skandinavien und Deutschland, Frankreich und Spanien, Italien und Portugal sowie Osteuropa bis nach Moskau und Istanbul auf. Dass er neben anderen prominenten Persönlichkeiten auch → Johann Sebastian Bach und → Georg Friedrich Händel den Starstich mit seinen zweifelhaften flankierenden Behandlungen wie Aderlässen oder den Augentropfen aus Taubenblut verabreichte, gilt als gesichert. Obwohl Taylor in beiden Fällen Erfolg reklamierte, starb Bach kurz nach der zweiten Operation 1750 in Leipzig, während sich Händels Zustand nach dem vermutlich 1758 in Turnbridge Wells vorgenommenen Eingriff sehr verschlechterte. In einem selbstkritischen Moment soll Taylor bekannt haben, dass er am Beginn seiner Karriere in der Schweiz Hunderte geblendet habe. Über seinen Tod gibt es unterschiedliche Angaben: Während eine Theorie sein Ableben auf das Jahr 1772 datiert, behauptet der Musikschriftsteller Charles Burney, der selbst ernannte »Opthalmiater Pontifical, Imperial, Royal« sei am 16. November 1770 gestorben, nachdem er einige Tage zuvor mit ihm diniert habe. Sicher scheint, dass Taylor die letzten Jahre seines Lebens blind und einsam verbracht hat. Der Schriftsteller Samuel Johnson bezeichnete ihn als ein Beispiel dafür, »how far impudence may carry ignorance« – wie weit also Vermessenheit die Ahnungslosigkeit treiben kann.